se eu
fechar
os olhos
agora

se eu fechar os olhos agora

Edney Silvestre

ROMANCE

10ª edição

EDITORA RECORD
RIO DE JANEIRO • SÃO PAULO
2019

CIP-BRASIL. CATALOGAÇÃO NA PUBLICAÇÃO
SINDICATO NACIONAL DOS EDITORES DE LIVROS, RJ

S593s
10ª ed.

Silvestre, Edney
  Se eu fechar os olhos agora / Edney Silvestre. – 10ª ed. –
Rio de Janeiro: Record, 2019.

ISBN 978-85-01-11605-5

1. Romance brasileiro. I. Título.

18-52646

CDD: 869.3
CDU: 82-31(81)

Vanessa Mafra Xavier Salgado – Bibliotecária – CRB-7/6644

Copyright © Edney Silvestre, 2009

Design de capa: Leonardo Iaccarino
Foto de capa: Pexels / Pixabay
Projeto de miolo: Regina Ferraz

Todos os direitos reservados. Proibida a reprodução, armazenamento ou transmissão de partes deste livro, através de quaisquer meios, sem prévia autorização por escrito.

Texto revisado segundo o novo Acordo Ortográfico da Língua Portuguesa.

Direitos exclusivos desta edição reservados pela
EDITORA RECORD LTDA.
Rua Argentina, 171 – Rio de Janeiro, RJ – 20921-380 – Tel.: (21) 2585-2000.

Impresso no Brasil

ISBN 978-85-01-11605-5

Seja um leitor preferencial Record.
Cadastre-se em www.record.com.br
e receba informações sobre nossos
lançamentos e nossas promoções.

Atendimento e venda direta ao leitor:
sac@record.com.br

"Os mortos não ficam onde estão enterrados."

John Berger, *Aqui nos encontramos*

Prefácio

O tempo é fluido e envolvente na obra de Edney. Lembranças embaçadas pelos anos e pela distância. A singela, natural e robusta amizade que une Paulo e Eduardo foi a primeira isca a fisgar minha atenção. Sim, havia o assassinato de Anita como poderoso chamariz. Irresistível navegar pelos mistérios que cercam as motivações de um crime tão brutal. Quem? Por quê? Como? Onde? Quando? A pena afiada atiçando a curiosidade do leitor. Mas, para mim, o rito de passagem dos garotos foi o elemento cativante. Ainda mais por transcorrer em 1961, quando duas épocas se chocavam, principalmente nos costumes: os anos dourados ainda não haviam acabado de todo e a década que viria a mudar o mundo só iria começar a partir de 1962. Nessa espécie de limbo que foi 1961, as forças reacionárias lutavam para não perder o poder para as novas aspirações das mulheres, dos negros e dos jovens.

Fui transportado para aquele universo provinciano e conservador, comandado por uma elite branca, hipócrita e perversa. São esses elementos que dão contexto e tornam fascinante a investigação do homicídio. Mas como recontar essa história em outro veículo, com outro ritmo? Como criar uma narrativa com mais reviravoltas e mistérios, com ação e eventos capazes de sustentar o fôlego ao longo dos dez capítulos da minissérie? Como disse Ubiratan (Antonio Fagundes) aos meninos, no capítulo 9: "Esse é o busílis!"

Cada mídia tem uma especificidade narrativa. E é preciso encontrar a chave que transmuta as palavras em ação. A literatura pode ser contemplativa. A teledramaturgia tem que ser mais ágil para laçar rapidamente a atenção do espectador. Também é necessário mastigar a história para uma grande audiência, evitando, por um lado, ser didático, e, por outro, ser hermético. E, acima de tudo, preservar o tom da obra original. Para isso, entre outros movimentos, aumentei alguns personagens que eram esboçados no livro, como Geraldo (Gabriel Braga Nunes); criei novos tipos, entre eles Adalgisa (Mariana Ximenes); desenvolvi novos conflitos românticos e familiares; inventei diversas situações, gerando praticamente um crime por episódio.

No livro, o leitor preenche com sua imaginação algumas lacunas, que são deixadas propositadamente vagas. Na teledramaturgia, é preciso dar motivação mais concreta para embasar as atitudes dos personagens. Em função disso, dei um objetivo pessoal para o envolvimento de Ubiratan na investigação dos crimes, unindo-o à Irmã Maria Rosa (Lidi Lisboa); inventei o parentesco entre Paulo (João Gabriel D'Aleluia) e Madalena (Ruth de Souza); senti necessidade de haver um laço afetivo para despertar o instinto detetivesco de Paulo e Eduardo (Xande Valois), então criei Cassiano (Pierre Baitelli), repórter que pretende desvendar o assassinato de Anita. Mudei o desfecho da trama. E amenizei certas relações incestuosas, que eram fortes demais para um programa de TV aberta.

O objetivo das mudanças foi encorpar a história para render mais ação, criando um crescendo de tensão até o clímax revelador no décimo capítulo. Reconstruí a obra com novos tijolos, mas o arcabouço é o mesmo deste livro. Fui fiel ao tom e às intenções de Edney. Nós abordamos temas urgentes como racismo, homofobia, feminicídio e violência contra a mulher, tendo a opressão do patriarcado branco como pano de fundo.

Fico feliz quando penso que este romance será conhecido por milhões de espectadores a partir da minha adaptação para a televisão, despertando a curiosidade do público para ler o original e para desfrutar de outras obras de Edney.

Tive muitas alegrias escrevendo a minissérie; a maior de todas foi ganhar um grande amigo. Edney e eu viajamos juntos para conhecer as locações, em Catas Altas, lindíssima cidade colonial mineira. Fomos diversas vezes aos Estúdios Globo para acompanhar os ensaios e as gravações. Estamos sempre em contato, trocando dicas e compartilhando impressões sobre todos os assuntos que se possa imaginar.

Por fim, Edney disse uma frase da qual muito me orgulho: "Eu criei um mundo, mas você o povoou de humanos cheios de complexidade e fascínio."

Ricardo Linhares
Escritor, é autor da adaptação televisiva de
Se eu fechar os olhos agora

Se eu fechar os olhos agora, ainda posso sentir o sangue dela grudado nos meus dedos. E era assim: grudava nos meus dedos como tinha grudado nos cabelos louros dela, na testa alta, nas sobrancelhas arqueadas e nos cílios negros, nas pálpebras, na face, no pescoço, nos braços, na blusa branca rasgada e nos botões que não tinham sido arrancados, no sutiã cortado ao meio, no seio direito, na ponta do bico do seio direito.

Eu nunca tinha sentido aquele cheiro pungente antes, aquele cheiro que ficaria para sempre misturado ao cheiro das outras mulheres, das que conheci na intimidade, que invadiria o cheiro de outras mulheres e que para sempre me levaria de volta a ela. Aquela mistura de perfume doce, carne cortada, suor, sangue e — o mais próximo que consegui perceber, até hoje — sal. Como se sente quando próximo do mar. Como quando adere à pele. Não os grãos do sal — mas a poeira invisível e olorosa do sal em dias úmidos.

Mas eu também não conhecia o mar, naquela época, eu nunca tinha sentido o cheiro nem visto o mar, então aquele odor do corpo sobre a lama, nu, eu nunca tinha visto uma mulher nua nem sentira o cheiro de uma mulher nua assim tão próxima, quer dizer, não que ela estivesse completamente nua, mas o seio com aquele bico grande e... As coxas estavam abertas, a saia levantada, e eu vi os pelos pretos intrincados no alto delas, das coxas, onde as coxas longas se encontravam, e dali exalava, não, não dali, dela toda, aquele odor de corpo de mulher misturado ao sangue e eu acho que tinha se cagado, acho que tinha se borrado, como hoje eu sei que nos acontece a todos, na hora que a vida abandona nosso corpo e ele todo se relaxa, e o esfíncter se abre e... Essa também era uma palavra que eu nunca tinha ouvido. Nem lido. Esfíncter. Eu tinha doze anos e palavras como essa não eram ditas na minha casa. A gente não conhecia palavras assim.

Ela, ali, morta. Nua. Quase nua.

Eu sabia que ela estava morta. Nós dois sabíamos. A pele estava fria, a pele do braço, que foi a primeira que a gente tocou. A do rosto, tão... Pálida. Era isso, assim, pálida? Era. Estava. Com a boca aberta. Entreaberta. Como se tivesse começado a sorrir. Os dentes grandes, alvíssimos, apenas uma parte deles, brilhando entre os lábios grossos... Inchados? Tinham batido nela? O rosto tinha outras marcas? Tinha. Mas era nos lábios que o sangue... Acho que eu toquei os lábios dela. Não sei. Sei: toquei. Macios. Vermelhos. De sangue. De sangue ou de batom? De sangue e de batom. E de lama. Deve ter respingado, na hora que ela caiu. Ou bateu o rosto, entre o capim e o barro? Quando o salto do sapato se prendeu na lama, se quebrou e ela meio que voou sobre o barro e o capim molhado, um último voo, cheio de espanto e tristeza, foi assim? Um voo. Silencioso. Interminável. Ali, talvez, ela tenha entendido que a fuga acabara. E, talvez se debatendo, talvez se entregando, registrara a derradeira visão do céu azul e a aragem fresca do outono, o grito de um pássaro e o hálito do assassino, enquanto a lâmina penetrava repetidamente em sua carne.

Nem ele nem eu saberíamos dizer depois quantas punhaladas foram. A pele, dilacerada em tantos lugares, me lembrou as chagas do Cristo da nave central da catedral, os braços abertos na cruz tal como estavam os dela na lama, sob o céu sem nuvens daquela manhã de abril.

Mesmo aqui, hoje, mesmo nesta cidade estrangeira onde vivo de tempos em tempos, mesmo hoje, às vezes, quando estou distraído, quando saio do metrô, ou quando viro uma esquina formada por prédios harmoniosos que fazem o mundo parecer organizado e lógico, ou saio de um café onde comprei cigarros, desavisado, colocando as moedas no bolso do paletó e buscando o isqueiro, eu sinto no rosto aquele mesmo vento frio que soprou de repente naquele mesmo dia de abril, às vezes, nem sempre, às vezes, o mesmo vento frio que pareceu soprar naquele dia morno, balouçando, levemente, de um lado para o outro, suavemente, o capim alto que havia em volta do lago onde a gente foi se refugiar naquela manhã, longe dos adultos, como tínhamos feito durante todo o verão.

Do topo do morro, quando se chegava, seu contorno irregular mal podia ser vislumbrado lá embaixo, rodeado pelos bambuzais altos, onde dezenas de maritacas barulhentas tinham seus ninhos. As maritacas e os bambuzais que ele recordaria depois, tantas vezes, nas longas cartas melancólicas que me escreveria.

Não sei como o lago era na realidade. Nunca mais voltei lá, desde aquele abril. Só tenho a imagem da minha memória. Que o recorda assim: azulíssimo, translúcido, coruscante a multiplicar os raios do sol que parecia brilhar sempre naqueles dias daqueles tempos.

Era uma terça-feira. Acho que era uma terça-feira. Poderia olhar no calendário e ter certeza. Não quero. Prefiro a certeza da minha lembrança, que me diz ter sido uma terça.

Terça-feira, 12 de abril de 1961.

No rádio, cedo, um locutor anunciara: um homem tinha ido ao espaço. O primeiro homem no espaço. Um russo.

Chamava-se Iuri Gagárin.

Ele disse que a Terra era azul e eu pensei, nós dois pensamos, ele e eu, a gente conversou na estrada sobre isso, pedalando sem pressa nossas bicicletas, escapando da punição na escola porque nos pegaram com uma revista em quadrinhos de sacanagem, a gente conversou como sempre conversava tudo: então é isso que a gente pode ser, pode ser também, um homem voando no espaço sideral.

Aos doze anos, quando qualquer fantasia faz sentido, o voo do major Iuri Alexeyevich Gagárin a bordo da Vostok, uma esfera metálica de dois metros e meio de diâmetro, com janelas pouco maiores que um livro, abria, literalmente, o céu para nós.

Astronauta: outra palavra que eu ainda não conhecia.

Astronauta, também. Eu poderia me tornar um astronauta. Tudo era possível para quem ainda estava em dúvida entre se tornar engenheiro ou caubói, jogador de futebol ou sertanista, aviador, piloto de provas, comerciante, escafandrista, arqueólogo ou Tarzan.

Tarzan tinha sido meu personagem favorito até então, eu era bom nas brincadeiras com cipó, mas tanto a selva africana do lorde Greystoke quanto Oklahoma, onde eu achava que ficava o faroeste de mocinhos e bandidos, começavam a desbotar o encanto, sem que eu soubesse por quê. Eu também gostava da ideia de ser um gênio da ciência e inventar remédios que poderiam curar as piores doenças, talvez uma vacina tão poderosa que acabasse com todas as doenças. Ou era ele que queria ser cientista. Um de nós achava que poderia se tornar presidente do Brasil e acabar com a seca e a fome no Nordeste. Acho que era ele. Nós dois tínhamos, entre tantas ambições que nos pareciam perfeitamente possíveis, a de um dia viver no Rio de Janeiro. Brasília tinha sido inaugurada há menos de um ano, mas aquele de nós que virasse presidente levaria a capital de volta ao Rio. Nós tínhamos doze anos. Era um outro país, aquele. Era um outro mundo, aquele.

1.
As grandes montanhas e áreas em sombras

O lago, finalmente.

Saíram da estrada asfaltada para a trilha sinuosa de terra e saibro. Pararam de pedalar. As bicicletas deslizaram com um ruído surdo até a cerca de arame farpado ao pé do morro, onde desmontaram. Os livros e cadernos foram tirados dos bagageiros e abrigados sob uma touceira. Cada um levantou o arame para ajudar a passagem do outro.

A bicicleta do menino moreno, enferrujada e com mossas, tinha apenas o para-lama dianteiro. Fora do pai, quando ainda era tecelão, e do irmão, antes que a trocasse por uma nova. Na do outro menino, comprido, claro e mais magro, a marca inglesa ainda era nítida no eixo central, doze anos depois de cruzar o Atlântico, importada com outros milhares de produtos europeus no câmbio favorável ao dinheiro brasileiro do pós-guerra.

Empurrando-as atravessaram a plantação de mangueiras, os pneus deixando sua impressão na terra molhada pela chuva da noite anterior. O garoto magro, preocupado em não respingar barro nas calças de brim azul-marinho, enrolou-as até os joelhos. O moreno não se deu ao trabalho. Ninguém notaria. O emblema da escola pública despregava-se do bolso da camisa encardida. Ambos haviam retirado a gravata preta, de nó pronto e presa ao colarinho por gancho de plástico, a parte do uniforme que os dois detestavam. Só a do menino comprido fora dobrada com cuidado antes de ser guardada no bolso da calça.

Passaram por dentro da trilha estreita no bambuzal, sob a algazarra das maritacas que sobrevoavam acima deles.

Falavam sobre assuntos que dois meninos de doze anos falavam, naqueles tempos: coisas terrivelmente importantes sobre si mesmos e sobre o mundo que ainda não entendiam, mas sobre o qual acreditavam ter ideias precisas, que dali a pouco esqueceriam, porque lhes viriam outras, fabulosas como os sonhos que acalentavam. A vida adulta lhes parecia distante, cordial e luminosa — e não o mundo brutal onde seriam lançados naquela manhã.

À beira do lago deitaram as bicicletas sobre a relva, um com cuidado, o outro displicentemente, deixando-a tombar para o lado.

O menino de pele mais escura livrou-se das roupas em poucos movimentos, jogou-as sobre a bicicleta, chutou os sapatos para os lados, enquanto o menino pálido abria os botões da camisa e a despia, desafivelava o cinto, descia as calças. Tirava cada peça e a dobrava. Ainda guardava as meias enroladas dentro dos sapatos quando o colega correu de cuecas para a água, ágil, desafiando-o a alcançá-lo e chamando-o de molengo, aí molengo, aí molengo, antes de mergulhar, sem elegância, mas com vigor.

O menino mais claro foi até aos arbustos onde escondiam a câmara de ar de pneu usada como boia. Apertou-a. Ainda estava cheia. Levou-a até a beira da água, lançou-a. Juntou as mãos, abaixou a cabeça e entrou, quase sem fazer ruído.

Na água, morna como o dia, nadaram um tempo.

Depois o menino magro deitou-se na boia, braços e pernas abertos, deixando-se flutuar. Ouvia os ruídos do amigo que mergulhava, emergia, mergulhava de novo, tornava a vir à tona, nadava mais um tanto e novamente mergulhava e novamente emergia, veloz, a cada vez falando alto e gritando frases ou fazendo perguntas que ele, de início, respondeu. Depois, embalado pelas águas cálidas, foi se envolvendo nos próprios pensamentos, distraindo-se no meio deles. As vozes e sons exteriores foram-se apagando.

Sumiram.

Boiava no silêncio.

Tudo o que via era o azul acima.

Mas o astronauta russo não tinha dito o contrário?

"Eu vejo a Terra. Ela é maravilhosa. Ela é azul."

Como assim, azul?, o menino magro se perguntou. A Terra, e não o céu? Por causa dos oceanos? Dos mares? Continentes não são azuis. Montanhas são pretas, matas são verdes, desertos são brancos, não são? É assim que vemos aqui de baixo. E nos mapas. Em todos os mapas. Como o astronauta pode ter visto um planeta azul, se os prédios de concreto, as pontes, os viadutos, tudo tem cor cinza? E as estradas de terra vermelha e de terra marrom? E as estradas asfaltadas? Mas ele viu isso tudo lá de cima. Redes ferroviárias, portos, avenidas, pistas de pouso, cidades, a Amazônia, a Sibéria, o Polo Norte, a Austrália, a Mongólia, o Himalaia e o Saara, tudo. Ele viu. O russo, o astronauta, viu isso cá embaixo, hoje de manhã, como nenhum homem viu antes dele. E disse: azul. A Terra é azul. Então o que a gente aprendeu até agora nas aulas de geografia está errado. Como estavam errados os mapas antes de Colombo. Naquele tempo diziam que a Terra era plana e terminava em um abismo, não diziam? O que mais aprendemos hoje que daqui a quinhentos anos vai fazer as pessoas rirem de nós? Todos os planetas e lugares que a gente conhece vão parecer pouca coisa, como aconteceu com o mundo depois que Pedro Álvares Cabral chegou ao Brasil? Ele usou os mapas dos navegadores fenícios que estiveram aqui muito antes de 1500. E se estiver acontecendo a mesma coisa hoje em dia? E se existem segredos que os cientistas sabem e nós nem desconfiamos? Que os governos escondem de nós como os mapas que os navegantes portugueses escondiam dos inimigos? Pode ser que os russos tenham os mapas verdadeiros do céu. E os americanos? Será que os americanos têm os mapas verdadeiros do céu?

*"Vejo claramente as grandes montanhas
e áreas em sombras..."*

Se o astronauta russo girou em torno da Terra em uma hora e quarenta e oito minutos, como disseram no rádio, o garoto conjeturou, ele viu o dia e a noite, tudo ao mesmo tempo.

> *"...as florestas, as ilhas e os litorais.*
> *Eu vejo o sol, as nuvens..."*

Se o Japão está vinte e quatro horas na frente da gente, do outro lado da Terra, onde já é amanhã, então o russo passou pelo futuro e voltou ao passado. Mas isso não é possível. Não pode. Ou pode. Como pode? Se eu for ao futuro posso me encontrar comigo do jeito que eu sou hoje? O menino pálido se perguntou. Ou como eu era hoje? Eu, de hoje, de agora, sendo como sou neste momento, poderei ver como eu serei? O que eu serei?

> *"...e as sombras que a luz projeta sobre*
> *a minha querida e distante Terra."*

O russo disse. O astronauta russo. O major Iuri Gagárin, de vinte e sete anos. No rádio disseram que ele disse. Pode ser mentira. Os russos mentem para conquistar o mundo, o padre Tomás sempre avisa, em toda aula de Latim ele avisa: os comunistas mentem. Mas o professor Lamarca diz que são os americanos que mentem, o garoto lembrou-se. Porque eles querem as riquezas do nosso solo, nosso ouro, nosso petróleo, nossas areias monazíticas...

Então Paulo veio por baixo d'água, nadando o mais silenciosamente que conseguia, aproximou-se de Eduardo, de quem agora via o corpo por baixo, e fez a brincadeira que sabia seu amigo detestava: virou a boia e puxou-lhe a cueca para o meio das pernas.

Eduardo afundou, engoliu um pouco de água, subiu tossindo.

Paulo nadou para a margem, rapidamente, rindo, fazendo sons que imitavam os berros dos índios vitoriosos sobre os caras-pálidas invasores nos filmes de faroeste vistos em matinês de domingo no Cine Theatro Universo, enquanto Eduardo se recompunha, resmungava alguma coisa e nadava, em grandes braçadas, tentando alcançá-lo.

Paulo saiu da água, ainda rindo, correu alguns metros, parou.

Aguardou.

O amigo furioso se aproximava.

Chegou perto.

Paulo riu de novo, feliz. Aquela era a sua brincadeira favorita. Sabia que era mais veloz e mais hábil que Eduardo, conhecia melhor as manhas dos dribles, ser mais baixo até favorecia, quando gingava para a direita ou para a esquerda, abaixava o tronco e passava sob os braços abertos de Eduardo, como fazia agora.

Desconcertado, capaz apenas de movimentos diretos, Eduardo continuou a perseguição, os pés descalços por vezes escorregando no capim molhado e na lama, enquanto o amigo disparava, sem nunca perder o equilíbrio.

Foi então que Paulo caiu, ao tropeçar em alguma coisa.

Era um corpo.

Uma mulher, loura, de braços e pernas abertos, suja de sangue e lama.

O seio esquerdo tinha sido cortado fora.

• • •

O buraco entre as pedras e as formigas pretas que saíam dali céleres e ordenadas eram tudo o que Eduardo conseguia ver, de frente à parede áspera para onde os policiais o tinham empurrado. A fileira subia em direção à abertura gradeada, muito acima da cabeça dele, através da qual entravam ondas do calor da tarde e vagos raros sons da rua: as rodas de uma carroça e os cascos ferrados da mula sobre os paralelepípedos, as vozes de duas mulheres a passar na calçada do outro lado, um gemido longínquo, indistinto, de uma criança chorando, talvez de algum detento no subsolo da delegacia.

Os três policiais fediam. Ele suava. Quis acreditar que não fosse de medo.

— Eu vi primeiro — repetiu.

— Mas eu é que tropecei no corpo — Paulo explicou, mais uma vez.

Estavam de costas um para o outro, Paulo também de pé, de cara para a parede do lado oposto. Os policiais se alternavam, refazendo as mesmas perguntas.

— Por que estavam com ela?
— Como ela foi lá com vocês?
— Quem chamou ela?
— A gente não conhece ela, eu já disse!
— Moço, nem o Paulo nem eu sabemos quem ela é.
— Claro que sabem.
— De quem é o canivete?
— Quantos furos vocês fizeram nela?
— Como levaram ela para lá?
Um deles riu. Eduardo achou que cochichavam.
— Eu já falei, o Eduardo falou, a gente não conhece ela.
— Não conhecia. Nunca vi. Nunca vimos.
— Nunca.
— Quantos furos?
— Como não conhecem ela?
— Quantos furos você fez com seu canivete?
— O canivete não é do Eduardo, é meu.
— Quantos furos?
— O canivete é meu, mas a gente nunca fez nada nela, a gente nem conhece ela, nunca, nada.
— Todo mundo conhece ela, moleque.
— Não sou moleque!
— Cala a boca! Só responde o que eu pergunto, moleque!
— Não sou moleque! E não tenho nada que ficar respondendo nada!
— Quer levar porrada, moleque?
— Calma, moço! Calma, Paulo. Fomos ao lago nadar, só isso, moço.
— Quantos furos? Fala, moleque!
— Não sei. A gente não quis olhar.
— Não contamos. Nem eu nem o Paulo contamos.
— Canivete não faz furo assim. Foi faca.
Como sabe, moleque? Já enfiou a faca em alguém?
— Não sou moleque! Não fiz nada. Só tropecei na morta.

— Como sabiam que estava morta?
— Vocês mataram.
— Por que furaram ela tantas vezes?
— Quando eu tropecei ela já estava morta!
— Nem tocamos nela, moço. Encontramos e eu disse ao Paulo que era melhor a gente vir aqui na delegacia para contar que nós encontramos. O corpo.
— E eu te disse que era melhor a gente não se meter com a polícia!
— Nós voltamos lá com vocês, não voltamos? Para mostrar. Nós só encontramos ela. Só isso.
— Eu te falei que a polícia não ia acreditar na gente, Eduardo!
— Não acreditamos porque é mentira. O que vocês fizeram com ela?
— Nada! Ela já estava fria quando eu tropecei.
— Está mentindo, moleque.
— Paulo e eu fomos ao lago porque o professor de Geografia nos expulsou da sala de aula.
— Mandou a gente para falar com o diretor.
— Quem levantou a saia dela?
— Você ou você?

Estou com fome, Paulo se deu conta. Estou com fome, estou com sede, quero mijar, ainda não almocei, não comi nada, só aquele pedaço de pão com café, por que eles me botaram e ao Eduardo nesta sala abafada, por que continuam perguntando para a gente isso tudo de matar a mulher, por que, para quê? Não estão vendo que não tinha como a gente matar ela? Com meu canivete não tinha como matar ela. Não levantei a saia dela, a saia dela já estava subida até na cintura, ou estava rasgada, quem sabe não, não estava rasgada, ou estava, eu não levantei, Eduardo também não levantou, esse que está gritando no meu ouvido cospe toda vez que fala, sujeito porco, deve ser aquele primeiro com quem a gente falou, o que tem uma cárie no dente da frente, o que empurrou a gente para a sala nos fundos da delegacia, quando a gente chegou para contar sobre o corpo que a gente encontrou. Ele tinha mau hálito, dava para sentir de longe. Ou era o outro que tinha. Minha barriga está roncando, que horas são?

— Foi você, moleque?

— A gente nem tocou nela. Só tropecei. Quando estava correndo.

— Fomos ao lago porque o professor nos expulsou. E não podíamos voltar para casa.

— A gente não podia chegar em casa antes da hora do fim das aulas.

— Expulsou os dois?

— É.

— Estavam fazendo o quê?

— Nada de mais, moço.

— A gente estava vendo uma revista.

— Durante a aula.

— Qual revista?

— O professor tomou. Mandou a gente ir falar com o diretor.

— Que revista era?

— De sacanagem, eu aposto que esses moleques estavam com alguma revista de sacanagem.

— Vocês estavam fazendo sacanagem? Meia? Um com o outro?

— Não! A gente estava nadando!

— Mas o diretor não estava no gabinete dele e nós achamos que era melhor irmos embora.

— A gente achou melhor fugir.

— Vocês queriam fazer sacanagem com ela.

— A gente nem viu ela! A gente nem conhece ela!

— Eu nunca tinha visto, juro. Nem o Paulo.

— Está mentindo, moleque.

— Todo mundo conhece essa mulher.

— Nós, não.

— A gente nem nunca viu ela antes, já disse!

— Todo mundo conhece essa mulher. Conhecia.

— Não conheço, não, senhor.

— Claro que conhece. Essa mulher era uma puta.
— Puta?
— A morta era puta?
— Puta. Vagabunda. Vocês sabiam.
— Nós não sabíamos, moço. Nunca fui ao lugar delas. Nem o Paulo. O pai dele vai, o irmão também vai. Ele nunca. Nós, nunca.
— Ela era puta da zona?
— Quem faz pergunta aqui sou eu, moleque. O que vocês queriam com ela?
— Queriam obrigar ela a fazer sacanagem.
— Ela recusou. Vocês atacaram ela.
— Com o canivete.
— Levaram até revista de sacanagem.
— Cadê a revista?
— O professor de Geografia tomou. O professor Lemos tomou. Pode perguntar a ele.
— Vocês limparam o canivete na meia dela. A lâmina está limpa e a meia manchada de sangue.
— Não senhor. Nós fomos de bicicleta ao lago. Só isso.
— Nadar.
— Aí o Paulo virou a boia e puxou a minha cueca, e eu saí correndo atrás dele e...
— Os dois nus? No meio do mato?
— Então tinha mesmo sacanagem entre vocês.
— Não, não! Era uma brincadeira!
— Brincadeira de sacanagem.
— Não!
— Já mandamos chamar seu pai. E o seu também.
— Ah, meu pai, não!
— Calma, Paulo. Eu conto para ele que não temos culpa de nada. Que nós é que procuramos a polícia. Que a mulher loura já estava morta quando você tropeçou nela.

— Como sabiam que estava morta?
— Ela já estava dura!
— O sangue já estava duro!
— Coagulado, Paulo.
— Então vocês mexeram no corpo.
— Brincaram com o corpo.
— Não!... Mexemos de leve. Só um pouco.
— Para ver se estava viva.
— Mas não estava.
— Nem podia. Furada daquele jeito!
— Furos de canivete. Do seu canivete.
— Não foi meu canivete! Aquilo é buraco de faca! Eu sei que é buraco de faca.
— Sabe? Como é que sabe?
— Meu pai é açougueiro. Não precisava chamar ele.
— Está com medo?
— O que foi que você fez? Conta, pode contar.
— Não estou com medo.
— Você é de menor, não vai acontecer nada com você.
— Não precisava de chamar ele...
— A minha mãe também virá aqui? Chamaram minha mãe, também?
— Vocês estão sempre indo naquele lugar, lá no lago?
— Fazem o que quando estão juntos?
— Nadam sem roupa? Ficam juntos sem roupa?
— Onde esconderam a revista de sacanagem?
— A gente não fez nada de mal. Só fugiu da escola, só isso.
— Não tem vergonha, moleque? Sua mãe está lá fora, chorando.
— É a minha mãe. A do Paulo já morreu.
— Pior. Tanto sacrifício para dar educação aos filhos e vocês ficam por aí, vagabundeando.
— Mas foi o professor Lemos que nos expulsou da sala!
— Porque vocês estavam com uma revista de sacanagem.

— Me deixa falar com a minha mãe, moço. Para ela não ficar preocupada.

— Depois.

— Daqui a pouco.

— Depois de vocês explicarem direitinho essa história de tirar a cueca e ficar juntos no lago, de tirar a calcinha dela, do canivete, tudo.

— Mas nós já contamos para o senhor. Para vocês três.

— Então conta de novo. Desde o começo.

— Por que você está com tanto medo do seu pai?

— Não é o meu. É o do Paulo.

— Se fosse meu filho, eu te mostrava como é que se educa um vagabundo.

— Eu não sou vagabundo.

Uma quarta voz de adulto os interrompeu, abrindo a porta e anunciando:

— O pai do mulatinho chegou.

• • •

A primeira bofetada, com as costas da mão, atingiu Paulo no ouvido direito. Ele se desequilibrou, uma dor afiada entrando pelo crânio, e só não caiu porque outro tapa, desta vez com a palma da mão, acertou-lhe o lado esquerdo da cabeça, jogando-o contra a mesa de jantar. Mal teve tempo de se desviar dela, enquanto, zonzo, via o pai se aproximar, sabendo que pretendia lhe dar mais uma, duas, quantas bofetadas conseguisse acertar, até se acalmar. Sangue ruim, dizia o homem louro espadaúdo, sangue ruim, repetia, apertando os olhos azuis sob cílios tão claros que às vezes pareciam brancos, você tem sangue ruim como o da sua mãe e de toda a família dela, moleque filho da puta.

Paulo se manteve calado. Não adiantaria dizer nada. O pai não ouviria, como nunca ouvia nada quando estava com raiva. Com raiva dele, principalmente. Como parecia estar sempre. Podia tentar driblá-lo, chispar pelo outro lado da mesa, sair para a rua e correr até... Onde? Não tinha para onde ir. Nem quem o acolhesse. Deixaria o pai mais furioso. Seria pior. Quando o pegasse, e mais cedo ou mais tarde o pegaria, a surra deixaria marcas e dores por dias seguidos, como acontecera antes de aprender que o melhor era parar e apanhar. Parar agora porque apanharia menos.

Paulo viu a mão grande vindo em direção ao seu rosto, antecipando a dor ardida, sabendo que mais uma vez dormiria e acordaria com aquela dor latejante, que era também a dor de vergonha e de tristeza provocadas pelo homem que só o chamava de moleque.

Sentiu a manzorra atingindo-o entre o nariz e a orelha. Desequilibrou-se novamente.

Deixou-se cair entre as cadeiras, de lado, girando sobre o corpo para debaixo da mesa, instintivamente puxando as pernas junto ao tronco e juntando a elas a cabeça, enrolado sobre si mesmo, torcendo para a surra terminar naquele instante, mas preparado para ser puxado e levar alguns pescoções, seguidos de lambadas do cinto de couro que o pai agora tirava das calças. Mas o pai não o arrastou. Deu uma, e outra, uma terceira e uma quarta vergastada entre as cadeiras, só de raspão atingindo a cabeça de Paulo. Deteve-se, bateu com a fivela nos móveis algumas vezes, depois atirou o cinto sobre o filho, ordenando: sai daí, moleque filho da puta, sai daí.

Paulo pôs-se de quatro, engatinhou para fora da proteção da mesa, levantou-se e, de costas para o pai, aguardou. Seria um soco na cabeça, o próximo? Outra tapona nos ouvidos?

Ouvia sua respiração forte, entremeada aos palavrões que repetia, sem se aproximar. Era um bom sinal. Quando não se movia, quase sempre parava de bater nele. Quase sempre estendia mais uma fileira de xingamentos, porém a sova poderia se encerrar nisso. Torceu para que fosse assim.

O pai só disse: pega essa merda desse cinto.

Paulo se inclinou, pegou o cinto.

Me dá essa merda.

Paulo lhe entregou.

Você não presta, seu moleque de merda, tem sangue ruim que nem eles, moleque vagabundo, tu é bem o sangue deles, tu é vagabundo que nem os parentes da tua mãe.

Paulo abaixou a cabeça e, mais uma vez, sentiu uma dor funda, a mesma que sentiria tantas vezes no futuro, quando se lembrasse daqueles momentos com o pai, uma dor que sabia não vir apenas das pancadas, mas que ainda não tinha como localizar nem entender.

O pai saiu, batendo a porta.

Paulo ficou sozinho na sala. A dor foi aumentando, tomando conta de suas pernas, seus braços, seu peito, até chegar aos olhos e ia se transformar em lágrimas quando ele mordeu o lábio inferior, com força, cada vez com mais força, tentando transferir uma dor para outra. Mas as lágrimas correram assim mesmo, finas, pelos cantos dos olhos, descendo pelo rosto que já começava a inchar. Paulo correu para o banheiro, fechou a porta sem trinco torcendo para que nem o pai nem o irmão entrassem naquele momento, pegou a toalha de rosto e enfiou na boca. Assim, abafadamente, secretamente, chorou e gemeu enquanto o som de algum rádio, em alguma casa vizinha, trombeteava mais uma vez o primeiro voo que um ser humano tinha feito no espaço.

• • •

Quando entrou no quarto que dividia com o irmão, Antonio se exercitava com um par de halteres diante do espelho do guarda-roupa. Vestia apenas uma cueca pequena. A ossatura larga e o corpo peludo lhe davam um sólido ar de adulto aos dezesseis anos. Como o pai e tantos descendentes de portugueses do norte, herdara dos visigodos a estatura e a pele clara. Nos fartos cabelos louros alinhados com brilhantina, um topete tombava cuidadosamente sobre a testa. Abaixo das sobrancelhas grossas, os olhos escuros como os da mãe miravam com prazer o próprio corpo. Contava em voz alta as repetições, enquanto levantava e abaixava os pesos de ferro.

— Que história é essa de mulher morta, Neguinho? — perguntou, chamando o irmão pelo apelido que sublinhava a diferença no tom da pele entre eles, sem interromper o exercício nem tirar os olhos de si mesmo.

Paulo não respondeu. Cuidando para que o irmão não percebesse os olhos ainda vermelhos, caminhou até a cama, encostada na parede ao lado do guarda-roupa e, mantendo-se de costas, levantou o travesseiro à procura de algo. Não encontrou.

— E te prenderam, Neguinho? A tarde toda?

Puxou o cobertor, a colcha: também não estava ali.

— Fala, Neguinho! O que foi que você fez desta vez? Levantou o colchão. Lá, tampouco.

— Estava pelada, disseram. Nua. Estava, Neguinho?

Abaixou-se, olhou sob o estrado de madeira, levantou-se, subiu na cama. Correu os olhos pela parte de cima do guarda-roupa, não viu nada, passou a mão. Apenas poeira.

— Era muito gostosa, essa mulher do dentista. Parecia a Brigitte Bardot. Uma mistura da Brigitte Bardot com Sophia Loren.

Paulo não sabia quem era uma ou a outra, nem estava interessado. Mas ficou surpreso com parte do que o irmão dissera.

— Mulher do dentista? Não era uma puta?

— Mulher do dentista.

— Mas na delegacia disseram que era puta.

— Dava para todo mundo. Era uma puta. Putona. Puta rampeira, galinhona, marafa. Mas era casada com o dentista.

Paulo desceu da cama.

— Viu ela pelada, Neguinho? Era gostosa mesmo, não era?

— Estava toda ensanguentada. Suja, cheia de lama...

— Peitos empinados. Bunda empinada. Coxa grossa. Gostosa demais. Queria ter comido ela. Se tivesse enfiado minha vara naquela vagabunda deixava ela gamada por mim.

Tanto quanto dos bíceps e peitorais, Antonio se orgulhava do domínio que acreditava exercer sobre toda mulher que penetrava. Desde a iniciação com uma prostituta, três anos antes, ele e o pai iam juntos ao prostíbulo que uma cafetina polaca mantinha numa rua próxima ao centro da cidade. Não raro, dormiam lá. Paulo os encontrara algumas vezes saindo do Hotel Wizorek, enquanto ia para a escola.

— Cortaram mesmo os peitos dela? Estava sem calcinha?

Paulo levantou o colchão de crina, olhou com atenção, empurrou o colchão para a parede.

— Tinha pentelhos louros? Boceta rosada?

— Não quero falar disso. Não sei. Não vi.

— Loura de verdade tem boceta cor-de-rosa e pentelho louro. Já vi muita. Já comi muita boceta de loura.

Deixou o colchão cair de volta. Só havia um dentista na cidade, um senhor franzino de cabelos ralos, que Paulo vira poucas vezes, sozinho, sempre de paletó e gravata. Não podia ser ele.

— O dentista é velho. Ela era nova. Parecia nova.

— Uns vinte e quatro, vinte e cinco anos. O dentista deve ter o dobro. Ou mais. Ela só gostava de velho. Só dava pra velho. Nunca olhou para mim.

Pousou os halteres no soalho, encheu o peito de ar, pôs-se de perfil para o espelho, expirou, passou as mãos pelo abdômen, acariciou os pelos alourados, virou-se de frente, inspirou fundo mais uma vez, flexionou os braços. A pose confirmava: seus bíceps estavam cada vez maiores. Não percebeu que sorria satisfeito para si mesmo. Ergueu os halteres e passou a dobrar cada braço, alternadamente, por trás da cabeça, inspirando e expirando ruidosamente, inchando agora os tríceps.

Paulo puxou, irritado, a colcha e o cobertor para os pés da cama, sem encontrar nada.

— Cadê o livro que eu deixei aqui?

— Sei lá. Viu o marido preso?

Paulo virou-se, surpreso.

— A polícia prendeu o marido? Por quê?

— Se entregou. Confessou que matou ela. Como não viu o dentista, se você estava lá?

Paulo fez as contas: deixara a delegacia havia mais de duas horas, levado pelo pai. Passaram pelo colégio, com Eduardo e a mãe, convocados para a reunião com o diretor. Aguardaram de vinte minutos a meia hora até serem recebidos e ouvirem uma longa preleção. Saíram quando começava a anoitecer. Os postes da rua estavam acesos quando chegaram à casa. O marido da morta devia ter-se apresentado nesse ínterim, imaginou, enquanto ia até a cama de Antonio, quase certo de que escondera ali o objeto emprestado por Eduardo. Bastou colocar a mão por baixo do colchão para confirmar.

Com cuidado trouxe para fora o livro em que, na capa colorida, seu herói favorito descobria, do alto de um penhasco, no profundo vale abaixo, às margens de um rio largo, azul e caudaloso, uma civilização perdida na selva por séculos.

Foi para sua cama, deitou-se, jogou os sapatos sem olhar onde caíam e abriu o exemplar desbotado de *Tarzan e a cidade de ouro* na página que tinha marcado com um barbante. Começou a ler.

— Está lendo o quê, Neguinho? Livro de putaria? Não gosto de ler. Nem livro de sacanagem eu gosto de ler. Perda de tempo. Meu negócio é foder. O que eu gosto mesmo é de meter. Meto em boceta, meto em cu, meto na boca, meu negócio é meter, enfiar minha caceta e gozar. Gozar muito. Tenho muita porra pra gozar e...

Logo Paulo estava longe dali. A dor desapareceu. Não havia mais vergonha, nem tristeza. Percorria as ruas de uma cidade fabulosa escondida no jângal africano, pontuada por edifícios de arquitetura rebuscada e paredes de materiais preciosos que despertavam toda sorte de cobiça, metrópoles desenvolvidas em meio a uma ciência avançadíssima, povoadas por uma raça como não havia nenhuma outra no mundo, protegidas por guerreiros altivos, vestidos de peles e armaduras guarnecidas de esmeraldas e rubis, bravos soldados que acabariam por se render à coragem, honradez e destemor do rei das selvas.

— Quantas facadas ela levou?

A voz de Antonio trouxe Paulo de volta ao quarto. Não queria. Agarrou-se a um parágrafo e decolou de volta para a terra de Onthat, onde ficavam as torres de marfim e ouro das cidades perdidas de Cathne e Athne.

— Quantas facadas? Sete? Oito? Tem gente falando em mais de vinte. Quantas foram?

Tentou retornar à cidade onde Tarzan tinha sido lançado a uma arena em que, quando soassem as trombetas, iria enfrentar um gigante fortíssimo chamado Phobeg, numa luta em que o perdedor teria a garganta cortada para deleite da bela e perversa rainha Nemone.

— Quantas facadas?

Tarzan desvencilhou-se das cordas que o prendiam e...

Antonio arrancou o livro das mãos de Paulo.

— Quantas facadas?

— Me dá! Me dá o livro!

— Quantas? Quantas facadas?

Paulo tentava, sem sucesso, tomar de volta o livro que o irmão segurava acima de sua cabeça com uma das mãos, enquanto com a outra o mantinha afastado.

— Me dá o livro! Me dá!

— Quantas facadas? Diz primeiro: quantas facadas?

— Não contei. Me dá o livro, Antonio!

— Diz: quantas? Quantas?

— Não sei, não me lembro, não sei.

— Você estava lá, você viu. Quantas?

— O livro, Antonio...

— Quantas foram? Fala!

— Me dá...

A lembrança do seio cortado e da vermelhidão da carne exposta, borrada de lama e sangue, voltou a Paulo. Sentiu-se muito fraco. Sentou-se na cama, tonto, sem forças. Calou-se. Abaixou a cabeça.

Antonio fitou-o por alguns instantes, achando que era uma encenação, pronto para reagir ao salto que seguramente viria a seguir, o livro bem seguro, alto, na mão direita. Mas Paulo continuou sentado na cama, a cabeça baixa escondendo o rosto. Não se movia. O irmão jogou o livro em cima dele e foi se vestir para sair.

2.
Noche de Ronda

*Luna que se quiebra
sobre la tiniebla
de mi soledad
...a dónde vas?*

De onde vinha aquela voz?

*Dime si esta noche
Tú te vas de ronda
Como ella se fue...*

Onde ouvi essa canção pela primeira vez?, ele se perguntaria muitos anos mais tarde. Era um som distante, como me parece, agora? Um homem cantava. Ou uma mulher?

Con quien está?...

A voz chegava trêmula, distorcida, ele recordaria. De um rádio. Talvez de um toca-discos na vizinhança. Alguém que ouvia um disco. Ou uma fita cassete. Havia fitas cassete naquela época, em 1961. Havia? Naquela cidade? Quem as teria? Não um operário. Ninguém naquela rua poderia ter um toca--fitas. Um pai açougueiro tampouco. Naquela rua, seguramente, ninguém. Ou talvez sim. Talvez houvesse crédito fácil e qualquer pessoa com carteira de trabalho, ou mesmo sem ela, pudesse comprar um aparelho com rádio e toca-fitas em prestações a perder de vista. Um maquinista, um serralheiro, até mesmo uma costureira poderia possuir o bem que quisesse: os tempos da ilusão da abundância ao alcance da mão já haviam começado. Um gravador de fita, por que não? Ou um gravador de rolo. Eles já existiam, os gravadores de rolo, no início dos anos 1960? Alguém que eu conhecia devia ter um gravador com aquelas duas fitas marrons girando e reproduzindo a voz dessa canção, se não, como poderia me lembrar deles agora?

Dile que la quiero
dile que me muero de tanto esperar
Que vuelva ya...

Era uma vitrola, ele acreditaria, décadas depois. Uma radiovitrola. Daquelas que tocavam discos pretos, pesados, com rótulos redondos no centro, dentro de invólucros de papel. Como os discos de Hanna Wizoreck. Era numa radiovitrola que talvez tocasse a canção em espanhol. Mas nós ainda não conhecíamos Hanna Wizoreck. Na minha casa não havia radiovitrola ou discos. Nem na dele. Eu sabia que era uma canção em espanhol?

Que las rondas
No son buenas...

Eu ouvi, mesmo, ele duvidaria, passados tantos anos, a voz que agora permeia essas recordações? Ou acrescentei a música à lembrança daquela noite? Imaginei, imaginei ali, imaginei então, que a mulher que só tínhamos visto morta, em vida gostava do bolero de Agustín Lara. Que ouvia "Noche de Ronda" na vitrola, ou na radiovitrola, ou no toca-fitas. Ou soube mais tarde que ela se embalava em canções assim chorosas, lamentos de amores perdidos, súplicas nostálgicas.
Não.
Não.
Eu nem sabia como era a vida dela naquela noite. Imaginei a canção mais tarde. Ouvi a canção mais tarde. A música em espanhol, a voz na

noite, tudo foi acrescido e... Não. Não. Não. Tenho certeza: ouvi naquela noite. Uma voz de homem. Acho que era. Faz sentido: voz masculina. *Ella se fue*, ele canta. Quem lamentava o abandono era ele. Uma voz masculina. Acho. Tenho certeza. Acho. Voz masculina, grave. Na mesma noite do dia em que encontramos o corpo dela.

> *Que hacen daño,*
> *Que dan peña...*

O assobio soou pela rua mal iluminada. Depois, a imitação do pio de macuco, repetida quatro vezes, próximo ao renque de casas idênticas, silenciosas e apagadas. Dormiam cedo os funcionários da Estrada de Ferro Central do Brasil. Dali a poucas horas despertadores barulhentos ou mulheres estremunhadas de sono os sacudiriam para saírem sob o céu tão escuro quanto o da hora em que tinham se deitado, no estômago o café com pão e margarina tomado em pé na cozinha, levando garrafas térmicas e marmitas de alumínio com o almoço preparado na noite anterior, a percorrer as ruas de paralelepípedos úmidos pelo sereno, brilhantes à luz dos postes de ferro ainda acesos, antes mesmo dos operários saídos do turno da noite da fábrica de tecidos.

Paulo aguardou, apoiado no guidão da bicicleta, junto ao muro baixo em frente a uma das casas, ora se apoiando num pé, ora no outro, impaciente, atento à janela por trás da qual ficava o quarto de Eduardo. Os minutos se passavam sem nenhuma indicação de que conseguira acordá-lo.

Repetiu o sinal secreto, mais alto. Um assovio longo, quatro pios. Sem sucesso.

Das montanhas escuras que rodeavam a cidade descia a neblina rala das madrugadas de abril. Acima dele o véu tênue se movia lentamente, às vezes abrindo remendos estrelados.

Encostou a bicicleta e pulou o muro, evitando o portão que poderia ranger e acordar os adultos. Com poucos passos atravessou o jardim. Cada canteiro, entre estreitas passarelas decoradas com cacos coloridos de azulejos, era bordejado por moldura de cimento pintada com cal branca para afastar formigas. Uma roseira, apoiada em armação de ferro semelhante ao esqueleto de uma sombrinha, era a única planta alta, provável remanescente da família de ferroviários que ocupara a casa antes. Nos dois anos em que vivia ali, a mãe de Eduardo plantara unicamente flores pequenas de nomes femininos que Paulo desconhecia, cada espécie separada em grupos de cores e matizes semelhantes, a formar buquês delicados.

Vira a mesma organização meticulosa no interior da casa. Móveis brilhantes, recendendo a óleo de peroba, decorados com panos de crochê tricotados por ela. No forno, sempre algo pronto para Eduardo comer, fosse qual fosse a hora que lhe batesse a fome. Cortinas nas janelas. Portas com trincos. Cortes de tecidos, moldes em papel riscado de giz e roupas incompletas das clientes dobrados e empilhados sobre a mesa de fórmica, ao lado da máquina de costura sempre azeitada. Aroma de capim-cheiroso nas roupas de cama. Pisos encerados e polidos todo sábado. Uma sensação de solidez e ordem que Paulo percebia, novamente sem conseguir definir, como acontecia com tanta coisa à sua volta.

Muitas vezes imaginara que gostaria de morar em um lugar assim: sempre limpo, onde seria esperado na volta da escola com almoço recém--preparado, quente ainda, para ser comido sentado à mesa enquanto a mãe, ou outro alguém, faria perguntas sobre o que lhe fora ensinado nas aulas da manhã. À tarde, entre uma freguesa de costura e outra, a mãe iria ao quarto onde ele estaria estudando, levando um pedaço do bolo que acabara de assar e um copo de leite. Que cheiro teria um bolo assado dentro de casa? Que gosto teria um bolo quente feito em casa?

Bobagem. Nem gostava de bolo. Se comia ou não comia o que a cozinheira deixava nas panelas em cima do fogão, era problema dele. Fazia os deveres e trabalhos escolares pela surpresa e prazer de aprender coisas novas. Banho tomava quando queria: muitos no calor, poucos no frio. Trocava ou guardava a roupa se tinha vontade. Estivesse a mãe viva como a de Eduardo, não teria a mesma liberdade. Menos ainda a de entrar e sair quando bem quisesse. A qualquer hora. Quase a qualquer hora: tarde da noite era proibido. Mas quando o pai e Antonio dormiam no puteiro não tinha por que se preocupar. Como esta noite.

Junto à janela assoviou e imitou de novo o pio de ave. Uma vez. Duas. No meio da terceira, Eduardo surgiu, o pijama azul de listas cinza fechado até o último botão.

— Que aconteceu, Paulo? Que horas são?

— Mais de meia-noite.

— Que é isso no seu rosto?

— Nada.

— Está inchado.

— Quero te falar de outra coisa.

— Seu pai te bateu outra vez?

Cochichavam. Paulo não conseguia parar quieto. Estava agitado desde a conversa com Antonio.

— O marido da morta confessou.

Repetiu, diante do olhar desinteressado de Eduardo.

— O marido. O dentista. Confessou.

— Eu sei.

— Está preso.

— Eu sei.

— Ele disse que foi ele.

— Eu soube. Ouvi meu pai falando disso com minha mãe.

— É mentira.

— Quem disse que é mentira?

— Não pode.

— Por que não pode?

— O dentista é velho e fraco.

— Matou, assim mesmo.

— Como ia matar uma mulher grande feito ela, Eduardo? Você viu como a loura era grande.

— Ele confessou.

— Não foi ele.

— Primeiro deixou ela tonta com um remédio, depois esfaqueou.

— Duvido.

— Mais de doze vezes, meu pai falou.

— Por que levou o corpo para tão longe?

Breve pausa.

— No lago — arriscou Eduardo — era mais difícil de encontrar?

— Se ia confessar, por que não deixou o corpo em casa?

— Só confessou depois. Se arrependeu. Estava nervoso, então levou o corpo para longe e...

Paulo interrompeu-o:

— Como é que botou o corpo pesado no carro?

— Arrastou? Isso: arrastou.

— Por que não jogou o corpo fora antes de chegar no lago? Por que não jogou num barranco? Num rio? Por que não jogou dentro do lago com um peso amarrado, para afundar e os peixes comerem e ninguém nunca encontrar e ele poder dizer que a mulher sumiu, que a mulher fugiu de casa?

As respostas de Eduardo também vinham com interrogações:

— Não deu tempo? Ficou pesado demais para arrastar na lama? Não tinha o que pendurar nela? — e acrescentou, com segurança: — Se não a matou, para que confessar?

Paulo, que remoera a mesma pergunta por horas, sozinho no quarto, rebateu com outras: ela não gritou, enquanto era esfaqueada? Nenhum vizinho ouviu os gritos? Ela não tentou fugir nem pedir socorro?

Eduardo bocejou. Percebeu a neblina acinzentando a rua por trás de Paulo, achou que estava começando a sentir frio e pensou que gostaria de voltar logo para o leito morno. Paulo insistia.

— Ela estava com as mãos cortadas, se lembra?

Eduardo não tinha certeza de que se lembrava.

— Deve ter sido para tentar segurar a faca, Eduardo. Ela deve ter brigado para não morrer. Tem de ter brigado. Qualquer um briga para não morrer. E o dentista não era um homem forte para vencer ela.

— Que diferença faz? Já passa da meia-noite, Paulo. Amanhã nós temos aulas cedo. Amanhã, não: hoje.

— Não foi o dentista que matou ela. Não foi!

— Mas confessou. Pronto. Acabou.

— Ah, é? É? Então me diz: por que ele cortou o peito dela fora, Eduardo? Hein? Hein, Eduardo? Por que cortou fora, Eduardo? Por quê?

Calaram-se. De longe vinha o som entrecortado, falho, de um rádio. Ou de uma vitrola. Uma voz de barítono.

Que las rondas
No son buenas...
Que hacen daño,
Que dan pena...

• • •

O facho da lanterna de Eduardo brilhou sobre o semicírculo metálico que emoldurava a cabeça da imagem da santa de madeira. Apertava contra o peito um crucifixo e duas rosas, uma branca, outra vermelha. Talhada com minúcias no século XVIII, pintada em tons suaves e já esmaecidos, contrastava com as cores e o rosto de boneca de feira da estatueta de massa atrás dela, produzida industrialmente na segunda metade do século XX. À direita, a figura em gesso pintado de uma jovem de cabelos longos tinha um ramo de lírios brancos nos braços. Várias outras estatuetas estavam dispostas sobre a mesa oval de jacarandá, ladeadas por dois castiçais cilíndricos de prata, encimados por velas altas.

Os olhos de Paulo desviaram-se para os quadros de tamanhos e formatos diversos na parede acima. Mostravam mulheres e homens de ar piedoso. Alguns tinham chagas nas mãos e nos pés. Vários exibiam halos em torno das cabeças. Paulo reconheceu um deles: o velho barbudo que, apoiado em um cajado, atravessava um riacho levando ao ombro um sorridente menino de cachos dourados e olhos azuis. Era o mesmo santo que um motorista amigo de seu pai mantinha pendurado no espelho retrovisor do táxi.

— São Cristóvão — apontou. — Carregando o menino Jesus.

— Fale baixo — censurou Eduardo. — Se alguém nos pega aqui estamos fritos!

Paulo achou a precaução exagerada. Tinha certeza de que ninguém os vira pular o muro dos fundos, nem entrar pela veneziana do banheiro. Não havia gente nas ruas àquela hora da madrugada. Ainda que alguém passasse em frente à casa do dentista, não ouviria o que era dito por trás de suas paredes grossas. Ademais, ainda não aprendera a controlar o tom da voz, que começava a misturar tons roucos da adolescência que chegava aos agudos da infância. Protestou com um muxoxo, que Eduardo ignorou, atarantado diante das estatuetas.

— Nunca vi tantas.

— Tantas o quê?

— Santas. Santos. E tão antigos. Olha essa. Veja como é benfeita. Olha o nariz, as mãos, os detalhes das unhas. O crucifixo representa a devoção a Jesus Cristo.

Paulo não sabia o que significava devoção.

— É igual a amor, só que mais ainda.

A resposta não fez sentido para Paulo.

— Quem é?

— Santa Terezinha. Os devotos dela recebem uma chuva de rosas quando entram no paraíso.

Tampouco fazia sentido, mas Paulo não contestou.

— E a dos cabelos compridos?

— Santa Maria Goretti. Os lírios são para mostrar que era pura.

— Como você sabe que quer dizer isso?

— Todo mundo sabe.

— Eu não sei.

— Todo católico sabe.

— Minha mãe é que era católica. Meu pai não liga para religião. Ninguém me obriga a ir à missa.

— Nem a mim. Eu vou porque quero.

— Vai dizer que quando sua mãe e seu pai vão à igreja no domingo eles deixam você não ir?

— Eu vou porque quero ir.

— E eu não vou porque eu não quero.

Eduardo encerrou a discussão apontando para a santa de cabelos longos.

— Essa teve até um filme sobre ela.

— Qual?

— A dos lírios. Santa Maria Goretti. Um sujeito quis praticar atos indecentes com ela, ela não deixou, ele a matou a facadas.

— Então foi isso que aconteceu com a mulher do dentista!

— Mas não era puta?

— Ah, sim, era.

— E o dentista tinha direito de se aproveitar dela. Era o marido.

— Mas não foi ele que matou. Não é isso que a gente vai provar?

— É.

— Então vamos continuar a investigação. Vamos procurar mais. O que é aquilo, lá?

O facho mostrou ao fundo um móvel alto. Tinha duas portas na parte superior e uma gaveta embaixo. Abriram as portas. Uma delas rangeu. A luz correu por alguns ternos cinza-escuro, um par de paletós pretos e calças no mesmo tom, camisas sociais brancas, gravatas pretas e azul-marinho, jalecos brancos com as iniciais do dentista bordadas no bolso. Na gaveta encontraram pilhas de cuecas, camisetas e lenços, todos brancos. Enrolados em um canto, alguns pares de meias pretas.

— Só roupa de homem.

— Só roupa do velho.

— Só roupa do dentista.

— Aqui é o quarto dele.

— Quarto deles, Paulo. Marido e mulher dormem juntos.

— Olha ali: a cama é de solteiro.

— Deve ser quarto de hóspedes — Eduardo comentou, de olho na imagem do Cristo crucificado, acima do leito. — Gente rica tem isso. O quarto do casal é outro, com certeza.

Saíram. A luz da lanterna percorreu o corredor até a porta do banheiro por onde tinham entrado. Adiante, numa saleta azulejada até o teto e piso de lajotas vermelhas, havia apenas uma mesa de jantar, duas cadeiras, um fogão, um bujão de gás.

No sentido oposto o corredor levava à frente da casa, onde ficava o consultório dentário, separado do corpo do imóvel por divisórias de alumínio e placas de plástico leitoso de construção recente. Poucos metros antes, frente a frente, duas portas fechadas.

Foram até elas.

A da esquerda estava apenas encostada. Empurraram e entraram. De lado a lado entre as paredes havia radiografias e negativos fotográficos pendurados em cordões. A um canto, sobre a bancada de uma pia, duas vasilhas retangulares de metal, com líquido até a metade. Em uma delas boiava uma folha de plástico escuro, que Eduardo pegou, examinou contra o facho da lanterna, depois estendeu a Paulo: imagens de um dente com raiz comprida. Paulo jogou-a de volta no líquido.

No cômodo em frente, a porta pareceu trancada, mas acabou por se abrir quando Eduardo a empurrou mais forte, após girar algumas vezes a maçaneta de louça. A luz da lanterna bateu no espelho de uma penteadeira e eles se viram refletidos: dois meninos, numa casa às escuras, em busca de algo que não sabiam o que era.

Boa parte do aposento era ocupada por uma cama de casal larga, coberta por colcha de tecido atoalhado verde. Na parede ao lado, um móvel de madeira marchetada, com bordas arredondadas e várias gavetas. Sobre o tampo de mármore, nenhum objeto. Nem imagens de santos nas paredes. Ou crucifixo acima do leito. Travesseiros, tampouco.

Eduardo foi à penteadeira. Viu embalagens de cosméticos, caixas de pó, esponjas, vidros de esmalte e perfumes. Não eram diferentes dos que via na penteadeira de sua mãe. Exceto pelas cores: todos os batons e esmaltes da mulher assassinada eram de um vermelho denso como o de uma goiaba podre.

Cautelosamente abriu, uma a uma, as quatro gavetas laterais. Encontrou um pente aqui, uns grampos ali, uma escova de cabelos na outra, um estojo de manicure, um par de botões, uma almofada pequena com agulhas e alfinetes, uma tesoura, algumas moedas. Nenhum bilhete revelador, carta ou mensagem.

— Ilumina aqui, Eduardo.

Virou-se, apontou a lanterna. Paulo tinha nas mãos várias peças de roupa semelhantes, que acabara de retirar da gaveta mais baixa do armário. Colocou uma na cabeça. Parecia uma touca dupla. Sorriu, encantado.

— É um sutiã, Eduardo!

— Põe de volta.

— Por quê?

— São roupas da morta.

— Já tinha visto tantos sutiãs?

— Não fica mexendo nisso.

— Mas não estamos procurando pistas?

— Sutiã não é...

Interrompeu-se. Fez sinal com o indicador nos lábios, pedindo silêncio.

— O quê...?

Eduardo repetiu o sinal de silêncio. Apontou na direção do corredor. Havia uma claridade nova, irregular.

Um facho de luz percorreu o teto do corredor, em seguida o assoalho. Uma outra lanterna. Uma outra pessoa na casa. Devia estar usando sapatos de sola de borracha porque não ouviam senão um ruído surdo, conforme as velhas tábuas eram pressionadas a espaços regulares. Passos curtos. Cautelosos.

— Quem...?

Eduardo tapou a boca de Paulo com a mão. O ruído dos passos continuou pelo corredor. A luz da outra lanterna voltou-se na direção do quarto que tinham deixado há pouco. O corredor ficou novamente às escuras.

Ouviram o ranger da porta do armário duplo, em seguida o ruído dos ganchos dos cabides sendo afastados. Eduardo indicou com a cabeça que deveriam sair dali, tomou o sutiã das mãos de Paulo e o jogou de volta na gaveta. Então viu uma caixa retangular no fundo dela. Pegou-a. Ficou indeciso entre abri-la ou levá-la. Paulo, levantando-se, esbarrou na caixa. O conteúdo se esparramou no chão.

— Camisas de vênus! — exclamou, entre os dentes, reconhecendo os preservativos de látex iguais aos do irmão. — Quantas!

Esticou-se para pegar algumas, mas Eduardo puxou-o pela manga e o arrastou para fora do quarto. No banheiro, Paulo ajudou Eduardo a passar entre as venezianas. Em seguida subiu na beira do vaso sanitário, pisou no beiral da janela, inclinou-se, enfiou o ombro esquerdo entre um painel de vidro e outro, depois a perna esquerda, logo se esgueirou e estava junto a Eduardo no quintal da casa.

Do outro lado da rua esconderam-se atrás de uma caçamba de lixo.

• • •

Ouviram o sino da catedral. Uma badalada. Pausa. Uma segunda. Silêncio.

— Duas da manhã! Se minha mãe descobre que não estou na cama vai ficar preocupada.

Paulo torceu para que a festa de prostitutas, cachaça e risos, em que imaginava seu pai e Antonio mergulhados, estivesse mais animada que nunca.

— Se meu pai volta e descobre que não estou em casa, me mata.
— Por que ele te bate sempre?
— Nem sempre.
— Já te vi com a cara inchada tantas vezes...
— Culpa minha.

— Culpa sua?
— Eu não presto.
— Que é isso, Paulo?
— Não presto.
— Nunca te vi fazer nada que...
— Penso muita coisa ruim — interrompeu.
— Que coisas?
— Coisas. Feias.
— Como o quê?
Paulo calou-se.
— Pode falar.
— Tem vezes que eu...
Calou-se, novamente.
— Fala, Paulo.
— Nada, não.
— Pode falar.

Tem vezes que eu queria enfiar uma faca no coração do meu pai, Paulo teve vontade de dizer. Furar ele. E torcer a faca. Cortar a garganta dele até esguichar todo o sangue por ali, como um porco. Furar o olho dele, bater com uma pedra na cabeça dele até esmagar tanto, tanto, que ninguém nem soubesse de quem era aquela cara, jogar gasolina na cama em que ele dorme e acender um fósforo, botar fogo na casa e ver ele e o Antonio arderem até virarem dois pedaços de carne preta, dar um tiro na boca dele, dar um tiro em cada mão e em cada pé dele, cortar cada dedo, um a um, cortar o nariz, cortar as orelhas, cortar os lábios, cortar a língua, cortar o pinto, cortar o saco. Penso isso tudo o que meu pai sabe que eu penso e ele sabe que eu tenho esses pensamentos porque eu tenho sangue ruim, nasci com esse sangue ruim, não é como o sangue dele e o do Antonio, tenho sangue ruim como o da família da minha mãe e ele sabe, porque eu não presto e se eu não afastar esses pensamentos da minha cabeça um dia eu sou capaz de fazer tudo isso mesmo porque eu... porque eu tenho...

Desejos perversos, diria, se conseguisse entender o significado do que lhe ocorria e permanecia após cada ato de violência do pai. Respondeu apenas:

— Coisas. Ruins. De raiva.

Eduardo não entendeu.

— Por que seu pai te trata assim?

— Não sei.

— Ele não gosta de você?

— Não sei.

— Mas se você resolver esse crime ele vai gostar.

— É.

— Vai ficar orgulhoso.

— É.

— Se você provar que o dentista não é o assassino da mulher, ele vai te tratar de outra maneira. Não vai?

Paulo não respondeu. Olhava para a frente, quieto, a atenção voltada para uma figura que abria o portão da casa do dentista e se afastava na direção oposta à que estavam.

Foram atrás.

Talvez porque o calçamento de pedras fosse irregular, talvez porque a rua em aclive assim exigisse, o homem caminhava devagar, bem no centro dela. A cada círculo de luz dos postes era possível observá-lo melhor. Baixo. Magro. De paletó. Cabelos brancos. Ou grisalhos.

Se olhasse para trás ele veria dois garotos, um mais comprido que o outro, andando muito perto das paredes e muros das casas centenárias, buscando as sombras como os detetives dos filmes que tinham visto. Porém o homem baixo magro de paletó e cabelos brancos ou grisalhos seguia em frente, sem pressa. Passeava? Àquela hora da madrugada?

Virou à esquerda, entrou em um beco.

Eduardo e Paulo correram para não perdê-lo de vista. Não foi necessário: continuava caminhando no mesmo passo curto e ritmado.

Assim chegou à próxima rua de paralelepípedos, igualmente margeada por sólidas casas datadas da metade do século XIX, construídas pelos fazendeiros de café da região para visitas e compras na cidade. Quando a maioria se arruinou após a libertação dos escravos tiveram de vendê-las, ou seus descendentes fracassados as transformaram em residência permanente, escorraçados das grandes fazendas dos pais e avós, perdidas para hipotecas bancárias ou para recém-chegados imigrantes europeus. Poucas das casas ainda estavam preservadas. A maioria fora descaracterizada por adições e reformas: fachadas modernizadas, curvas de cantaria substituídas por linhas retas de tijolo e cimento, azulejos portugueses por argamassa e pintura, janelas de pinho-de-riga por alumínio, vidros bisotados franceses por plástico corrugado recém-fabricado nas indústrias que se multiplicavam em São Paulo. Duas casas tinham desabado. Uma terceira, junto a elas, fora demolida, e no terreno formado pelas três, no final dos anos 1920, erguido um cinema de dois andares em vago estilo *art déco*.

O homem sem pressa parou diante dele, pareceu ler o título na marquise, em letras maiúsculas de madeira pintadas de preto, penduradas sobre grade de arame grosso: *Atirem no pianista*. Era o filme exibido na noite anterior. No Cine Theatro Universo, como em tantos outros de cidades do interior do Brasil naqueles tempos, as atrações eram trocadas diariamente, exceto nos fins de semana. Podiam ser francesas, italianas, mexicanas, argentinas, alemãs, japonesas, americanas ou nacionais. A da noite seguinte estava anunciada no cartaz sobre cavaletes, no saguão por trás das portas de ferro sanfonadas. Era uma fita brasileira: *Um candango na Belacap*, com Ankito e Grande Otelo. Paulo dava boas risadas com eles, Eduardo gostava mais de Oscarito. Nas vitrinas externas, um cartaz em tons vermelhos, por enquanto só com o título americano, *West Side Story*, e um em preto e branco, em que a imagem de uma mulher loura dentro de uma fonte vinha abaixo do nome Federico Fellini, junto a três palavras: *A doce vida*.

Paulo, por trás de Eduardo, sem conseguir ver o rosto do homem que seguiam, elaborava teorias.

— Ele é suspeito.
— Por quê?
— Não é assim que se fala, quando uma pessoa pode ser o assassino?
— Suspeito, sim, é a palavra.
— Pois ele é. Olha só o jeito dele.
— Está com as mãos nos bolsos do paletó, lendo os cartazes dos filmes.
— Se não é suspeito, foi fazer o que na casa do dentista?
— O que você acha?
— Esconder provas do crime! Aposto que ele é o verdadeiro assassino.
— Ele é baixo como o dentista. E magro, também.
— E se os dois se juntaram para matar ela? Enquanto ela lutava com um, o outro enfiava a faca.
— Não havia nada quebrado lá. Nenhum sinal de luta. Não encontramos prova de nada.
— Porque o suspeito apareceu. A gente teve de fugir.
— Suspeito? Com essa calma?
— Mas quem é ele, então? Foi fazer o quê, lá na casa do dentista?

O suspeito de Paulo virou-se, caminhou alguns passos, entrou na praça que tinha o nome de um herói local, morto na batalha de Monte Cassino, na Itália, durante a Segunda Guerra Mundial, mas que os moradores da cidade insistiam em chamar apenas de A Praça do Jardim de Cima. No centro, dominado por um coreto em forma de pagode chinês, o homem de cabelos brancos ou grisalhos subiu os quatro degraus, apoiou-se na balaustrada de ferro moldado em imitação de bambu, olhou em torno, desceu, sentou-se em um banco.

— Viu a cara dele?
— Mais ou menos.
— Quem é?
— Acho que não conheço.
— Nunca viu?
— Acho que não.

Sob a marquise do cinema, confiando no abrigo das sombras, viram quando o homem tirou algo do bolso interno do paletó, sem conseguirem distinguir o que era. Acharam que escrevia. Interrompia, olhava o objeto, parecia escrever mais um pouco. Guardou o objeto de volta. Cruzou as pernas e permaneceu assim por algum tempo. Levantou-se. Olhou em torno, como se buscasse uma direção. Partiu.

Desceu a ladeira onde placas diversas, acima de vitrines apagadas e portas de ferro, indicavam as lojas da principal rua de comércio. Ao fim dela, nova ladeira levava à parte mais alta da cidade, ocupada pela catedral de torres duplas, desproporcionalmente grandiosa, inaugurada pelo representante do jovem imperador Pedro ii em 1835 em testemunho da religiosidade, prestígio e poder econômico dos barões de café.

Passou pela igreja, contornou-a, desceu a rua íngreme à direita. Na parte plana, sempre afastado da calçada, cruzou frente à fachada de tijolos vermelhos pontuada por janelas basculantes. Uma águia de concreto, pintada de branco e tendo no bico uma placa de bronze com a frase "Inaugurada em 1890" e ramos de algodão nas garras pousadas sobre um globo terrestre em alto-relevo, encimava os dizeres Fábrica de Tecidos União & Progresso. A mãe de Paulo trabalhara ali como tecelã. Ali conhecera o futuro marido, operário do setor de tinturaria antes de se tornar açougueiro.

— Para onde você acha que ele está indo?
— Não sei, Paulo. Para casa?
— Ele está indo cada vez para mais longe.

A área que o homem percorreu a seguir era pouco conhecida deles. As casas iam rareando, surgiam terrenos desocupados, um ou outro cercado por muro de tijolos ou varas de bambu, muitos cobertos por capim alto e pés de mamona. Após um destes, um paredão de pedras, extenso, patinado de limo, pontuado por tufos de avencas e marias-sem-vergonha. Sobre ele, no trecho menos iluminado da rua, dobravam-se os galhos volumosos de uma das árvores do lado de dentro.

Foi debaixo dela que ele parou. Chegando muito próximo do muro, ergueu os braços, pareceu procurar com as mãos, encontrou: uma corda.

Conforme começou a puxar, com algum esforço, surgiram do outro lado duas pontas de madeira, unidas por tábuas paralelas, em uma das quais a corda estava amarrada. Uma escada de pintor.

Após abaixá-la até a calçada, o homem de cabelos grisalhos ou brancos encostou a escada contra as pedras. Subiu cada degrau com cuidado. Sentou-se no alto do paredão. Em precário equilíbrio, puxou a corda, erguendo a escada. Virou-a para a parte de dentro. Segurou um galho, colocou um primeiro pé num dos degraus, depois outro, soltou o galho, pôs as duas mãos na escada e logo desapareceu por trás das ramadas.

Correram até o muro. A corda ainda balançava entre as folhagens. Uma troca de olhares bastou para que decidissem.

— Vamos lá dentro!

Paulo fez um apoio com as mãos, Eduardo pisou nelas e pulou, esperando pendurar-se na corda. Agarrou-a, mas caiu sentado. A corda veio parar no meio de suas pernas. Não estava mais presa à escada.

Após um momento de decepção e surpresa, recobraram o ânimo. Paulo enrolou a corda em torno do pescoço, enquanto Eduardo procurava outra entrada. Deu a volta ao muro. Encontrou um portão duplo de madeira, quase da mesma altura do paredão. Trancado. Pregado nele, uma placa. Dizia: Asilo de Idosos São Simão.

Longe, o relógio da catedral soou uma, duas, três vezes.

3.
Caubóis e índios

O velho dormia torto na espreguiçadeira de lona, protegido do sol da tarde pela folhagem da árvore esparramada para além do muro do pátio. De sua boca aberta escorria uma baba fina, que descia pelo queixo, molhava a gola da camisa do uniforme do asilo. Os ralos fios de cabelo deixavam à mostra manchas escuras pela cabeça. Outro velho, ainda vestindo pijama, sorria para os dois meninos uma boca sem dentes. À frente, dois jogavam cartas, um terceiro permanecia imóvel diante de um tabuleiro de xadrez, um quarto folheava uma revista. No banco junto ao muro um arruivado e sardento balançava o corpo para a frente e para trás, enquanto balbuciava uma canção sem som. Mais além, apoiando-se em muletas, um gordo sentou-se ao sol e estendeu à frente a única perna, enrolada em bandagens. Tinha feridas violáceas no rosto. Próximo a ele, sobre uma cama de rodas, uma figura envolta em cobertores gemia. Em outras macas, bancos, espreguiçadeiras, outros velhos. Dezenas deles.

Eduardo e Paulo não sabiam para onde se dirigir, rodeados pelo amontoado de miséria humana e corpos arruinados como sequer sabiam possível. Descobriam um destino para os velhos diferente do que conheciam, do que tinham visto, do que ouviam falar: dos que chegavam ao fim amparados pela família, expirando em seus próprios leitos, assistidos pela mulher, por filhos, por netos, um amigo, ao menos.

— Ele não está aqui. Nenhum desses é o homem que pulou o muro ontem à noite.

— Tem que estar. Nós vimos ele entrar — Paulo insistiu, a corda enrolada em torno do ombro.

— Olhe para esses velhos, Paulo! Olhe!

Aqueles no pátio eram o refugo que não conheciam. Os enjeitados, os malucos, os enfermos, os caducos, os chaguentos, os mutilados, os senis, os alcoólatras, os débeis, os pobres, os analfabetos, os mendigos, os aleijados largados à própria sorte. Os sobrinhos, avós, pais, tios esquecidos em sanatórios e hospitais, enxotados de casa ou recolhidos sob marquises, sob pontes, em becos, lixeiras, praças, em jardins e calçadas, em beiras de estradas do país que se industrializava, se agigantava, se modernizava. A nação da América do Sul das repúblicas de bananas que navegava para fora do Terceiro Mundo fabricando tornos e automóveis, caminhões, tratores, geladeiras, lâmpadas, liquidificadores, televisores, aparelhos de som, sapatos, refrigerantes e máquinas de lavar, o país que fora capaz de crescer cinquenta anos em apenas cinco de total democracia, e que não tinha mais lugar para aqueles homens.

— Ninguém aqui conseguiria entrar na casa do dentista. Nem fazer aquele truque da corda.

— Quem sabe está escondido lá dentro?

— Todos estão aqui. É hora do banho de sol. Lá dentro só fica quem está muito doente.

— Então...?

— Não é daqui. Entrou aqui, mas é de outro lugar — Eduardo concluiu, girando sobre os calcanhares, encaminhando-se para a saída. Paulo o seguiu.

— E agora?

— Vamos embora.

— Assim a gente deixa o suspeito escapar.

— Que suspeito, Paulo? Olhe esses velhos.

— Estou olhando.

— Está vendo alguém parecido com o homem desta madrugada?

— Não. Ninguém. Espere...

Pararam. Paulo apontou na direção de uma dupla: um velho parecia olhar para eles com atenção, o outro cobriu o rosto com um jornal, como se estivesse lendo.

— Aqueles.

— Um é careca. O outro é alto. Nosso suspeito é baixo e tem cabelos brancos ou...

Foi interrompido por uma voz atrás dele:

— Joga xadrez?

Era o homem diante do tabuleiro. Apontou a cadeira vazia em frente:

— Quer jogar?

— Não, obrigado, estamos indo embora.

— A gente não sabemos jogar — acrescentou Paulo.

— Não sabemos e já estamos de saída — Eduardo disse rápido, encobrindo o erro de concordância do amigo.

— Nenhum dos dois joga xadrez?

— Meu pai joga damas com meu irmão. É igual?

— Conhecem o jogo?

— Já vi na televisão — Eduardo respondeu.

— Você possui um aparelho de Tele-Visão? — o velho admirou-se, separando as duas palavras. — Nunca assisti Tele-Visão. É tão bom quanto cinema, como dizem?

— Ah, não. É tudo em preto e branco. Mas na minha casa não...

— Sua Tele-Visão não é em tecnicolor?

— Só existe televisão em preto e branco. E a imagem fica fugindo, sabe? Como se estivesse dentro de uma onda, entende?

— Flutuando?

— Isso, flutuando! Os artistas aparecem tortos. A tela é pequena e dentro de uma caixa. Lá dentro tem muitos fios e muitas válvulas, que são como lâmpadas, entende? Só que diferentes.

— Sua família deve ser abastada. Um aparelho de Tele-Visão custa caro.

— Não somos ricos, não, senhor. E nós não temos...

— O pai do Eduardo é mecânico da Estrada de Ferro Central do Brasil — Paulo explicou.

— Eu vi televisão na casa do meu tio.

— No Rio de Janeiro — acrescentou Paulo.

— Seu tio é um homem de posses, com certeza.

— Acho que sim. É, sim.

— O tio dele mora num bairro chamado Tijuca. Lá todo mundo tem automóvel.

— Meu tio tem um Aero-Willys, conhece? É um carro grande, cabem seis pessoas.

— O tio dele é mecânico de aviação.

— Trabalha na Panair do Brasil.

— O tio dele já foi na Europa e nos Estados Unidos.

— A Panair do Brasil é uma companhia de aviação, conhece? Uma das maiores do mundo. Ele é meu tio porque é casado com a minha tia. A irmã da minha mãe.

— O tio dele já foi duas vezes na Europa.

— E uma aos Estados Unidos. Eles foram. Ele e minha tia. Ele disse que vão de novo, ano que vem.

— É esse tio dele que tem televisão em casa. Na Tijuca.

— Mas meu pai falou que vai comprar uma. Assim que tiver dinheiro.

— E quando instalarem uma torre aqui, para receber.

— Para receber a imagem. É transmitida pelo ar, feito o rádio.

— Aqui não nos deixam ouvir rádio. É proibido. As freiras não gostam.

— Não gostam de música?

— De barulho. De música alta. Muitos velhos daqui são surdos e só conseguem ouvir rádio em alto volume. Por isso as freiras proibiram. Mas elas não gostam de nada. Proibiram até os noticiários. Nem sequer o *Repórter Esso* podemos escutar. Aqui as revistas são velhas, os jornais de dias atrás. Ficamos isolados, sem saber o que se passa no mundo. Essa corda é a minha?

Pego de surpresa, Paulo não soube o que responder.

— Essa corda no seu ombro, menino: É a minha? — insistiu o homem moreno e levemente estrábico. A voz tinha uma suave cadência nordestina.

— Sua, como? — reagiu Eduardo.
— Minha. Comprada com meu dinheiro. Estava amarrada à escada.
— Escada?
— Que escada? — repetiu Paulo.
— A escada de madeira que estava ali, encostada ao muro.
— Não sei de escada nenhuma!
— Sabe, sim. Vocês dois sabem. Tanto sabem que vieram aqui.
— Vim trazer uma encomenda do açougue do meu pai.
— É mentira. Você e seu amigo estavam fuçando pelo pátio.
— O pai dele mandou trazer um pacote de carne e eu vim junto.
— Vocês entraram aqui sem pacote nenhum.
— Porque entreguei na portaria.
— Me dê essa corda. É minha.
— A corda é nossa — afirmou Paulo.
— Foram vocês que me seguiram.
— Nós? — a surpresa de Eduardo era genuína.
— Vocês. Eu vi.
— Viu?
— De jeito nenhum. Nós nunca...
— Vocês invadiram a casa do dentista. Depois me seguiram até aqui.
— Nós... O quê? — Eduardo tentou um tom indignado.
— Vocês me seguiram e levaram minha corda.
— Eu nem saí de casa ontem à noite. E o Paulo está proibido de sair.
— Se eu sair de noite meu pai me mata.
— Minha mãe tem sopro no coração. Não posso ficar por aí de madrugada.
— Vocês invadiram a casa que estava fechada pela polícia. Invadiram a cena do crime.
— De jeito nenhum! — protestou Eduardo, sem convicção.
— A gente só ficou do lado de fora.
— Foi isso que fizemos. Ficamos vigiando do lado de fora. Para ver se acontecia alguma coisa.

— Vocês reviraram tudo. Mexeram na roupa íntima de dona Anita.

— A gente ficou o tempo todo do lado de fora da casa.

— Vocês invadiram a cena do crime. Entraram pela janela da cozinha ou pela janela do banheiro. Foram aos quartos, foram ao laboratório, abriram os armários, abriram as gavetas. Tiraram várias evidências do lugar. Talvez tenham escondido alguma.

— Não somos ladrões!

— Roubaram minha corda.

— Não roubamos.

— Ela caiu, quando eu puxei.

— Então me devolva.

— Como a gente pode saber que é sua mesmo?

— O que foram fazer na casa do dentista?

— Nada.

— É que o Antonio, o meu irmão, ele falou que a mulher do dentista...

— Buscavam o quê?

— O irmão dele falou umas coisas da mulher do dentista e aí o Paulo foi à minha casa...

— Aí a gente pensou que ele, que o dentista, que ele era pequeno e velho, sem querer ofender o senhor, mas aí a gente pensou como é que um velho ia poder matar uma...

— Me dê essa corda.

— Não levamos nada da casa do dentista, o senhor pode acreditar — garantiu Eduardo.

— Diga ao seu amigo que me dê a corda.

— Encontrado não é roubado.

— Seus pais sabem que vocês passam as madrugadas fora de casa, zanzando pelas ruas da cidade?

— Foi só essa vez!

— Não conta para o meu pai, por favor.

— O jogo de xadrez é muito interessante, sabem? Eu diria, e nisso não tenho receio de estar cometendo exagero, eu diria até que a prática do xadrez nos prepara, falo em sentido metafórico, evidentemente, nos prepara para os embates da vida, vocês compreendem?

— Sim, senhor — acedeu Eduardo, mentindo, disposto a qualquer concessão para sair daquela situação.

— O que é metafórico? O que é embate?

— Depois te explico, Paulo.

— E o senhor, estava fazendo o quê na casa do dentista?

— Viver em asilo é muito aborrecido. Não estou aqui por caridade, vejam bem, como estes pobres coitados. Pago minha estadia com os proventos de minha aposentadoria.

— *Pró*-ventos? — o sotaque do velho confundiu Paulo.

— O que tem os ventos?

— *Prô*-ventos — corrigiu Eduardo, exagerando a pronúncia. — Nada a ver com os ventos. Dinheiro. Salário.

— Meu salário, meu dinheiro — o velho sublinhou. — Minha aposentadoria. Não devo favores a ninguém.

— O senhor também invadiu a cena do crime! — Paulo irritou-se.

— Não invadi coisíssima alguma. Aqui os velhos só falam do passado. Quando ainda conseguem falar de alguma coisa. O único assunto das freiras é o reino dos céus. Trancam os portões depois do jantar. Às oito da noite, todos em suas camas! Só descobri que tinha acontecido um voo espacial porque fugi ontem à noite. O primeiro da história da humanidade e nem sequer um comentário das freiras ou dos velhos!

— Iuri Gagárin — lembrou Paulo.

— A Terra é azul! — Eduardo citou.

— Um russo — acrescentou Paulo.

— Não posso ficar preso aqui dentro. Me dê a corda.

Paulo olhou para Eduardo, que meneou levemente a cabeça, antes de estender a corda ao velho.

Ele não a pegou.

— Coloque atrás daquele arbusto.

Paulo e Eduardo caminharam até a vegetação junto ao muro, procuraram a mais densa e ali esconderam a corda. Quando se viraram, o velho já caminhava para o interior do asilo, levando sob o braço a caixa do jogo de xadrez.

• • •

Sentado na calçada em frente ao muro do asilo, Eduardo assoviava uma canção. Assoviava baixo, desatento ao que fazia, aguardando Paulo. Perscrutava o céu, na esperança de ver uma estrela cadente.

A princípio os sons não tinham compasso. Um menino, assoviando na noite, para se distrair. Aos poucos, sem que percebesse, os tons foram se alinhando, uma nota se harmonizando com a seguinte, tomando o caminho de uma melodia. Suave. Ritmada como passos deslizando sobre um piso claro, frio. Juntas, ondulantes, as notas acabaram por formar uma música tantas vezes ouvida antes das sessões no Cine Theatro Universo e cantarolada vez por outra por sua mãe, as costas arqueadas sobre a máquina de costura, o pedal marcando a cadência. A voz, um sussurro quase, tinha harmonia doce e melancólica.

Amapola,
lindísima Amapola,
Será siempre mi alma, tuya sóla
Yo te quiero,
amada niña mía
Igual que ama a la flor,
la luz del día

O muro em frente, as estrelas acima, os paralelepípedos a seus pés, tudo em torno dele perdeu a nitidez. Achou que já tinha passado por aquela situação, a mesma, igual, igualzinha, alguma vez no passado ou agorinha mesmo, e não entendeu o que era nem por que seus olhos tinham se enchido de lágrimas. Outra vez isso, pensou, outra vez essa... essa... o quê?, tomava conta dele como um aperto no corpo inteiro, como se algo estivesse machucado, ralado, ardendo. Mas lá. Dentro. Uma pontada. Não uma dor: pontada. Fina, fina, fininha. Doía fino. E levava tempo para passar. Ou, ao menos, amainar. Quando finalmente parecia sumir, deixava uma vontade de ficar quieto, de não rir, de não conversar, de não brincar, de não sair.

Amapola,
lindísima Amapola,
No seas tan ingrata
Y ámame,
Amapola,
Amapola,
Cómo puedes
Tú vivir tan sola...

Se estivesse em casa, fecharia a porta do quarto, se deitaria, cerraria os olhos e procuraria sair daquele desânimo conjugando mentalmente verbos irregulares; citando cada país da América do Sul, da América Central e da América do Norte e sua capital; repetindo as declinações em latim; lembrando, alternadamente, como fazia agora, murmurando, os afluentes da margem direita do rio Amazonas — Javari, Juruá, Purus, Madeira, Tapajós e Xingu — e os da margem esquerda — Içá, Japurá, Negro, Trombetas, Paru e Jari. Se as imagens dos rios caudalosos ziguezagueando pela floresta não fossem suficientes para aquietá-lo, tentaria os presidentes da república, de frente para trás: Jânio Quadros, Juscelino Kubitschek, Getúlio Vargas, Eurico Gaspar Dutra...

— O que você está fazendo?
Paulo acabara de chegar. Estava a pé.
— Lembrando os presidentes do Brasil. Você está atrasado.
— O pai e o Antonio demoraram a sair. O velho já apareceu?
— Não. Cadê sua bicicleta?
— Deixei em casa. Assim pensam que estou por lá.

Eduardo estendeu para ele duas tiras de papel, escritas e dobradas. Antes mesmo de abrir Paulo já sabia o que eram: o significado das palavras que o velho dissera à tarde. "Embate". "Metafórico". Eduardo tinha um dicionário. Na escola, fora ele, só os filhos de doutores. Mas estes não contavam: os livrões pertenciam aos pais.

Palavras decifradas eram parte de um acordo de ajuda mútua, nunca verbalizado, entre eles. Na porrada ou nos estudos, um amigo está sempre pronto para estender a mão ao que precisa. Os papelotes das palavras, muitos já, eram guardados sob meias e cuecas, em um canto do guardaroupa, para Antonio não descobrir. Riria, com certeza. Debocharia do interesse dele. Palavras!... Sinônimos!... Guardadas como tesouros!... Quanta babaquice, Neguinho!

Paulo inspirou, profundamente, com prazer. O ar estava carregado do aroma de damas-da-noite. O cheiro ardente parecia fazer carícias dentro dele. Estava perto de acabar, uma pena. O inverno se aproximava. Quando o tempo esfriasse, a flor em forma de cálice, de bordas nacaradas, fechada, murcha e inodora durante o dia, desapareceria de sua vida. O fim da fragrância intensa marcava o fim do verão.

— Que horas são? — perguntou.

Eduardo levantou-se, esticou o pescoço, mas dali não via o relógio da torre direita da catedral.

— Umas dez e tanto. Acho.

Paulo chutou uma pedra imaginária. Depois uma bola de futebol imaginária. Depois uma bola de futebol imaginária diante da boquiaberta plateia de um estádio estrangeiro. Vestia o uniforme da seleção brasileira, ao lado de Zito, Didi, Pelé, Garrincha, Nilton Santos, Bellini, Orlando, Mazzola, De Sordi, Zagallo e Gilmar. Em rádios e alto-falantes, nas maiores capitais e até nos vilarejos mais remotos, as vozes dos locutores berravam, por cima dos gritos entusiasmados das multidões reunidas pelas ruas e avenidas do país. O maiooor jogador de futebol de toodos os tempos, meus caros ouvintes, um heróooi para toodos os poovos do mundo, o craque dos craques, senhoras e senhores, de frente para o gol!

Antes que a bola imaginária, impulsionada pelo chute mais poderoso da história do esporte, passasse zunindo junto à cabeça do goleiro louro e balançasse a rede da seleção adversária, Paulo percebeu movimento na folhagem da árvore grande. Ali estavam a corda, a escada, o homem de cabelos brancos descendo até a calçada.

— O que fazem aqui? — resmungou ao vê-los.

A corda e a escada tinham sumido de vista. Paulo não se conteve.

— Como o senhor consegue?

— Física, lógica e ânsia de liberdade — respondeu, limpando as mãos com um lenço.

Paulo sorriu. O velho fechou a cara.

— É tarde. Hora de criança estar na cama.

— Não sou criança! Nem o Eduardo! Vamos fazer treze anos!

Eduardo foi direto à lista de perguntas preparada e ensaiada com Paulo.

— Na casa do dentista será que o senhor chegou a encontrar...

— Vão embora! — interrompeu o homem.

— A gente só queria... — tentou Paulo.

— Xô! Xô! — o homem sacudia as mãos como se enxotando galinhas. — Passem fora!

— A gente acha que quem matou a mulher loura não foi o... — Eduardo recomeçou.

As mãos passaram a se agitar com mais intensidade.

— Xô! Xô! Fora daqui, já!

— O dentista confessou, mas a gente acha que...

— Xô! Para as suas casas! Xô, xô!

— Mas é que nós...

— Xô! Fora daqui!

— Nós...

— Andem, andem!

Os meninos se entreolharam.

— Fora! Não ouviram o que eu disse? Fora! Xô! Vão para suas casas, vão dormir! Xô, xô! Vão embora! Já!

Eduardo e Paulo deram as costas e se afastaram. O velho esperou que sumissem de vista.

Foi na direção oposta.

Tão logo virou a esquina, Paulo emergiu das sombras. Eduardo apareceu em seguida.

Não era difícil segui-lo. Como na noite anterior, caminhava pelo meio das ruas vazias. Passou sem pressa em frente à fábrica de tecidos. Subiu devagar a ladeira atrás da catedral. Rodeou-a. Parou. Virou-se, olhou para o grande relógio na torre. Retomou a caminhada. Pequeno, franzino, atravessou a passos lentos a rua do comércio, deserta e silenciosa. A Eduardo pareceu uma visão desoladora.

— Não quero ficar velho — disse, em voz baixa.

Paulo não entendeu.

— Velho. É triste.

— Por quê?

— Vejo um velho assim, feito esse... Eu sinto assim como... Não sei explicar. Não tem mais nada para ele, não é?

— Não entendi.

— Acabou, não é?

— Acabou o quê?

— Tudo. Para ele.

— Não entendi.

— Deixa pra lá.

Chegando à praça, o homem de cabelos brancos foi em direção ao único prédio ainda aceso. Um botequim. Os dois últimos clientes conversavam com o dono, por trás do balcão. O velho se juntou a eles.

— São os cúmplices — disse Paulo, ainda encantado com a palavra.

Eduardo discordava. Achava que comparsas não ousariam se encontrar tão abertamente. Mas tampouco tinha explicação para o comportamento errático do homem que seguiam. Paulo ofereceu a teoria que acabara de lhe ocorrer.

— Ele é o assassino. Foi na casa do dentista para esconder as provas. Os criminosos sempre voltam ao local do crime.

— Mas o crime foi perto do lago.

— O dentista não disse para a polícia que matou ela em casa?

— Mas nós sabemos que não pode ter sido lá.

— É ou não é esquisito o velho de um asilo ter ido na casa?

— É.

— Se esse velho não é cúmplice do dentista, é maluco.

— Pode ser. Meu avô era assim.

— O tal que você chamava de *Nonno*?

— Não, esse era o italiano, pai do meu pai. O doido era o português, pai da minha mãe. Fugia de casa, sumia por vários dias, tomava porres, cantava na rua. Minha mãe tinha vergonha dele.

Um dos fregueses saiu cambaleante. Pouco depois, o outro. O homem de cabelos brancos continuou de pé junto ao balcão. Bebia um líquido transparente, servido pelo proprietário em um copo pequeno. Paulo achou que devia ser cachaça.

— Esse avô doido ia muito na sua casa?

— O português? Vivia conosco em São Paulo. Quando meu pai foi transferido para o interior, minha mãe mandou ele para a casa da irmã no Rio. Morreu lá. Não lembro direito de quê. Também não lembro o nome dele. Acho que era Vicente. Mas eu só chamava ele de vô. Uma vez me levou à zona.

— Na zona? Das putas?

— É. Minha mãe ficou danada, quando descobriu.

— Elas estavam peladas?

— As putas? Não lembro. Eu era criança, ainda.

— Não lembra se as mulheres estavam peladas?

— Acho que não estavam peladas, não.

— É... — Paulo suspirou. — Não deviam estar. Se você tivesse visto uma mulher nua, você não ia esquecer.

Do lado de fora do bar, o proprietário começou a cerrar as portas largas de madeira. O velho saiu. Prepararam-se para segui-lo, mas ele caminhou apenas até um dos bancos da praça e sentou-se. Do bolso interno do paletó retirou um caderno pequeno. Folheou algumas páginas, leu, fez anotações. Guardou o caderno de volta. De outro bolso puxou um cigarro amassado e uma caixa de fósforos. Acendeu. Deu um trago longo, soprou a fumaça, tragou novamente.

Paulo bocejou. Estava com muito sono.

• • •

A ponta da caneta fechou o semicírculo da última letra, uma consoante, desceu com leveza à esquerda, sublinhou parte do sobrenome. Erguida, saiu do papel, cortou a letra t. Levada ao final da assinatura marcou dois pontos à direita dela, um sobre o outro. Pronto.

— A justificativa da sua ausência está assinada pelo seu pai — disse Eduardo, estendendo a caderneta escolar. — Amanhã você assiste às aulas sem problema.

Paulo examinou o texto e a assinatura. Perfeitos.

— Está igualzinha. Não tem nenhuma diferença da assinatura de cima.

Eduardo sorriu.

— A de cima também fui eu que fiz.

Podia ser ruim de bola, magro, desajeitado, feio, esquisito, chato, cu de ferro — podiam dizer o que quisessem dele, esses garotos que sempre o perseguiam em cada cidade nova para onde o pai ia transferido. Mas ninguém, ninguém conseguia imitar a caligrafia e assinatura de quem quer que fosse melhor do que ele.

Era uma habilidade surgida em tardes de tédio e solidão, copiando a assinatura redonda da mãe, depois as pontas finas para cima e para baixo dos escritos do pai, mais tarde os círculos e as inclinações manuscritas nos envelopes de cartas de parentes. Um aprendizado paulatino, inconsciente, sem objetivo nem prazo estabelecidos, até reconhecer que era um craque de verdade quando reproduziu tintim por tintim a assinatura cheia de volutas do tabelião, estampada na própria certidão de nascimento, que um dia levou para matrícula na escola da cidade anterior.

O talento, mantido em segredo exceto para o único amigo de verdade, mais uma vez se mostrava útil. Não dava mesmo para ficar trancado dentro de uma sala nesta manhã tão bonita, ouvindo a lenga-lenga de cada professor, aula após aula. Entenderam isso ao se encontrarem na porta da escola. Foi só um olhar para o outro, nem chegaram a descer das bicicletas. Foram direto para a estrada. Amanhã bastaria apresentar as justificativas de ausência e as assinaturas nas cadernetas.

Eduardo se espreguiçou. Estava cansado. Mais uma vez dormira tarde. Por causa do velho. O pior é que não tinham conseguido nada. Nenhuma novidade. Estavam tal e qual na noite em que tinham saído para investigar pela primeira vez.

Procurou uma área limpa e seca na relva, deitou-se. O uniforme estava dobrado ao lado. Ali perto as aves faziam seus ruídos matinais. Nuvens grandes se acumulavam acima dele e se refletiam no lago.

— Quando? — a voz de Paulo, afastada. Devia estar perto da água.

— Quando o quê?

— Quando você fez a assinatura de cima?

— Quando você foi suspenso da última vez.

— Ah, foi. Quando dei aqueles cascudos no Sávio Januzzi.

— Não. Quando colocou o espelhinho embaixo da carteira da Suzana Scheienfeber para ver a calcinha dela.

Barulho de mergulho. Barulho de braçadas. Silêncio. Paulo devia estar boiando. Grito de maritaca. Silêncio. Pio de anum. Vento suave na orelha. Silêncio. Ruído de bambus roçando em bambus. Rangendo um tanto. Curvando-se. Zumbido. Longe. Mosquito? Libélula? Silêncio. Uma preguiça... Sono. O olho fechando. As nuvens sumindo. Preto.

— Ela estava sem calcinha — a voz de Paulo acordou-o.

— Ela o quê?

— Sem calcinha.

Paulo estava em pé diante dele. Pingando em cima dele.

— Como sem calcinha? A Suzana estava de calcinha, sim senhor.

— A morta, Eduardo. A tal da Anita. Estava sem calcinha.

Eduardo apoiou-se nos cotovelos.

— O cara deve ter arrancado, ué.

— Arrancado?

— Para se aproveitar dela. Currar.

Paulo agachou-se.

— Mas lá na casa do dentista também não tinha.

— Não tinha o quê?

— Calcinha. Nenhuma.

— Devia ter. A gente é que não viu. Não teve tempo de descobrir.

— A gente abriu tudo.

— Tinha de ter. Toda mulher usa calcinha. Calcinha, sutiã, combinação, anágua, cinta e meia. Usa tudo isso por baixo do vestido.

— Como é que você sabe?

— Sabendo, ué.

— Sua mãe usa tudo isso?

— Não mete minha mãe no meio.

Paulo sentou-se. Mãe era assunto a ser evitado de ambos os lados. A de Paulo porque estava morta, a de Eduardo porque ainda era bonita. Outro acordo mútuo e mudo entre eles.

— Você se lembra da sua? — Eduardo tentou, repentinamente, com medo de estar quebrando o pacto, mas com interesse genuíno.

— Minha o quê?

— Mãe.

— Hum.

Não era uma resposta: era o encerramento de um tema que Eduardo imaginava doloroso.

— Desculpe. Não devia ter perguntado.

— Hum.

— Mas é que de vez em quando... Eu fico pensando se... Se você não...
— Hum.
— Saudades. Se não tem. Se não sente.
— Hum.
— Não sente?
— Hum.
— Não lembra?
— Meu pai.
— O quê?
— Meu pai.
— Seu pai?
— Meu pai tem.
— Seu pai tem o quê?
— Uma.
— Seu pai tem uma o quê?
— Foto.
— Foto?
— Pequena. Daquelas três por quatro.
— Seu pai?
— Ele tem.
— Foto de...?
— Dela. Foto pequena. Escondida na carteira.
— Foto da sua mãe?
— Só essa. Só vi essa.
— Sua mãe?
— Peguei a carteira para tirar um dinheiro escondido.
— Ele nunca te dá nenhum?
— Eu vi. Pequenininha, três por quatro.
— Ele guarda na...
— Morena. Magra. Um pouco dentuça. Foto de identidade. Foi a única que eu vi dela.
— Não tem mais nenhuma outra?

— Não lembro dela.

— Você não chegou a...

— Quando eu penso nela...

— Sim?

— Eu penso nessa foto. Escondida na carteira do meu pai. Não é a mesma coisa que lembrar.

Calou-se. Eduardo não sabia como continuar, tampouco.

— Se o velho doido não tivesse aparecido — Paulo retomou —, a gente tinha descobrido...

— Descoberto — corrigiu Eduardo, com alívio por retornar a terreno seguro.

— Desçoberto alguma coisa.

— Descobrimos as camisinhas.

— Isso tem aos montes na minha casa.

— Seu pai e seu irmão estão sempre com putas. Com elas tem que usar camisinha, se não pega doença.

— Foi seu avô que te contou? O avô maluco?

Eduardo não se lembrava. Achava que tinha lido sobre isso. Mas onde teria sido possível ler sobre putas e doenças? Nenhum livro de que se lembrava falava do assunto. Ou jornal. Nem revista. Nem mesmo as revistinhas de sacanagem de Carlos Zéfiro, que vez por outra surrupiava na banca, quando ia pagar as publicações alemãs de moda e moldes que a mãe encomendava. Talvez tivesse sido mesmo o avô.

— Naquele dia que ele te levou na zona?

— Pode ser. Você não sabia que as putas dão doenças?

— Sabia. O Antonio falou.

— Pois, então?

— Para quem vai com as putas. É. Sim. Tem que usar camisa de vênus. Mas o dentista... Por que você acha que o dentista queria tanta camisinha?

— Para não ter filho. Para a mulher não engravidar.

Paulo olhava o amigo com desconfiança.

— Como você sabe?
— Na minha casa tem.
— Você nunca me falou.
— Tem.
— Encontrou onde?
— Já vi.
— Onde?
— Na mesma gaveta da mesa de cabeceira onde meu pai guarda o revólver.
— Que revólver?
— Ele tem um revólver. Do tempo em que era vigia de trilhos.
— Você nunca me contou.
— Não me lembrei de contar.
— Ele deixa a gaveta aberta?
— Trancada.
— E como é que você viu?
— Abri, ué.
— Como?
— Com um arame.
— Você sabe abrir fechadura sem a chave?
— Sei.
— Como você aprendeu?
— Aprendendo.
— E as camisinhas estavam lá? Na gaveta trancada?
— Estavam.
— Teu pai e tua mãe usam? Para não ter filhos? Eles ainda...
— Não quero falar nesse assunto.
— Foi você que falou que na sua casa tem camisinha.
— Esse assunto eu não gosto.
— Está bem. Mas a gente podia ter descobri... descoberto outras coisas se o velho maluco não tivesse aparecido por lá.
— É.
— É.

De novo o silêncio. Paulo sentou-se, de costas para ele. Eduardo ouviu um pio agudo. Não conseguiu identificar de que pássaro. Achou que podia ser um bem-te-vi. A lembrança da mulher de coxas morenas, lábios polpudos apartados, mostrando a ponta de dentes muito brancos e braços abertos, inundou-o, e ele exclamou, involuntariamente:

— Ela era bonita. Muito.

Sentiu calor no rosto, achou que tinha enrubescido, teve vergonha. Paulo não comentou. Não tinha ouvido, talvez.

A imagem da mulher loura e grande voltou a tomar Eduardo. Envolveu-o como um abraço indesejado. No rosto, agora, reviu as marcas da lâmina. E pelo corpo. Sangue. Cortes. Nas mãos, nos braços, no pescoço, no colo. Furos. Manchas. Lama. O seio. Um só.

— Por que ele cortou fora o peito dela?

A pergunta pareceu cair no vazio. Paulo continuava em silêncio.

— Não entendo. Esfaquear eu entendo. Matar eu entendo. Não sei por que matou, mas eu entendo. Mas cortar o peito fora? Por quê? Para quê?

Paulo não respondeu. Eduardo olhou à frente, pensou em levantar-se e dar um mergulho. Mas não saiu do lugar. Deitou-se, novamente, as mãos por trás da nuca. Ouviu pios agudos, outra vez. Como gritos. Mesmo sem ver teve certeza: eram de bem-te-vis. Pareceram-lhe lúgubres.

— Eduardo...

Nunca tinha ouvido a voz de Paulo tão baixa.

— Que foi?

— Se lembra dos filmes de caubói que a gente viu? Os olhos escuros de Paulo estavam fixos nele.

— Qual filme?

— Qualquer filme. Qualquer um. Daqueles que os índios atacam as caravanas dos brancos.

— O que que tem?

— Quando eles matam os brancos.

— No final os brancos matam todos eles.

— Sim, matam. Mas quando eles cercam as caravanas e matam os brancos, antes do mocinho aparecer... O que eles levam para a tribo?

— Armas. Munição. Comida. Tudo o que encontram nos carroções dos colonos.

— Não, Eduardo! Eles matam os brancos e escalpelam!

— Eu sei.

— Eles arrancam fora um pedaço do corpo do inimigo!

— E daí?

— É o troféu, Eduardo!

— O quê...?

— O peito, Eduardo!

— O peito...?

— Da morta. O peito é o troféu!

4.
O nascimento de Anita

Nem tinha chegado ao último degrau quando os meninos se aproximaram, o magricelo com ar de desculpas, dizendo que tinham urgência em falar com ele, o moreno de cabelos encaracolados e orelhas de abano de olho na corda. O velho resmungou, irritado com a intrusão.

— O senhor precisa nos ajudar — disse o comprido.

Limpando as mãos no lenço, que voltou a colocar no bolso, ele sequer olhou para Eduardo.

— Por favor — acrescentou. — Precisa. De verdade.

— A gente descobriu uma pista importante. A mais importante!

— Pista não, Paulo. Troféu.

— Foi isso! O assassino quis um troféu.

— Como os peles-vermelhas! — explicou, seguro de que a referência aos índios do Oeste americano faria sentido e incerto se era a escuridão sob as árvores ou o estrabismo do homem ao pé da escada que não deixava saber em que direção olhava.

Constatou que nenhum dos olhos do homem se fixava em um ponto. Cada um parecia mover-se independentemente. Se o direito se deslocava um tanto para cima, o esquerdo ia um pouco para o lado. Cada olho por sua vez. O que ia para o lado, fosse o da esquerda, fosse o da direita, esse é que dava a impressão de estático. Ou quase. Logo se movia, descoordenado do outro. Por um minuto, brevemente, os dois olhos pareciam se alinhar. Em seguida voltavam ao desencontro.

O velho não parecia sequer estar ouvindo, ocupado em ocultar a ponta da corda, a escada já suspensa entre os ramos. Paulo achou conveniente estender a explicação.

Quando os índios vencem os brancos que invadem as terras deles, eles escalpelam.

— É a prova da vitória.

— O senhor entendeu?

— Com a mulher do dentista a prova da vitória foi...

Não chegou a terminar a frase. O velho deu as costas e se afastou. Sem saber o que fazer, Eduardo não se moveu.

— Quem a matou... — começou de novo.

Não conseguiu continuar. Sentiu-se um tolo. O menino invisível. O menino invisível inútil para os adultos. O menino inútil invisível tolo para aquele adulto. O menino tolo invisível inútil ridículo para todos os adultos. O coração disparou. Parecia que lhe faltava ar.

Paulo ainda acompanhou alguns passos do velho. Começou e interrompeu algumas frases sobre caubóis e índios, colonos e emboscadas, vitórias e escalpos, depois parou. Calou-se. Virou-se para o amigo. Abriu os braços, levantou os ombros, o corpo todo uma interrogação: e agora? Não era aquela a reação que tinham imaginado e com que contavam para prosseguir na busca do verdadeiro assassino. Não era esse descaso o que esperavam. E agora? E agora? Fazemos o quê, agora?

Subitamente, sem se dar conta, junto com um calor que pareceu tomar conta do rosto dele primeiro, depois do corpo todo, Eduardo ouviu um grito, muito alto, que o surpreendeu e fez Paulo arregalar os olhos.

— Pega! Peeega! Pega velho fujão!

O espanto maior de Eduardo foi perceber que os gritos saíam de dentro dele. De sua garganta. Era a sua voz que ouvia, alta, brava como nunca conhecera, berrando para dentro da noite silenciosa.

— Olha o velho fugindo!

Após um primeiro minuto de surpresa, Paulo, com o entusiasmo da criança que descobre uma nova brincadeira, uniu sua voz à de Eduardo:

— Pegaaa! Pega! Pega o fujão!

O homem estancou. Os garotos gritavam. Voltou-se. Os garotos gritavam. Fitou-os. Os garotos continuavam gritando. Colocou as mãos nos quadris, numa atitude que os adultos costumam usar para conseguir obediência sem usar palavras. Exigia silêncio.

Eduardo o faria, normalmente, porque tinha um temperamento cordato e porque assim fora educado. Calar-se também seria o esperado de Paulo, não por natureza, mas como comportamento a adotar, como um bicho domado, tão vívidas as memórias das brutalidades paternas que aquele gesto precedia. Mas juntos, frustrados, tratados com o que sentiam como desprezo e arrogância, tiveram a ira de um alimentando a amargura do outro. E os tornando fortes o bastante para o primeiro desafio aberto a um adulto que ousavam na vida. Continuaram gritando.

Dentro de uma casa próxima, uma luz se acendeu. Um cachorro começou a latir, distante.

— Psiu! Quietos! — ordenou o homem.

Gritavam alto, cada vez mais alto, chamando-o de velho caduco, doido velho, fujão sem-vergonha, fujão babão, combinando tudo o que lhes ocorria de mais insultuoso.

— Calem a boca! Já! Já!

O tom imperioso insuflou a indignação de Eduardo e Paulo. As palavras gritadas nem mais faziam sentido. Eram berros, apenas. Xingamentos.

— Silêncio! Calem a boca! Vão acordar todo mundo!

Os latidos aumentaram. Agora eram pelo menos uns dois cachorros, a que se juntaram os latidos de um terceiro. A luz de uma varanda foi acesa no fim da rua. O velho veio andando até eles, com surpreendente agilidade, de punhos cerrados. Quando estava perto, Paulo deu um passo à frente, encarando-o, ainda gritando.

— Veeeeelhoooo! Fugindo do asiiiiiilooooo!

— Calem a boca! Já! Os dois!

Antes que Eduardo e Paulo redobrassem a berraria, acrescentou, baixinho:

— Por favor.

Os garotos se entreolharam.

— Por favor — o velho repetiu. — Não gritem.

O gesto de rebelião era bom, justo e os fazia sentir-se bem: não estavam dispostos a abrir mão dele. Retomaram os gritos. Durou pouco. A frase seguinte e a sinceridade com que foi dita os contiveram.

— As freiras não podem saber que fujo toda noite — pediu.

Abriu os punhos e os braços, em claro gesto de rendição.

— Por favor. Me expulsariam.

Eduardo nunca tinha ouvido um adulto lhe pedir algo naquele tom. Paulo, sempre prático, disse, em tom desafiante:

— E o que a gente ganha se parar?

— O que vocês querem?

— Ajuda — adiantou-se Eduardo.

— Para resolver o crime — acrescentou Paulo.

— Para provar que o dentista não é o assassino.

— Que não foi ele que matou ela.

— Quem a matou, Paulo.

— Não foi ele quem a matou.

— O dentista. Não foi ele.

O velho fez sinal que se calassem. Mostrou em volta.

— Não posso ser visto. Vamos sair do meio da rua. Foram para junto do muro.

— Vocês são duas crianças.

— A gente não somos... — Paulo corrigiu-se. — A gente não é criança.

— Vamos fazer treze anos.

— Sou professor aposentado, não sou detetive.

— Mas foi lá na casa do dentista, investigar.

— Nós vimos.

— Só quero sair deste asilo de vez em quando. Beber em paz, conversar. Não tenho sono. Nós, velhos, dormimos pouco.

— O Paulo e eu achamos o corpo. No lago.

— Estava todo ensanguentado! Sujo! Todo furado!

— Não pode ter sido o dentista que matou.

— E escalpelou o peito dela!

— Escalpelou o quê?

— O senhor não vê filmes de caubói?

— Nunca vejo filmes de Hollywood — ele pronunciava "rroliúdi", com forte acento nordestino. — São maniqueístas.

— Maniqueísta é o quê?

— Depois eu busco no dicionário, Paulo. A gente quer provar que o dentista é inocente.

— O marido confessou o assassinato, meninos.

— Não tinha como! Ele é velho! O senhor não imagina como ela era grande!

— Aparências enganam. Mais cedo ou mais tarde vocês irão aprender. Nada neste país é o que parece. E esta cidade é um microcosmo do Brasil.

Paulo anotou mentalmente: microcosmo. Mais uma palavra para buscar no dicionário de Eduardo.

— Velhos são capazes de grandes atrocidades — o homem acrescentou.

— Outra para pesquisar amanhã: atrocidades.

— Já ouviram falar em Getúlio Vargas? Josef Stalin?

— Getúlio, sim.

— Vargas, que criou as leis trabalhistas.

— Os meganhas de Getúlio Vargas arrancaram todas as minhas unhas. Uma a uma. A sangue-frio. Me torturaram. Mataram amigos meus. Esse mesmo Vargas heroico que vocês estudam na escola. O mártir da república. Graças a nós Getúlio chegou ao poder. Acreditávamos nele. O pai dos pobres. Vargas nos traiu. Como Stalin.

Prosseguiu, falando de mortes, perseguições e massacres na União Soviética que despertaram a curiosidade de Eduardo, sempre interessado em História, e entediaram Paulo, para quem a digressão não fazia sentido naquele momento. Interrompeu-a.

— O senhor vai ou não vai ajudar a gente?

— Sob coação.

— O quê?

— Estou sendo chantageado. Ou colaboro ou vocês me delatam, não é assim?

— Mas o senhor mesmo começou uma investigação — argumentou Eduardo.

— Talvez.

— Nós sabemos que não somos crianças. Nem eu nem Paulo somos.

— Não somos.

— Mas vocês adultos ainda acham que somos.

— Acham.

— Agorinha mesmo o senhor nos chamou de meninos.

— Chamou.

— Por isso mesmo, porque vocês acham que Paulo e eu somos apenas crianças, podemos investigar um monte de coisas sobre a morte da mulher do dentista sem chamar a atenção de ninguém.

— Porque ninguém vai ligar para a gente.

— Por causa disso que eu falei: por causa da nossa idade podemos passar despercebidos.

— Mas tem outras coisas que a gente não pode, não tem como, entendeu?

O homem de cabelos brancos aguardou a continuação da argumentação. Os dois esperavam por uma resposta. Após alguns instantes de silêncio, quem falou foi o velho.

— E, portanto...?

— Bom, então... Como o senhor é mais velho, tem mais experiência... Há coisas que o senhor pode e nós não.

— Por exemplo?

— Ah, por enquanto não sei. Quando aparecer, a gente vê.

— Um por todos e todos por um? — tentou Paulo.

— O senhor e nós, juntos, nós três, o senhor, Paulo e eu, se trabalharmos unidos, poderemos conseguir descobrir alguma coisa que...

— O que vocês pretendem, exatamente? — cortou o velho.

Exatamente exigia uma precisão de intenções que eles não tinham. Mas se apoiavam na suspeita, alimentada por incontáveis filmes e melodramas cujos títulos sequer seriam lembrados no futuro, de que a solução aceita para o assassinato da mulher loura era falsa. Como admitir tal disparate e ainda assim convencer o velho a unir-se a eles? Eduardo tinha que apresentar uma boa razão, mas não a tinha. Não a tinham, plural. Eduardo precisava inventar uma mentira, então. Agora. Imediatamente. Convincente. Mas inventar uma mentira para convencer alguém a abrir caminho a respeito de uma série de mentiras acatadas por uma cidade o confundiu. Emudeceu. Não encontrava as palavras. Paulo o fitava, aflito. Foi, mais uma vez, o velho quem cortou o silêncio.

— Então...

— Só um minutinho — pediu Eduardo, tentando ganhar tempo.

— Vocês...

— Ele já vai explicar para o senhor. Não vai, Eduardo?

— Nós... — Eduardo tentou, sem conseguir continuar. Corou.

— Vocês estão querendo investigar, como acham que estão fazendo desde a primeira noite após o assassinato, quando invadiram a casa do dentista.

Paulo fez menção de interferir para negar a invasão, o homem não permitiu. Disse, num fôlego só, como um texto batido de lição velha:

— Pensaram que poderiam fazer toda a busca sozinhos, mas descobriram que unicamente com o meu auxílio será possível continuar daqui em diante, porque acreditam que descobriram uma pista, um indício que talvez seja importante, talvez não, mas que contém uma via, que pode ser decisiva para desvendar o assassinato, mas que contudo não os conduziu a lugar nenhum porque vocês não sabem o que fazer com o que têm nas mãos. É isso que você está querendo me dizer?

— É... — concordou Eduardo.

— Vieram a mim, mesmo achando que eu sou um velho maluco, porque não têm mais ninguém a quem recorrer.

Nem Paulo nem Eduardo sabiam o que dizer.

— É isso, então? Vocês querem investigar?

— Queremos! — disse Eduardo, tomando coragem.

— Queremos! — ecoou Paulo.

— Mesmo que não interesse a ninguém descobrir quem é o verdadeiro assassino?

— Então o senhor também acha que não foi o dentista? — Eduardo perguntou, quase em uma exclamação.

O velho enfiou as mãos nos bolsos do paletó, olhou para um menino, depois para o outro, e perguntou:

— Sabem onde ficam guardadas as certidões de nascimento?

— Na prefeitura — Paulo respondeu, prontamente.

— Dentro da prefeitura, no arquivo municipal — especificou Eduardo.

— Vocês conseguem entrar lá?

— Claro — disse Paulo.

— Conseguem entrar lá agora?

— A esta hora da noite? — estranhou Eduardo. — O arquivo está fechado.

— Por isso mesmo perguntei se conseguem entrar.

— Claro que conseguimos — Paulo afirmou.

— Podemos tentar.

— A gente entra em qualquer lugar! A qualquer hora! O velho chegou mais junto deles e cochichou:

— Pois bem: então vamos nos organizar e distribuir tarefas.

• • •

Paulo desceu primeiro. Com o pé esquerdo enrolado em torno da corda, foi soltando-a aos poucos, as mãos ajudando a manter o equilíbrio, o corpo oscilando um tanto, como um pêndulo. Pisou o chão com o pé direito, soltou o outro. Ao sentir os dois firmes no solo, olhou em volta.

A luz de um poste penetrava por duas janelas altas, de guilhotina, através de persianas empoeiradas. Exceto por uma mesa comprida e uma escrivaninha abaloada com tampa de correr, o salão era ocupado em toda a extensão por estantes de metal apoiadas às paredes e em duas alas no centro, formando corredores. Continham livros grandes, de capas duras. Nas lombadas, números e datas escritos em algarismos romanos.

Puxou um mais próximo. Bastou-lhe uma observação rápida. Fez sinal de positivo com os polegares em direção ao teto de madeira, onde um retângulo que dava acesso ao sótão estava aberto. Confirmava: era a sala que buscavam.

Eduardo puxou a corda, passou-a em torno de um dos pés, iniciou a descida. Sentiu-se balançando mais do que esperava. Descia. Chegou à altura do topo das estantes. A pele fina das mãos ardia. Desequilibrou-se. O pé escapou do círculo da corda, o corpo girou. Viu a sala rodar e ficar de cabeça para baixo. Caiu, com um gemido. Paulo correu até ele.

— Machucou?

— Não, não — respondeu, mais vexado que dolorido.

— Dói alguma coisa?

— Não foi nada, só escorreguei — insistiu, batendo a poeira da roupa. — É aqui mesmo, não é?

— Acho que é.

Eduardo pegou um livro. Abriu.

— É aqui, sim. Este é um livro de registros de nascimento. As certidões de casamento e os registros de óbito também têm que estar aqui.

— Óbito?

— Morte.

— Ah... O que são esses escritos de letra eme com a letra xis e mais letra eme e...

— É latim. A data. A gente aprendeu nas aulas de latim.

— Ah, sim. Não pensei que escrevessem coisas em latim no Brasil.

Bastaram alguns passos, olhando as lombadas e os adesivos colados às prateleiras, para Eduardo perceber que deveriam procurar em outras estantes.

— Estes livros são todos do século passado.

— Que livro a gente tem que achar?

— O de 1937. Se dona Anita morreu aos vinte e quatro anos, ela nasceu em 1937.

— O velho falou que ela casou nova.

— Aos quinze anos. Se for verdade, está nos registros de 1952. Precisamos desse, também.

Acharam a prateleira da década de 1930, logo tinham o livro com os registros de nascimentos de 1937. Levaram para perto de uma das janelas, puseram no chão, folhearam. Chegaram à última página. Não encontraram registro de nenhuma menina de nome Anita. Voltaram, página por página. Paulo pensou que deveria ter trazido a lanterna. Eduardo acompanhava com o indicador as linhas manuscritas, enquanto balançava a cabeça negativamente.

— Não, não, não, não, não, não. Anita não tem. Tem Ângela, Antonia, Aparecida, Apolônia, Almerinda...

Paulo sugeriu buscar os registros de casamento de 1952. Eduardo concordou, sem desviar os olhos das folhas amareladas que tinha à frente. Passava as páginas de trás para a frente. Lia, em voz baixa:

— Adelina, Adriana, Alfredina, Amarílis, Ana Beatriz, Ana Cristina, Ana Elisa, Ana Helena, Ana Isabel, Ana Lúcia, Ana Maria, Ana Olívia, Ana Paula, Ana Rita, Andralina, Ane... Anêmona...

Paulo logo estava de volta.

— E então?

— Não há registro de nascimento de nenhuma Anita em 1937.

— Deixa eu ver — pediu, empurrando o livro de 1952 em direção a Eduardo.

A sala cheirava a poeira e mofo. Não devia ser limpa há tempos. A umidade começara a incomodar Eduardo. Sentiu que lhe vinha um espirro. Tapou o nariz com as duas mãos, prendeu a respiração, olhou para a lâmpada do poste lá fora. Nenhum dos truques que conhecia funcionou: espirrou assim mesmo. E ainda ficou ofuscado pela luz forte. Por alguns instantes não conseguiu enxergar nada nas folhas. Pediu a Paulo:

— Dê uma olhada aqui. Veja se encontra o nome do dentista nos registros de casamento.

— Não sei o nome dele. Só ouvi ele ser chamado de dentista.

— É doutor Henrique alguma coisa.

— Tem um Eriberto. Sem h.

— Não. Se o dentista não for Henrique, é Ernesto. Ou... Hélio?

Paulo buscava. Sem sucesso. Página após página.

— Não encontrei nenhum Hélio. Nem Ernesto. Nem Henrique. Tem Umberto. Umberto Moreira.

— Umberto, não.

— Heleno Costa?

— Não.

— Amâncio?

— Pode ser. Casado com quem?

— Nanci Andrade.

— Não. Ninguém casado com nenhuma Anita?

— Ninguém. Com a letra A tem uma Ana Viana que casou com Waldir Haddad. Tem um Djalma Carvalho que casou com uma Alice Felix. Tem um Luis Perrone que casou com uma Antonina Giuseppe. Tem um Francisco Andrade que casou com Aparecida dos Santos. Tem um Emanuel Gottschalk que casou com uma Amélia Lobo. Tem Ari Passos que casou com Áurea Sanchez. Tem um Vanderlei Mendes que casou com uma Ana Rita Mendonça. Tem...

— Espere! — pediu Eduardo. — Que nome você disse?

— Vanderlei.

— Antes! Que nome você leu antes dele?

— Ari Passos.

— Não! Um outro!

— Emanuel Gottschalk? Francisco Andrade? Luis Perrone?

— Andrade! Esse é o sobrenome dele!

— O sobrenome do dentista?

— Tenho certeza! Andrade!

— O nome todo desse aqui é Francisco Clementino de Andrade Gomes.

— Doutor Andrade! É esse o nome do dentista.

— Não pode ser — Paulo disse, abrindo a página diante de Eduardo. — Veja aí: não foi com Anita que esse doutor Andrade casou...

• • •

Chegaram correndo ao centro da praça onde o homem de cabelos brancos cochilava sentado em um banco próximo ao coreto. Falavam depressa, engolindo algumas palavras, orgulhosos para contar suas descobertas e receosos de perderem o fio do raciocínio. Arfavam.

— O senhor acertou — começou Paulo, a corda enrolada em torno do ombro.

— Ela não tinha pai.

— Nem mãe.

— Estava escrito lá: filha de pais desconhecidos.

— E o registro foi feito pelas freiras do orfanato.

— Do orfanato das meninas. Porque tem também um de meninos, aqui na cidade. Há freiras cuidando dos dois. Mas acho que são de ordem religiosa diferente das freiras do seu asilo. A roupa não é igual. A cor do uniforme delas...

— Ela não se chamava Anita! — interrompeu Paulo.

— Quer dizer, a mulher com quem o doutor Andrade...

— Doutor Andrade é o nome do dentista. Francisco Clementino de Andrade Gomes.

— ...se casou.

— E se chamava Aparecida dos Santos!

— Maria Aparecida dos Santos!

— Aparecida é que foi registrada em 1937 como filha de pais desconhecidos, pelas freiras do orfanato — acrescentou Eduardo.

— Aparecida é que casou com Francisco Clementino de Andrade Gomes no dia 6 de junho de 1952. Maria Aparecida dos Santos. Com o doutor **Andrade**.

— Quando tinha quinze anos.

O velho tirou do bolso do paletó um cigarro amassado, metade já fumado, pôs na boca. De outro bolso puxou uma caixa de fósforos. Acendeu o cigarro, deu um trago. Soprou para o alto a fumaça. Em nenhum momento olhou para os meninos.

— Quinze anos — repetiu Eduardo. — Era a idade de Aparecida quando ela se casou com o dentista. Tal como contaram para o senhor.

— O dentista não casou com Anita nenhuma.

— Ele se casou com Aparecida.

— Não existe Anita!

— Quer dizer: existiu...

— Porque Aparecida passou a ser chamada assim.

— Chamada de Anita.

— Dona Anita.

— Mulher do doutor Andrade.

Eduardo começara a se amolar com o silêncio do velho.

— O senhor entendeu?

— Ouviu? — perguntou Paulo, em tom mais alto.

— Está ouvindo o que lhe dizemos?

— A mulher assassinada tinha outro nome!

— Aparecida! — gritou Eduardo. — Aparecida!

Mais um trago no cigarro. A fumaça solta em sopro lento. O olhar vago. Eduardo exasperou-se.

— Eu quase quebrei a perna descendo pela corda. Podia ter quebrado a perna! As duas pernas! Podia estar aleijado, agora!

— E eu? — Paulo, em desvantagem na ordem de infortúnios, procurou.

— Tive que enfrentar ratos, sabia? Ratazanas! Grandes! Muito grandes!

Calou-se, ao notar que o velho balbuciava alguma coisa. Eduardo também percebera.

— Em 1952... — ouviram-no dizer, muito baixo, sem olhar para eles — ...o dentista devia estar lá pelos quarenta, quarenta e muitos anos.

A brasa do cigarro se aproximava dos dedos. Eduardo ia avisar, quando ouviu o velho dizer, um pouco mais alto:

— Anita... ou Aparecida... tinha quinze...

Apagou a brasa na sola do sapato.

— Que idade vocês têm?

— Doze — respondeu Paulo, prontamente.

— Vou fazer treze — vangloriou-se Eduardo. — Daqui a dez meses.

— Eu faço antes. Em janeiro.

— Só um mês antes.

— Quarenta e oito dias antes!

O velho olhou para eles. Ou apenas na direção deles? Disse:

— Não faz sentido.

— Sou mais baixo, mas sou mais velho — Paulo insistiu. — Ainda vou crescer. Meu irmão tem quase um metro e oitenta. Meu pai também.

— Por mais mercenárias, por mais venais que essas religiosas fossem... — o homem de cabelos brancos continuava falando baixo, de si para si. — Ainda assim, não faz sentido.

— Do que o senhor está falando? — quis saber Eduardo.

A caixa de fósforos foi novamente tirada do bolso. O cigarro, um cotoco apenas, posto lá dentro e a caixa recolocada no paletó.

— Como as freiras de um orfanato permitiram que uma... Uma menina, de apenas quinze anos, se casasse com um homem de quase cinquenta? Nem em melodrama mexicano vi um absurdo desse quilate.

— O dentista era o pai dela?! — tentou Paulo.

— E revelou o segredo para as freiras! — Eduardo somou à fantasia do amigo. — E se casaram para ela poder herdar a fortuna dele.

Erguendo-se, o homem de cabelos brancos encaminhou-se para o coreto.

— Um homem solteiro até os quarenta e tantos anos — murmurava — se casa com uma menina de quinze...

Os dois meninos o seguiram. Tinham embarcado em um carrossel de hipóteses extravagantes.

— O doutor Andrade era apaixonado pela mãe dela, aí a mãe dela morreu — disse Eduardo.

— ...vive dez anos com ela, sendo traído constantemente, sem se incomodar com isso...

— O dentista matou a mãe dela — agora era a vez de Paulo. — Não! Matou o pai! E aí, por causa do remorso, casou com ela!

— ...indiferente aos mexericos que toda a cidade fazia... Paulo alterou sua hipótese:

— O pai dela era um nazista!

Eduardo aderiu:

— E a mãe morreu no campo de concentração!

— ...ignorando os comentários maldosos sussurrados pelas carolas ao entrarem de braços dados na missa de domingo...

— Ela era filha de uma freira com um padre! — ocorreu a Paulo.

— ...fingindo não perceber olhares debochados quando atravessava com ela esta praça, fazendo o footing aos domingos...

— Ela era a irmã mais nova dele! — Eduardo sugeriu.

— ...dormindo sozinho à noite, na cama de solteiro...

— As freiras! Foram as freiras que assassinaram ela! — Paulo arriscou.

— ...enquanto ela saía com outros homens. Sempre homens mais velhos.

— Ela era amante do padre, que era o amante das freiras! — tenteou Eduardo.

Estavam dentro do coreto. Os meninos rodeavam o velho, andando em círculos, acompanhando as voltas que dava. Parou. Eles continuaram a roda, atentos.

— Do padre eu não sei. Mas que ela andou com o prefeito, isso meus companheiros de bar me disseram. E com o dono da fábrica de tecidos. Com os fazendeiros. Com todos os homens poderosos da cidade. E sempre, sempre, muito mais velhos do que ela. Como se cada um fosse passando para a mão do outro. Vocês viram tudo o que havia nas gavetas da casa do dentista?

Eduardo não tinha certeza, mas achava que sim.

— Foram ao quarto de empregada?

Paulo contou que não havia e que o casal não tinha empregada doméstica.

— Pegaram alguma coisa? Alguma joia?

— A gente não é ladrão!

— Não encontrei nenhuma joia — prosseguiu o velho, surdo ao protesto de Paulo. — Nada. Nem um anel, uma pulseira, uma medalha sequer. Disseram-me que ela não usava nada. Só a aliança. Como se explica que a mulher de um homem importante não use joia? Um cordão, um brinco, um broche que seja. E que não tenha empregada?

— O marido era pão-duro? — arriscou Eduardo.

— Mão de vaca! — Paulo concluiu.

— Unha de fome!

— Talvez. Ainda assim...

O velho não completou a frase. Correu os olhos pela praça silenciosa. As sombras se fundiam à silhueta das árvores centenárias, criando uma redoma escura, como se não houvesse mundo nenhum além delas. Finalmente perguntou:

— Nenhum desses homens ricos deu nada para ela?

Nem Paulo nem Eduardo sabiam o que dizer. Ou mesmo se o velho esperava que respondessem. O mundo de aviltamentos e compensações a que se referia, só os adultos sabiam navegar. Até que outra pergunta ocorreu a Paulo e ele a fez ao homem de cabelos brancos: quem sabe ela não queria possuir nada?

5.
As pessoas lá de fora

Ele via o contorno dos seios jovens, alguns apenas despontando, os volumes inflando os sutiãs. Um pedaço de costas. Um contorno de braços. Pés nus a vestir meias brancas e enfiá-los em calçados de lona. Saias azul-marinho do uniforme diário despidas, descendo por quadris, e saias-calças brancas de ginástica erguidas dos pés à cintura. Peles macias de coxas com tons róseos e morenos, algumas pontuadas por sardas.

Mas era como se não visse. Naquele momento não percebia sequer o prazer da transgressão. Por que não, se usufruía da visão proibida aos outros garotos? Não era esse o deleite que só ele e Eduardo obtinham, desde a descoberta do posto secreto? Estavam mais uma vez na torre proibida, não estavam? Tinham conseguido novamente subir à laje do colégio sem serem notados, em meio a cocô de rato, poeira, cacos de telhas, fios elétricos, restos de construção, não tinham? O vestiário feminino estava ali, não estava? Observavam de cima, pela grade do respiradouro, enquanto elas trocavam de roupa, não era assim? Entretanto. Entretanto. Não estava ali, realmente. Via meninas. Garotas. Jovens. Mas era em uma mulher que pensava. Ela. Anita. Aparecida.

Virou-se para o amigo, que olhava para baixo, quieto. Quis dizer o que lhe vinha à cabeça, mas não conseguiu atinar do que realmente se tratava. Permaneceu calado. Até ouvir Eduardo chamá-lo. Voltou-se. Mas Eduardo continuava de olho no vestiário. Achou que se enganara. Anita retornou aos pensamentos dele. Aparecida. E logo, de novo, a voz de Eduardo. Perguntando. Paulo não ouviu direito.

— Se eu fosse o quê?
— Pobre.

— Mas eu sou pobre.

— Não, Paulo! Digo pobre, mesmo — Eduardo falava sem tirar os olhos da movimentação abaixo. — Sem casa para morar. Sem pai, sem mãe, sem comida, sem...

— Mas eu vou ser rico. Vou estudar, vou fazer faculdade, vou virar cientista famoso. Já te falei isso.

— Falou que ia ser escritor.

— E cientista.

— Mas se você fosse pobre, se fosse uma menina pobre...

— Branca ou preta?

— Que diferença faz? Pobre é pobre. Pobreza é igual para todos.

— Ah, não, Eduardo! É muito pior se a menina for preta. Uma menina branca pode ser adotada, viver com uma família, estudar e tudo o mais. Uma preta vai morrer no orfanato.

— Mas Anita era branca e ninguém a adotou.

— Olhe lá embaixo. Tem alguma menina preta?

— Não, mas...

— Quantos amigos pretos você tem?

— Você também não tem nenhum!

— Meu pai não tem nenhum amigo preto. Seu pai tem amigos pretos? Sua mãe tem freguesas pretas? Nenhum dos amigos do meu irmão é preto. Na nossa turma só tem uma menina preta.

— Você é racista?

— Por que você está dizendo isso?

— Do jeito que você fala...

As últimas alunas deixaram o vestiário. Eduardo e Paulo se esgueiraram para fora do esconderijo. O silêncio entre eles não durou muito.

— Mas não é a verdade, Eduardo? Os professores são brancos. Os inspetores são brancos. O diretor da escola é branco. O prefeito é branco, o delegado é branco, o padre é branco...

Saíram para o corredor que levava à quadra de esportes. De lá chegavam gritos e ordens do professor de educação física. Encaminharam-se para o vestiário masculino, Paulo tirando a gravata, puxando a camisa para fora das calças, equilibrando livros e cadernos.

— Mas se você fosse uma mulher casada com um homem rico, você não gostaria de ter joias e... — começou Eduardo.

— O dentista não é rico.

— Pobre ele não é. Tem aquela casa, tem móveis antigos, tem santos antigos, tem quadros, tem consultório...

— Mas não tem uma empregada.

— E não é esquisito? Um homem na posição dele, um dentista, amigo dos outros doutores da cidade? Com aquela casa grande, que deve ter sido de algum bisavô rico, cheia de tudo o que a gente viu lá? Não ter empregada? Deixar que a própria mulher cozinhe, lave, passe...

— Duvido que ela lavava roupa.

— Que ela lavasse, Paulo.

— Duvido que ela lavasse roupa.

— Então, tá: ela tinha lavadeira, que ia lá, pegava a roupa, lavava e passava. Mas era ela quem tinha que cuidar da casa.

— Toda mulher cuida da casa.

— Toda mulher tem empregada. Só se for muito pobre que não tem. Minha mãe tem uma que vai duas vezes por semana.

— E sabe tudo o que acontece na sua casa.

Eduardo se deteve. Acreditou que fizera uma descoberta. Paulo entrou no vestiário sozinho. Mergulhou na balbúrdia de duas dezenas de jovens suados e agitados, chegados da partida de futebol que haviam disputado. Berravam opiniões e impropérios, não notaram a chegada de um menino moreno, de roupas amarrotadas, nem tampouco de outro, ossudo e pálido, pouco depois.

— O que eles faziam, que nem a empregada podia saber? — Eduardo conjeturou.

— Macumba. Feitiços com os dentes que ele arrancava.

— Se você fosse amante de homens ricos... — Eduardo prosseguiu, ignorando a hipótese de Paulo — ...Você não iria pedir nada a eles?

— Dinheiro?

— Dinheiro, não. Presentes.

— Presentes, como?

— O velho falou em joias. Que homens ricos dão joias para as amantes.

— Ela não tinha nenhuma. Ontem a gente falou disso, lembra?

Um novo grupo de jovens irrompeu pelo vestiário: um time de vôlei. Alguns riam, outros se empurravam, todos gritavam. Estavam contentes com a vitória que acabavam de obter. Um grandalhão a caminho do chuveiro deu um esbarrão em Eduardo, que amarrava o tênis, desequilibrando-o. Nem percebeu.

Eduardo completou a mudança de uniforme. Vestia agora calção e Conga azuis, camiseta e meias brancas. As roupas que tirara, dobradas, foram guardadas em um dos armários de fórmica amarela ao longo da parede. Trancou-o, enrolou o cordão de borracha da chave em torno do pulso. Paulo, vestido da mesma forma, jogou suas roupas no compartimento de baixo. Não se preocupou em fechá-lo. Encaminhava-se para a saída quando Eduardo segurou-o pelo braço.

— Você disse que é pobre...

— E sou mesmo. Você sabe.

— Mas quer ser rico...

— E você não quer? Todo mundo quer.

— É isso! Está vendo? Por isso é que não conseguimos entender dona Anita.

— Aparecida.

— Dona Aparecida. Todo mundo quer ser rico e, no entanto, ela... Ela só andava com gente rica, ela até trocou de nome, trocou o nome de pobre para um nome de rica... Ela devia querer ser como eles, não devia? Deveria querer ter coisas dela, coisas bonitas, coisas que toda mulher quer ter. Se era mesmo amante do dono da fábrica, ou do prefeito, dos...

— Dos ricos.

— Então ela deveria querer... coisas, não é? Ela deveria... Mais uma vez não conseguiu fechar o raciocínio. Mais uma vez estancava diante do paredão do mundo adulto, por trás do qual havia regras que não tinha como entender. Prosseguiram, em silêncio.

— Tem gente que não quer nada — Paulo opinou. — Meu pai é assim. Não tem nenhuma ambição, nenhuma vontade, nada.

— Mas seu pai é velho, já tem uns quarenta anos.

— Quarenta e seis.

— Não adianta querer mais nada aos quarenta e seis. Não vai mudar mais nada nessa idade. Mas a mulher do dentista tinha vinte e quatro. Não era velha, ainda. Então, por que...?

— Já reparou que a gente só faz perguntas, perguntas, perguntas?

Estavam de volta ao corredor, indistintos entre outros meninos uniformizados que circulavam por ali. Chegaram à entrada da quadra. Misturaram-se aos colegas de turma. As meninas se alinhavam ordeiramente, formando duplas, trios, quartetos. Davam risadinhas, falavam no ouvido umas das outras, o rabo dos olhos nos garotos que se aglomeravam do lado oposto. Logo o assistente do professor de ginástica chegaria para organizá-los em grupos, por altura. Era sempre um momento irritante para Paulo. Inevitavelmente acabava junto aos garotos mais novos que ele.

— A gente podia voltar ao local do crime e... — iniciou Eduardo. — E...

— Não conseguiu nenhuma ideia para completar a frase.

— Outra vez?

— À casa do dentista, então?

— De novo?

— Ao orfanato?

— Para quê?

— Procurar uma pista.

— Que pista?

— Ela foi criada lá.

— Isso não é pista. Ela era criança. Ainda era Aparecida. A loura dos ricos só nasceu depois. Além do mais, não iam deixar a gente entrar.

— Talvez a gente pudesse voltar ao arquivo municipal. Quem sabe existe algum documento secreto sobre o dentista?

— Se é secreto, como a gente vai saber que existe?

— Podemos procurar.

— Em que parte do arquivo?

— No... No...

— No o quê?

Nenhum argumento seria mais forte do que o mau humor de Paulo, de olho nos garotos menores, a se formar espontaneamente em fila, um rebanho treinado.

Um adulto atarracado, em uniforme de ginástica, surgiu no corredor e veio na direção deles. Silêncio imediato.

— E se o nosso velho... — Eduardo começou a sugerir, quando viu o assistente se aproximando. Tinha que explicar rápido, antes que os separassem. — Você já fez a primeira comunhão?

— Paulo não entendeu.

— Primeira comunhão, catecismo, estudo de religião! Sabe quem é o padre Basílio, aquele da igrejinha perto da sua casa?

Alinhado ao grupo dos alunos mais baixos, Paulo teve que manter o olhar à frente, como faziam os outros adiante e atrás dele. Não teve certeza, mas achou que ouvira Eduardo dizer, baixo, algo mais sobre aquela pergunta sem sentido, sobre aulas de catecismo.

• • •

A freira pegou duas taças junto à licoreira, serviu-os do oleoso líquido dourado, levou-os até a poltrona onde se sentara o homem de cabelos brancos.

— Licor de rosas — explicou, estendendo uma delas. — Preparado pelas nossas irmãs, aqui do orfanato.

Ele hesitou. Padres bebem? Podia aceitar?

— O senhor vai gostar — insistiu, sem conseguir precisar onde pousavam os olhos estrábicos dele. — É muito suave.

A batina o incomodava. O tecido grosso pinicava e o fazia suar. A sala da diretora do Orfanato Santa Rita de Cássia, sem janelas, tinha poucos móveis. A pintura desbotada das paredes descascava. Quatro arquivos metálicos exibiam mossas e pontos de ferrugem.

— Dependemos de doações — a freira disse, atenta ao percurso errático do olhar dele pelo cômodo. — Não têm sido muitas, como o senhor pode ver.

— Eu não estava...

— Tudo ficou muito caro desde a construção de Brasília. A inflação dos últimos anos nos prejudicou muito. Prejudicou a todos. A caridade é o primeiro corte em tempos difíceis.

Levou a taça até mais perto dele.

— O sabor é muito delicado, padre...

— Basílio! — apressou-se em completar, citando o nome do pároco de quem Paulo e Eduardo tinham roubado a veste.

Pegou a taça, tomou um gole.

— Padre Basílio da Gama. Fui o confessor dela, como lhe disse. De dona Anita.

Percebeu o viço de juventude e saúde na pele negra dela, sublinhada pela engomada moldura branca em volta do rosto. Permanecia de pé.

— Não cheguei a conhecer esta senhora. Anita. Ou Aparecida. Aparecida é o nome que consta em nossos registros. Como o senhor talvez saiba. Sabia? Imaginei que sim. Nunca a vi. Não conheço muita gente na cidade. Ainda. Estou na direção do orfanato há apenas cinco meses. Vim de Andrelândia, conhece? Fica a uns trezentos quilômetros daqui, mais ou menos, no estado de Minas. Conheci poucas pessoas aqui. Saio pouco. Saímos pouco. Nosso trabalho é aqui dentro.

— Então a senhora não sabe nada sobre ela?

O licor era doce, enjoativo. Tomou-o todo de um só gole: era mais fácil assim.

— Pelo contrário. Acho que sei muita coisa. Aceita mais um licorzinho?

Pegou a taça sem esperar a resposta. Foi até a bandeja, serviu-a, trouxe-a de volta. Não tocara na sua.

— Como seu confessor, o senhor deve ter ouvido dela as... Na confissão essa senhora deve ter-lhe contado a parte... Hum... Vamos dizer... A parte mais... Mais física, digamos assim, da vida que levava. Carnal. Não a estou julgando, padre Basílio. Veja bem. Não estou. Não me cabe. Não o faria. Não. Absolutamente, não. Nunca sequer a vi, tampouco.

— Mas a senhora disse... — tentou, após sorver todo o líquido.

— Que sei muito sobre ela. Sim. Além de tudo o que me chegou pelos rumores inevitáveis desde o assassinato. Sim. Creio que sei. Mais um licor?

Serviu, novamente sem esperar por confirmação. Continuava sem tocar na própria taça.

— O senhor já lidou com órfãos?

— Com órfãos? Realmente eu...

— Em orfanatos as internas aprendem a costurar, bordar, cerzir, lavar, passar, limpar, cozinhar... Estudam, claro. Mas o objetivo da educação de uma menina de orfanato é que ela se torne útil. Útil. Essa é a palavra que mais se ouve em um orfanato. Útil. Uma educação útil. Que a transforme em uma mulher útil. Que lhe permita sobreviver no mundo, quando tiver que sair daqui.

Ele virou a taça, deixou o licor parado sobre a língua, antes de engolir. Já não lhe pareceu tão enjoativo.

— O mundo é uma coisa assustadora para uma menina que vive aqui dentro, padre Basílio. Imagino que o senhor realmente nunca lidou com crianças de asilo, lidou?

Sem saber o que devia responder, mostrou a taça vazia. Ela a pegou. Mas não se moveu.

— Para quem é criado em um asilo, o mundo lá fora...

Girou a taça dele entre os dedos, parecendo medi-la. Colocou-a na mesa ao lado da poltrona, trouxe a licoreira, encheu-a.

— As pessoas lá de fora, padre Basílio, todas as pessoas lá de fora, parecem ricas, para uma menina de orfanato. Bem-educadas. Bem-vestidas. Todas. Seguras de si. Seguras de seu lugar no mundo. Todas. Mais preparadas. Mais dignas. Mais merecedoras. Mais bonitas, mais saudáveis, mais felizes. Parecem, enfim...

— Estendeu-lhe a taça.

— Melhores.

— Sorriu para ele, sem alegria.

— Diante deste mundo lá de fora, restam à menina duas opções. Uma é sair daqui. Entrar nesse mundo que a encanta e que a assusta. Pelas mãos de uma dessas pessoas melhores que ela. Que a proteja. Que a acolha. Que cuide dela. Que a transforme. Que lhe abra esse mundo cheio de prazeres e possibilidades. A outra...

— Hesitava.

— A outra...?

— É não sair daqui nunca mais.

Permaneceu calada, imóvel diante dele. Um silêncio incômodo tomou conta da sala.

— Irmã, a senhora...

— Fui criada em um orfanato, perto de Belo Horizonte. Levou sua taça até os lábios, inclinou-a delicadamente, sorveu um pequeno gole.

— Não me envergonho disso. Pelo contrário.

— Antes a senhora havia dito que...

Ela o interrompeu.

— Cidade estranha, esta. O senhor está aqui há muito tempo?

— Pouco. Vim para o asilo São Simão há pouco mais de... — deteve-se, percebendo o deslize que cometia.

— Ah, o senhor trabalha com idosos. Fazem parte da sua paróquia?

— De certa forma — respondeu, mexendo-se na poltrona. — Mas a senhora estava contando que...

— Esta cidade. Não sei se o senhor percebe. Aqui as pessoas são... Não todas. Uma impressão. Eu tive. Tenho. Não de todas as pessoas. Não. Aqui são um pouco... Algumas pessoas. Um tanto... Nesta região, o senhor sabe... Antes de surgir a fábrica de tecidos. Antes. Quando esta região era uma das principais produtoras de café no Brasil. Aqui foi uma área de grandes fazendas de café, como o senhor sabe. No século passado. Toda esta área. Durante o primeiro e o segundo impérios. Os barões do café. Grandes fortunas. Plantações extensas. Com muitos... Escravos. Dependiam deles. De escravos. De mão de obra escrava. Toda esta região. Foi uma das maiores compradoras de... Como eram descritos, mesmo? Peças. Era assim que os donos das fazendas chamavam os homens e as mulheres comprados na África e trazidos para cá. Como os meus avós. Ou bisavós. Peças. Quando a escravidão acabou, estas peças e seus donos...

— Aonde ela queria chegar? Por que falava daquilo? Por que não olhava para ele? Por que titubeava?

— Quem compra peças — disse, passando a taça para a mão esquerda —, talvez não se sinta à vontade para conviver com elas. De igual para igual. Não aqui. Nesta cidade. Creio que estejam desacostumados. Que não estejam acostumados. Que nunca tenha acontecido. Que ainda não tenha acontecido de elas... Um bem, uma propriedade não é uma pessoa. Uma peça não é como uma pessoa. Nunca será vista como tal. Não lhe parece?

Ela voltou a taça para a mão direita. Rígida. O corpo não se mexia. Apenas os ombros davam a impressão de terem se levantado um pouco.

— O senhor é moreno, padre Basílio. Isso é aceitável. Por favor, não se ofenda.

— Eu não...

— A tez morena é aceitável. Há portugueses morenos. Descendentes dos mouros. Africanos, como o senhor sabe. Mas seus descendentes nasceram na Europa. Misturaram-se aos romanos, aos castelhanos, aos godos, aos visigodos, que sei eu? Com peças, é diferente. Aqui não estão acostumados a conviver com gente da minha cor. Com gente da minha cor em uma posição como a minha. O senhor, por exemplo. Não, não negue. O senhor, claramente, está pouco à vontade na minha presença. Percebo. Sua relutância em aceitar a taça que eu lhe ofereci. A maneira como se mexe na cadeira. O colarinho que o senhor ajeita a todo instante. O senhor está suando.

— Não se trata disso, irmã...

— É uma reação habitual. Não se preocupe, não me ofende. Há outras, bastante mais... Óbvias. Agressivas. Mais hostis. Das pessoas ditas graduadas, o senhor me entende? O próprio bispo me pareceu... Tem boas relações com o senhor bispo?

— O bispo? Ele... Nós... Temos, assim, relações, digamos... O bispo e eu... Temos o mínimo de contato.

— O senhor bispo vem de uma família tradicional desta região. Muito inteligente. Muito refinado. Tem um senso de humor ferino. Ele nunca fez nenhum comentário sobre o seu sotaque?

— Meu sotaque?

— Imagino que o senhor seja nordestino.

— Nasci no Sergipe. Mas fui cedo para Pernambuco. Nunca percebi que meu sotaque...

— Nunca saí de Minas Gerais, antes de vir para cá. Não sei se no Nordeste as misturas raciais são mais bem aceitas. Aqui... Sabe que até mesmo algumas meninas do orfanato se mostraram um pouco hostis? Mesmo as da minha cor? Sou a primeira negra que elas não veem fazendo faxina ou preparando as refeições. Não conseguem dar sentido a isso. Se essa moça, se essa senhora, Aparecida, ou Anita, fosse branca, talvez as coisas tivessem sido mais fáceis para ela. Sua taça está vazia.

Levou a licoreira até ele, encheu a taça.

— Anita não era...?

— Branca? Não. Nas fichas do orfanato foi registrada como parda — disse, enquanto se dirigia a um dos fichários metálicos, abria, retirava uma pasta de cartolina, inchada de papéis e documentos.

— Parda?

— Parda. Eufemismo para mestiça de pele clara, como o senhor sabe. Veja aqui esta ficha. É a primeira da menina. Feita quando o bebê foi trazido para cá. Repare que ainda nem tinha nome.

— Estou sem meus óculos. O que diz esta linha aqui?

— Cor dos olhos. Verdes.

— Ela era...

— Parda, de olhos verdes.

— Uma mulata clara. Que podia se passar por branca. De olhos verdes.

— Já o irmão dela está registrado como...

— Irmão?

— Irmão. Renato. As fichas estão na mesma pasta. Renato foi registrado como negro. Um pouco mais de licor?

• • •

Desceram pela arquibancada de concreto, por entre os claros de uma das torcidas. Na quadra, um time com camisas azuis disputava com outro de camisas amarelas um jogo que o velho não conhecia e que lhe pareceu o arremedo mais violento de uma partida de futebol. Paulo, à frente de Eduardo, voltou-se e comentou alguma coisa sobre a semifinal regional de futebol de salão, mas o velho não ouviu, em meio a um grupo de rapazes que gritava, agitando faixas e bandeiras.

Os meninos chegaram primeiro à quadra, saltando de degrau em degrau, e ficaram observando a disputa enquanto o homem de cabelos brancos ainda se espremia entre as pernas dos espectadores, atrapalhado com a altura dos degraus que serviam de assento e a ausência de corrimãos.

O trio foi até o banco de reservas do time de azul. Paulo e Eduardo falaram com um adolescente de cabelos em estilo militar. Ele inclinou-se para poder ouvi-los, acenou negativamente com a cabeça, indicou o banco de reservas do time de amarelo no outro lado, isolado por uma grade de ferro.

Voltaram apressados à arquibancada, contornaram o semicírculo o mais rápido que puderam, pisando nos pés de alguns espectadores, que reclamaram. Quando o velho os alcançou, já tinham obtido a informação que queriam. Confabularam. Foram à entrada do vestiário. Confabularam novamente. O homem de cabelos brancos entrou sozinho no vestiário.

Fedia a urina, umidade, suor. As luzes estavam apagadas. À claridade vinda da quadra, percebeu os contornos de um corredor. Os olhos se ajustaram à penumbra. O corredor levava a um espaço largo, com divisórias. Paredes azulejadas. Roupas penduradas em ganchos. Um par de bancos de madeira. Um mictório. Um compartimento de paredes baixas, que deduziu esconderem vasos sanitários. Uma fila de chuveiros. O mapa esverdeado de uma infiltração desenhado no teto. Dali gotejava uma água escura. A poça larga que formara era impossível de contornar.

Atravessou-a caminhando nos calcanhares. Avançando, chegava perto de um dos bancos quando tropeçou num balde. O ruído oco ressoou pelas paredes, logo se perdeu nas trevas. Deteve-se. Achou que tinha ouvido sussurros. Sentiu um outro cheiro no ar, novo, fresco, sem conseguir identificar. Após alguns segundos imóvel, só ouviu o gotejar ritmado sobre a poça e o rumor abafado do jogo lá fora.

Preparava-se para sair quando teve certeza de escutar um som humano — quiçá um arfar, uma respiração ofegante ou um cochicho. Aguardou, prendendo a respiração. Novamente ouviu apenas a água na poça e os sons amortecidos da quadra. Sem saber por que o fazia, resolveu ir até o fundo do vestiário. Começou a abrir as portas dos cubículos. Uma, e outra, e uma terceira, uma quarta. Antes que abrisse a quinta, uma figura ampla segurou seu pulso e o deteve.

— Renato? — o velho perguntou, ao se recuperar do susto.

O rapaz negro não respondeu. Continuava segurando o pulso do velho, apertando-o. Vestia apenas um suporte atlético.

— Estou procurando o Renato.

Era alto: o velho tinha de olhar para cima para ver seu rosto. Um adolescente. Os maxilares saltados e zigomas altos eram desproporcionais ao delicado nariz curto, de asas estreitas. Os olhos apertados fitavam-no com hostilidade.

— Renato... É você?

Em vez de responder ele agarrou seu outro pulso, apertou-o e chegou ainda mais perto. O perfume indecifrável que sentira antes lhe veio mais uma vez às narinas, agora misturado ao de suor que exalava do corpo do rapaz.

— Você é o Renato?

— O que foi? — ele devolveu, em tom desafiador.

— Renato dos Santos?

— Quer o quê?

Teve certeza: o aroma estava impregnado nele. Vinha dele. Também. Cheirava a suor e perfume.

— Preciso falar com você.

— Agora não posso.

— É rápido.

— Outra hora.

— É coisa rápida.

— Volta daqui a pouco.

— Não vai demorar nada.

— Mais tarde.

— É sobre sua irmã.

— Não tenho irmã.

— É sobre Anita.

O velho não teve certeza se houve uma mudança no olhar do rapaz ou na pressão em seus pulsos. Repetiu.

— É sobre sua irmã. Preciso de umas informações.

O rapaz continuou imóvel.

— Informações. Sobre algumas coisas que não se encaixam. Sobre Anita.

Sentiu seus pulsos apertados com mais força.

— Sobre Aparecida.

O rapaz afastou-se ligeiramente dele.

— Estive no orfanato esta tarde.

A respiração do jovem forte pareceu se alterar.

— No orfanato.

Podia ouvi-lo inspirar e expirar.

— Vi as fichas.

O olhar desviou-se do velho.

— Vi as fichas, Renato. A sua e a dela.

Sem soltar os pulsos do homem de cabelos brancos, sem mover o rosto, sem sair do lugar, o rapaz disse, em voz alta:

— É melhor você ir.

A porta do cubículo se abriu. O aroma chegou antes que o velho pudesse vê-la. Alfazema. Exalava dela.

Manteve a cabeça baixa enquanto saía, puxando a alça do sutiã e abotoando a blusa, para fora da saia pregueada. Deu uma rápida olhadela para o velho, enquanto puxava os cabelos claros em um rabo de cavalo. Não devia ter mais de quinze anos.

Ouviu seus passos pelo corredor, os barulhos da quadra quando abriu a porta, as gotas na poça após sua saída.

— Quem é o senhor? — o rapaz perguntou, soltando seus pulsos.

— Só estou querendo ajudar... — o velho começou, esfregando os pulsos doloridos.

— Ajudar o quê? Ajudar quem?

— Ajudar a descobrir...

— Descobrir o quê?

O responsável pela morte da sua irmã.

— Não tenho irmã — ele cortou, despindo-se e se encaminhando para o chuveiro. Abriu a torneira. A água jorrou forte, ruidosa.

— Estive no orfanato esta tarde, Renato. O rapaz se ensaboava.

— Onde sua irmã foi criada.

O barulho da água obrigou o velho a subir o tom de voz.

— Até ela se transformar em Anita.

Renato enfiou a cara debaixo do chuveiro. Fechou os olhos. Falou alguma coisa que o velho não ouviu.

— Sua irmã Anita de Andrade Gomes — disse, aproximando-se.

A água respingava em seus sapatos e nas pernas da calça.

— Você não se importa com a morte de dona Anita?

Seus lábios se moveram, mas o velho não entendeu o que diziam.

— Não se importa com o assassinato de sua irmã?

— Minha irmã morreu quando eu tinha dez anos.

— Vocês não se viam? Ela nunca lhe disse se tinha medo de alguém?

O rapaz abriu o chuveiro ao lado. O ruído cresceu.

— Não mantinham contato?

Deu as costas para o velho, abriu mais um chuveiro. Fez o mesmo com os seguintes. Ficou novamente de frente.

— Ela não procurava você?

O barulho dos chuveiros abertos obrigava o velho a gritar. Seus sapatos e meias estavam ensopados.

— O que você disse, Renato? Sua irmã morreu quando você tinha dez anos? Foi isso que você disse?

O rapaz passou a ensaboar o sexo em movimentos obscenos.

— Aparecida morreu aos quinze anos, não foi, Renato? Garota, ainda. Quinze. Uma menina. A pessoa de quem eu estou falando, então, é outra. Tem que ser outra. Você é negro. Essa era loura. Branca. Você vai continuar se masturbando na minha frente? Sacudindo o pau para mim? Quer me constranger? Para me forçar a sair daqui? É isso que está fazendo? Anita deve ter visto muitos homens fazendo isso. Se masturbando. Por ela. Nela. Dentro dela.

O rapaz foi para o último chuveiro. O velho o seguiu.

A mulher assassinada não podia ser irmã de um negro. Era loura. Uma bela loura. Sensual. Mais loura do que essa moça que saiu daqui faz pouco. Alta. Bonita como uma artista de cinema. Tinha vinte e quatro anos. Não podia ser sua irmã. Aparecida morreu com quinze, não foi, Renato? O nome da mulher assassinada era Anita. Nome de rica. Nome de branca. Era conhecida nesta cidade. Muito conhecida. Todo homem da cidade sabia quem era essa Anita. E ela conhecia muitos. Um desses homens tinha ódio dela. Talvez tenha sido humilhado por ela. Na cama, quem sabe? E se vingou. Matou-a com doze facadas. Ou mais. Talvez quinze. Dezesseis? Dezoito? E ainda cortou fora um dos seios dela. Um dos belos seios dela. Como troféu. Uma barbaridade. Um crime odioso. Hediondo. Mas você não se importa, não é, Renato? Ninguém se importa. Sabe por que, Renato? Porque todo mundo acha que ela era uma vagabunda. A puta de todos. E esse é o fim que toda vagabunda merece. Principalmente uma negra vagabunda que queria se passar por branca, que se exibia ao lado de...

O jovem saltou sobre ele, agarrando-o pelo colarinho do paletó. Jogou-o contra a parede dos chuveiros, onde bateu, com um gemido. Agarrou sua cabeça, torcendo-a e virando-a para o chuveiro. A água turvou-lhe a visão. Penetrando pelas narinas, obrigou-o a abrir a boca para respirar, e por ali a água escorreu aos borbotões para dentro de sua garganta. Tossiu, engolindo mais água. Tentou puxar os dedos do rapaz, mas ele o ergueu. O velho perdeu o equilíbrio. O pescoço doía, as faces pareciam estar sendo esmagadas. A cada tentativa de tomar fôlego suas narinas e garganta eram invadidas, provocando mais tosse, o que abria a glote para a penetração de ainda mais líquido. Sacudia as pernas, se debatia. Um dos sapatos saiu-lhe do pé. Escorregava no piso azulejado. Começou a ficar tonto. Tentava manter os olhos abertos, mas os pingos machucavam a vista. Que ia se turvando. Percebeu que estava perdendo os sentidos. Sentiu ânsias de vômito. Tossia, engasgava, tossia. A água se misturou a um gosto azedo. Suas mãos em torno das mãos do rapaz foram se afrouxando. Ainda procurou sentir o chão com a ponta do pé descalço, mas não pareceu haver mais nada sob ele. Não tinha mais forças. Parou de se debater. Tudo em volta escureceu.

Quando voltou a si, estava deitado no piso molhado. Os chuveiros tinham sido fechados. O jovem se inclinava para ele. Levantou os braços, na tentativa de evitar o golpe. O rapaz segurou-o por baixo das costas e das pernas, levantou-o sem dificuldade, carregou-o até um dos bancos, onde o sentou. Afastou-se, voltou trazendo uma toalha. O velho enrolou-se nela, tremendo. Renato permaneceu de pé, calado, nu. Depois se sentou. Disse:

— O que o senhor quer me perguntar?

6.
(aroma de) alfazema

Saiu pálido do vestiário. Procurou um cigarro, mas tudo em seus bolsos estava empapado. Eduardo e Paulo acompanhavam a briga entre o goleiro do time azul e um atacante do amarelo. Treinadores e atletas das duas equipes tentavam apartar a luta, mas acabavam por se envolver em mais agressões. A troca de sopapos e palavrões se alastrava. Alguns torcedores desciam à quadra para se juntar ao bafafá.

O velho afastou-se sozinho. Deixou o estádio.

Meia hora depois achou o endereço que buscava. O imponente casarão amarelo de dois andares estava rodeado por construções banais de um loteamento recente, tal como a freira lhe indicara, erguidas no terreno que por mais de um século tinha sido parte da mansão.

Encontrou o portão de ferro destrancado. Abriu, entrou, iniciou a subida pelo caminho de pedras, largo o suficiente para as charretes e carruagens dos senadores e barões que por ali circularam entre saraus e conspirações durante o império de Pedro II.

Sob um caramanchão coberto de buganvílias reluzia um automóvel preto. Só tinha visto igual em revistas. Era um dos modelos luxuosos de origem e marca europeus que o Brasil passara a fabricar recentemente. A traseira, mais alta e pontuda que o resto da carroceria, terminava em grandes lanternas verticais. O estilo, futurista como uma ilustração de história em quadrinhos, buscava uma referência de fausto do passado nas calotas prateadas, em que finas varetas de metal imitavam as rodas de um cabriolé.

Colocou as mãos sobre o capô, próximo às letras prateadas, em relevo, que compunham a palavra Simca Chambord. Estava frio.

Chegou ao pé da varanda em arcos. As luzes estavam apagadas. Subiu os cinco degraus, aproximou-se da porta que lhe pareceu a principal, procurou a campainha. Não achou. Bateu palmas. Ninguém atendeu. Na segunda vez tampouco obteve resultado. Começava a bater palmas novamente quando a porta à sua esquerda se abriu, lançando luz às costas dele. Antes mesmo que se voltasse, sentiu o perfume de alfazema.

A adolescente teve um ligeiro frêmito, quase imperceptível. Usava outra blusa, uma saia diferente, os cabelos soltos. Mesmo assim e apesar de tê-la visto apenas por um breve instante, reconheceu-a imediatamente. No vestiário não notara o quanto era mais alta que ele. Nem as formas adultas de seu corpo.

— Quero falar com o prefeito.

Os lábios cheios, desenhados como um pássaro de asas abertas, abriram-se levemente. Voltou os olhos apertados e escuros para dentro da casa, depois de novo para ele.

— Meu pai não está.

O carro dele está ali embaixo.

Ela recuou. Pousou a mão na maçaneta.

— Meu pai está ocupado.

— Preciso falar com ele.

— Não sei se vai poder atender.

— Por favor, vá chamar o doutor Torres.

— Meu pai não vai poder...

A luz sobre a porta foi acesa. Ele piscou, ofuscado. Logo percebeu, por trás da jovem, uma mulher de cabelos presos em coque e ar severo.

— O que foi, minha filha?

Havia um inequívoco senso de autoridade em seu tom de voz.

— Este senhor... — a adolescente apontou, tirando a mão da maçaneta, abrindo espaço para a mulher passar. — Está querendo falar com o papai.

Ela chegou mais à frente. Não usava maquiagem no rosto delicado. Devia ter uns quarenta anos.

— Boa noite. Posso ajudá-lo?

Tinha rugas muito finas em volta dos olhos. Sorria, com os cantos dos lábios estreitos, o sorriso condescendente que as mulheres de políticos treinam em palanques e utilizam em inaugurações, homenagens, visitas a instituições de caridade.

— Preciso falar com o prefeito.

— Sou Isabel Marques Torres, a esposa dele. O senhor pode falar comigo. Eu dou o recado.

Colocou uma mão sobre a outra, num gesto delicado. Vestia-se de forma indistinta, mas irreprochável.

— É assunto pessoal.

— Meu marido chegou cansado. Já se recolheu.

— Tem certa urgência.

— Lamento. Esta noite é impossível.

— Eu realmente preciso falar com ele.

— É melhor voltar amanhã.

— É sobre o... Sou o advogado da... — procurou um nome para citar. — Fui contratado para...

— Amanhã o senhor pode....

— Preciso falar com ele sobre o assassinato da mulher do dentista.

O sorriso desapareceu.

— Cecília — disse, sem desviar os olhos do velho. — É melhor você entrar.

— A senhora quer... Que eu chame o papai?

— Não precisa. Vá para o seu quarto. É tarde.

Isabel Marques Torres esperou que a filha saísse.

— Cecília ficou muito chocada com o que aconteceu. Nós todos ficamos. É um assunto desagradável, uma história...

— Um assassinato — ele corrigiu.

— Sim, realmente. E foi acontecer justamente na gestão do meu marido. Ele está muito aborrecido. Tenho certeza que seria melhor o senhor procurá-lo outra hora.

— Preciso, mesmo, falar com o doutor Torres.

— Marques Torres. Nosso sobrenome é Marques Torres. Esse assunto, felizmente, já foi resolvido pela nossa polícia, aqui mesmo, sem precisar de intervenção da polícia da capital. É um assunto encerrado.

— Não é.

— Como?

— A família da vítima me contratou — ocorreu-lhe dizer, gostando imediatamente da invenção, que pareceu surpreendê-la. — Parentes do Rio de Janeiro. De onde cheguei hoje. Preciso de algumas informações. A família precisa. Quer esclarecer uns pontos obscuros. Querem, queremos, evitar que o assunto chegue à imprensa sensacionalista.

Aguardou. Ela não respondeu imediatamente.

— Talvez seja melhor o senhor entrar — disse, finalmente.

— Prefiro esperar aqui fora.

— Como queira.

Deu-lhe as costas. Viu-a desaparecer dentro da casa. Demorou alguns minutos antes que ouvisse o barulho de passos pesados, descendo escadas.

O homem que surgiu ocupou boa parte do vão da porta.

— O senhor quer falar comigo?

Fios brancos de barba por fazer pontuavam o rosto avermelhado. A camisa justa, possivelmente de quando tinha menos peso, ressaltava o tronco ancho, desproporcional às pernas curtas e arqueadas. Usava botas.

— Doutor Torres?

— Marques Torres. O senhor quer falar comigo?

— Preciso. Sou advogado da...

— Pode falar. Mas esse assunto de assassinato é com o delegado.

— Não é sobre a morte de dona Anita que eu quero lhe falar. É sobre antes. Sobre Aparecida.

O prefeito deu um passo à frente. Puxou a porta atrás de si, fechando-a. O velho reparou como as mãos eram grandes e grosseiras. Tinhas as unhas manicuradas.

— Que Aparecida?

Falava como alguém acostumado a ser obedecido desde criança. A boca carnuda de lábios grossos lembrava a da filha. Cecília também havia herdado dele os olhos pequenos.

— A diretora do orfanato sugeriu que eu o procurasse.

— Ah, aquela negra. Sugeriu me procurar? Para quê?

— Parece que seu pai...

— Meu pai?

— Seu pai, o senador Marques Torres... Ele era deputado federal em 1952, não era?

— Era. Por quê?

— Parece que nessa época o senador andou querendo adotar uma menina.

— Adotar?

— Uma menina. Chamada Aparecida. Filha de uma empregada da fazenda.

— Não saberia dizer. Nessa época eu já era casado, tinha minha própria vida, minha família. Meu pai passava mais tempo no Distrito Federal, na Câmara dos Deputados, do que aqui.

— O senhor tem irmãos adotivos?

— Não.

— E, no entanto, no caso dessa menina, no caso de Aparecida...

— Em 1952? Foi o ano em que meu pai fundou o colégio municipal. O que me lembro dessa época é meu pai envolvido com esse projeto de educação secundária gratuita. Ele lutou muito para obter essa verba junto ao Governo Federal.

— Foi o ano em que Aparecida se casou. A mãe dela, Elza...

— Quatrocentos e vinte alunos, estudando de graça. Do primeiro ano ginasial ao terceiro do curso científico. A estrada para a capital também foi asfaltada nessa época. Resultado de empenho pessoal dele. De verba conseguida por ele.

— Em 1952...

— O doutor Getúlio gostava muito dele.

— Seu pai era amigo do ditador?

— Em 1952 o doutor Getúlio era presidente eleito. Meu pai falava dele como de um amigo, mais do que do Vargas presidente do Brasil.

— Seu pai nunca comentou nada com o senhor? Sobre a adoção da menina? Ou sobre a mãe dela, Elza?

— Nós nos víamos pouco, eu na fazenda, ele no Distrito Federal. Isto é, no Rio de Janeiro. Isso foi antes de existir Brasília. Antes do suicídio do doutor Getúlio.

— Aparecida nasceu na sua fazenda, não foi?

— Não temos mais a fazenda.

— Mas era de vocês, quando ela nasceu?

— Agora é do doutor Geraldo.

— Elza, a mãe dela, era empregada da fazenda, não era?

— Doutor Geraldo Bastos. O dono da fábrica de tecidos. Vendemos a fazenda para ele, depois que meu pai morreu. Em 1955. Um ano depois da morte de Vargas.

— Seu pai, como Vargas, também se...

— Meu pai ficou muito abalado com a morte do doutor Getúlio.

— Ele sabia que o senhor conhecia dona Anita? Aparecida?

— O marido de dona Anita e eu nos conhecemos há muito tempo. Estudamos juntos.

— O senhor também é dentista?

— Engenheiro. Agrônomo. Nós nos conhecemos no seminário de Valença, no Estado do Rio.

— É longe daqui.

— Tinha bom ensino. Disciplina. Meu pai preferiu.

Voltou-se para a porta, girou a maçaneta, pigarreou. A largura de suas costas era impressionante.

— Se quer outras informações, procure a polícia. E diga a essa negra... A essa freira, que faça o mesmo.

Fechou a porta. A luz da varanda foi apagada.

• • •

— Minha avó veio de um lugar assim — Paulo disse, apeando da bicicleta no acostamento da rodovia.

Diante dele o vale se estendia por quilômetros até o paredão de montanhas negras luzidias. Pastagens, matas, uma plantação de café: largas faixas de diferentes tons de verde brilhavam ao sol da tarde. Do topo de uma quaresmeira um gavião-carijó alçou voo, batendo as asas com vigor até encontrar uma corrente de ar. Ali se abandonou, planando sobre as curvas do ribeirão abaixo. Nas margens arenosas, uma cabra vagava, acompanhada dos filhotes.

Eduardo acompanhou o voo até o gavião desaparecer entre dois morros pontilhados de árvores sobreviventes de muitas queimadas. Olhou no sentido oposto. Uma ponte de pedra em arco cruzava o trecho mais estreito do riacho. Depois dela começava uma estrada de seixos, ladeada por palmeiras imperiais. Chegava a um muro coberto de heras. Além dele um jardim se esparramava até o topo da colina, ocupada por um casarão de três pisos, caiado de branco. No térreo, largos espaços abertos abrigavam duas charretes, selas, material de montaria, sacos de aniagem acumulados em pilhas. Na escadaria que levava ao primeiro dos dois andares superiores, uma mulher varria. Acima, todas as janelas, pintadas de azul com molduras amarelas, estavam fechadas. Eram muitas. Eduardo começou a contar: duas, três, cinco, oito...

— É o lugar com mais janelas que eu já vi — comentou, perdendo a conta. — Quantos quartos será que tem? Quem mora aí? Sua avó nasceu aí?

— Ninguém mais vive aí. Era a fazenda da família Marques Torres.

— Você disse que a sua avó...

— Minha avó era colona.

— Colona?

— Lavradora. Não é assim também que chamam em São Paulo?

— Não sei. Não lembro.

— Era colona. Antes de sair da roça e arrumar emprego na fábrica de tecidos.

— Pensei que sua mãe é que trabalhava na fábrica.

— Minha mãe também. Antes de casar. Antes da minha avó morrer.

— E os seus parentes? Vivem onde?

— Não sei. Meu pai não fala disso.

— Para o seu irmão deve contar.

— Nem sei se tenho parente vivo. Só sei da minha avó.

— Todo mundo tem parentes. Um primo, um tio... Alguém.

— Nunca vi nenhum. Vamos!

Paulo montou, pedalou forte mas logo deixou que a bicicleta deslizasse pelo caminho de terra que levava à ponte. Eduardo o seguiu.

Quando chegaram à sede da fazenda, a mulher parou de varrer para ouvir suas perguntas. Indicou-lhes a direção oposta à linha do rio, para além do cafezal.

Atravessaram por dentro dos corredores alinhados de pés de café. Eduardo, que só os conhecia de fotos, não imaginara que fossem tão altos.

Deram em uma trilha de barro endurecido. Tinha sulcos fundos, paralelos, deixados por rodas de carros de boi. Nenhuma marca de pneus. Na estação das chuvas, que começava em junho, estiava no mês seguinte e voltava com força em agosto, nem jipe conseguiria rodar por ali.

Seguiram pela trilha, morro acima empurrando as bicicletas, morro abaixo sacudindo nos selins a cada buraco. Cruzaram um pasto onde o gado parecia imóvel. Em parte alguma havia sinal de presença humana além deles dois. O sol poente derramava em tudo um alaranjado tom melancólico. Eduardo, alma urbana, não conseguia imaginar alguém vivendo em meio a tanta quietude. Falou, mais para quebrar o silêncio do que por real curiosidade.

— Era daqui da fazenda?

— Quem?

— A sua avó.

— Não.

— De onde era?

— Algum lugar aqui perto.

— Onde?

— Não sei.

— Só ela foi embora? Os irmãos ficaram? Os pais dela ficaram?

— Não sei se tinha irmãos.

— E o seu avô?

— Não sei de onde era. Morreu antes da minha avó. Não conheci.

— Sua mãe era órfã de pai?

— Deve ser aquela casa lá — disse, apontando um ponto longínquo, rodeado por um terreno descampado.

Aceleraram. A trilha, cheia de buracos, tomou-lhes mais tempo do que imaginavam até o barraco de taipa. Um menino negro, mais novo que eles, brincava com um bambu atiçando formigas na terra avermelhada.

— Aqui é a casa da dona Madalena? — Paulo perguntou.

O garoto confirmou com a cabeça.

— Ela está? A gente quer falar com ela.

O menino deixou as formigas e, sem soltar a vareta, foi até a porta, fez sinal para que entrassem.

Era um cômodo apenas. Exíguo. Escuro. Paredes sujas de fuligem. Nenhuma cadeira ou mesa. Nenhum armário, tampouco. Uma panela de barro sobre o fogão a lenha, apagado. O que terá dentro, o que será que eles comem, o que essa gente tem para comer?, perguntou-se Eduardo, que nunca estivera em uma casa tão pobre.

A pouca luz do fim da tarde entrava pela única janela, semicerrada com o tampo de um caixote. Mal deixava perceber, a um canto, deitada sobre um catre, uma mulher esquálida.

— Dona Madalena?

Ela abriu os olhos ao ouvir a voz de Paulo. Levou alguns instantes até fixá-los nos meninos. Mas não pareceu vê-los. Não emitiu nenhum som, não se moveu. Eles tampouco. Durou apenas alguns segundos, mas Eduardo sentiu-se incomodado. Teve vontade de sair dali. Não entendeu por quê. Então se lembrou de um silêncio igual, diante de um olhar como aquele, muitos anos antes: o do avô, o *Nonno*, no leito do hospital pouco antes de morrer.

— Dona Madalena? — Paulo repetiu, aproximando-se. Agachou-se.

Eduardo o seguiu, mas permaneceu de pé. Sentia-se cada vez mais constrangido.

— Dona Madalena... — Paulo disse com uma suavidade como Eduardo nunca percebera nele. — Foi seu neto que falou para a gente procurar a senhora.

O garoto das formigas se retirou quietamente.

Paulo aguardou. Nada aconteceu. Repetiu:

— Renato.

— Seu neto Renato — Eduardo acrescentou.

Ela os olhava, realmente? Ela os via? Entendia o que estavam dizendo?

— Renato — Paulo disse mais uma vez. — Filho de sua filha Elza.

Um movimento de cabeça, débil. Paulo tomou-o como confirmação.

— Renato disse que a senhora podia saber.

Eduardo se impacientava. Queria que Paulo fizesse logo as perguntas instruídas pelo velho. Queria sair dali o quanto antes. Interveio:

— A sua filha, Elza, teve uma filha antes do Renato, não teve? Uns cinco anos antes, não teve? Pergunta para ela, Paulo!

Paulo respirou fundo.

— Seu neto. Renato. Disse para a gente procurar a senhora — Paulo reiniciou, tentando encontrar as palavras adequadas. — A sua filha, Elza, teve uma menina antes de ter o Renato.

— Em 1937 — sobrepôs Eduardo.

— Se lembra, dona Madalena? Uma menina. Clara. Bem clara.

— Em 15 de maio de 1937. Foi registrada como Aparecida. Dos Santos. Fala tudo para ela, Paulo!

— Aparecida dos Santos, a senhora lembra?

Eduardo achou que a mulher tentava sacudir a cabeça, em negação, sem conseguir. Insistiu.

— Aparecida. Filha da sua filha.

— A mãe da menina... A sua filha Elza... Estava com doze anos. A mãe de Aparecida. Tinha doze anos quando...

A expressão de Madalena era indecifrável.

— A sua neta nasceu e foi levada para o orfanato — interrompeu Eduardo.

— A sua neta, Aparecida.

— Se lembra? A senhora se lembra?

Paulo chegou mais perto do rosto de Madalena. Falava baixo junto ao ouvido dela.

— A sua filha, Elza. Elza tinha doze anos quando... Teve... A menina. Eles levaram a menina. Sua neta. Aparecida. Levaram Aparecida para o orfanato. O seu neto... O outro filho de Elza... O seu neto Renato disse que a senhora é a única que sabe. A senhora é a única que pode contar. Que conhece. Sabe o que aconteceu com Aparecida. O que fizeram com a filha de Elza. Que só a senhora é que pode contar tudo sobre Aparecida. Tudo. Tudo que... Que...

O silêncio de Madalena afligia Eduardo. Não aguentou:

— O pai de Aparecida era o dono da fazenda? O pai era o senador Marques Torres?

Paulo olhou-o com reprovação. Madalena continuava imóvel. O menino das formigas trouxe de fora uma lamparina a querosene já acesa, colocou-a sobre o fogão, saiu.

— Ela não vai se lembrar, Paulo. Não adianta. Vamos embora.

Paulo não respondeu. Debruçando-se sobre o catre, chegou mais perto de Madalena e passou o braço por cima da cabeça dela. No lusco-fusco Eduardo não conseguia ver seu rosto, que dava a impressão de estar rente ao da velha. Rente, não: encostado. O gesto o surpreendeu tanto quanto a suavidade com que Paulo falava a ela. Então lhe ocorreu: a mulher deitada à sua frente, sem lençóis a cobri-la, com ossos a saltar da roupa, poderia ter sido a avó de Paulo, se não tivesse fugido da vida rural em busca de um posto diante de um tear na cidade. E ele, este menino agachado junto a uma velha negra a morrer no desamparo, em um casebre no meio de lugar nenhum, talvez, quem sabe, talvez pudesse ter sido o neto de Madalena, se um dia, no passado, ela tivesse tido a coragem, a audácia ou a sorte de alterar as circunstâncias que a rodeavam.

Paulo falava tão baixo que Eduardo, mesmo naquele ambiente exíguo, teve dificuldade para ouvi-lo. Não soava como o menino que ele conhecia. Parecia... Uma outra pessoa, quase. Quase... Um adulto. A senhora se lembra, dona Madalena, ele perguntava, a senhora lembra, não lembra? Eu sei que a senhora lembra, ele lhe dizia. Não sei por que a senhora não quer falar, mas eu tenho certeza que a senhora lembra, ele falava, como se a conhecesse de longo tempo. Disse à mulher: eles levaram Aparecida, a sua neta, eles levaram, a senhora teve que deixar eles levarem. Era muito clara, clara demais, clara como o pai, Eduardo achou que ouviu Paulo sussurrar. A senhora teve que deixar eles levarem. Não podia ficar aqui. A menina. Não podia. Não permitiram. Levaram, ele disse. Quando sua filha Elza tinha doze anos. Tinha a minha idade. Depois Elza teve outro filho. Um menino. Renato. Lembra, ele perguntou, lembra? Um menino. Mais escuro que Aparecida. Levaram, também. A sua filha Elza, a mãe deles, então, Paulo falou, titubeando cada vez mais, então ela foi embora. Elza quis ir embora, dona Madalena? Ou eles é que mandaram ela embora? Ela fugiu? Sumiu? A senhora nunca mais teve notícia dela? O que fizeram com ela, dona Madalena? A senhora sabe? Sabe, dona Madalena? O que fizeram com Elza, a senhora sabe? Lembra? Lembra?

Eduardo viu um brilho nos olhos de Madalena. Pareceu-lhe uma lágrima. Mas não teve certeza. A noite tomara conta de tudo. Em volta deles as sombras se moviam pelas paredes à luz incerta da lamparina.

Madalena ergueu a mão, com dificuldade. Aproximou-a do rosto de Paulo. Parecia que ia acariciá-lo. Mas não o tocou. Ficou com a mão no ar, um pouco trêmula, por um breve momento. Em seguida abaixou-a. Virou o rosto para a parede.

Paulo ergueu-se, de costas para Eduardo. De cabeça baixa, passando por ele em direção à porta, disse:

— Vamos embora.

• • •

Por um momento a trovoada e a sirene da fábrica se confundiram. Longe, acima das montanhas, o clarão de um novo raio embranqueceu a noite e revelou as grossas nuvens de chuva que rolavam céleres em direção à cidade. O estouro do trovão ressoou mais perto e outros se seguiram, cada vez mais próximos, enquanto o grito da sirene continuava anunciando o fim do turno para os operários da Fábrica de Tecidos União & Progresso. Um vento que parecia vir de todas as direções começou a levantar poeira, a girar as folhas das árvores que ia arrancando na passagem, a sacudir a placa "Inaugurada em 1897" na corrente que a prendia ao bico da águia de cimento pintado. Abaixo dela, os grandes portões duplos de ferro se abriram.

Um homem vestido em um macacão cinza, de tamancos, foi o primeiro a sair, empurrando uma bicicleta. Ao chegar à rua montou nela e se afastou pedalando. Outros homens e mulheres foram surgindo, em ondas contínuas, usando uniformes iguais, os mesmos tamancos, levando nos rostos o mesmo ar extenuado. Poderiam ter passado o domingo em casa, mas tinham preferido trocar o fim de semana de descanso pelo dinheiro extra, das horas extras, do dia de trabalho extra, para a produção extra, do faturamento extra sobre os quilômetros de brim necessários para os uniformes dos milhões de brasileiros que estavam trocando os campos e caatingas pelas indústrias que pipocavam no Sudeste.

Nenhum dos que tinham bicicleta saía lá de dentro pedalando. Só o faziam fora dos portões, já sobre os paralelepípedos, além da área de trabalho. Obedeciam a normas da empresa. Todos pareciam ter pressa em sair dali e a cada trovão apertavam mais o passo. Quando a sirene parou e o portão foi fechado, poucos ainda estavam à vista.

O velho continuou aguardando.

A rua agora estava vazia. O vento se tornara mais frio e vinha em lufadas descontínuas. Alguns pedaços de papel giraram à sua frente, em meio a um redemoinho de pó, para em seguida serem arrastados com outros restos, gravetos, folhas. As nuvens inchadas estavam cada vez mais baixas e mais perto.

Os portões foram abertos outra vez. A luz de dois faróis atingiu seus olhos, cegando-o momentaneamente. Ouviu o ruído de um motor. Ainda confuso com os pequenos círculos que a luz formara, viu um automóvel preto, de linhas retas, já do lado de fora. Começava a se afastar.

Apressou-se para alcançá-lo. Tropeçou. Sentiu os faróis novamente em seus olhos, enquanto um barulho de freios indicava que o carro parara bruscamente. Mesmo tapando a vista com as mãos, não enxergava nada. Tateando, apoiando-se nos para-lamas, aproximou-se do homem por trás do volante.

— Doutor Geraldo?

Via apenas um vulto no banco do motorista.

— Doutor Geraldo Bastos?

O vulto, que agora lhe pareceu volumoso, acedeu com a cabeça.

— Sou Basílio Gomes. Advogado. Posso falar com o senhor um minuto?

Um homem grande. De óculos. Jaleco. Gravata.

— Não quis lhe perturbar na fábrica.

Jaleco branco engomado, iniciais bordadas no bolso, sobre camisa branca de colarinho também engomado, gravata presa com broche redondo de ouro de algum clube de origem norte-americana: agora o via bem.

— Acreditei que seria inconveniente falar do assunto na frente de seus empregados.

O motor soou mais alto. O homem pisava o acelerador, intermitentemente, sem sair do lugar.

— É sobre Anita.

Os olhos azuis, por trás dos óculos ovalados com aros de metal dourado, voltaram-se para os portões da fábrica já fechados, em seguida para a rua vazia, finalmente para o velho.

— Estou indo para casa — disse, irritado. — É tarde. Minha família me aguarda para jantar.

— Podemos conversar no carro. Depois volto a pé.

— Moro longe. Podemos nos falar em outra ocasião.

— Se prefere — falou, no tom mais neutro que conseguia —, vou à sua casa amanhã e espero pelo senhor lá.

Geraldo Bastos vacilou. Olhou mais uma vez na direção da fábrica. Pegou a pasta que estava no banco da frente, colocou-a atrás. Sem olhar para o homem de cabelos brancos, inclinou-se e abriu a porta à direita. O velho contornou o veículo, entrou, sentou-se. O carro partiu.

Ele dirigia sem olhar para os lados, em baixa velocidade. Contornaram a praça Tenente Valladares. Um vira-lata ossudo trotava em direção ao coreto. O vento e a ameaça de chuva tinham expulsado quase todos das ruas.

Dentro do automóvel, o velho observou o painel moderno e aspirou, com encanto involuntário, o aroma de couro novo.

— Bonito carro — disse, com sinceridade.

— Aero-Willys. É nacional — Geraldo Bastos respondeu, com animosidade.

— A razão por que eu lhe esperei na saída foi que...

— Uma carroça. Sem torque, desconfortável, mal-acabado.

— Doutor Geraldo, como advogado da família de...

— Incômodo. Como todos os carros fabricados no Brasil.

— Nunca tive carro. Mas como lhe dizia...

— Anacrônico.

— Meu assunto com o senhor é em relação a...

— Tenho um Oldsmobile e um Mercury parados na garagem. Desde que esse demagogo Juscelino Kubitschek proibiu a importação de carros estrangeiros em 1958, ficou impossível conseguir peças de reposição.

— A proibição foi para proteger a indústria nacional. Mas a razão de eu ter procurado o senhor é que...

— Fui obrigado a comprar essa porcaria. Quem lucra com esse protecionismo?

— A produção de automóveis no Brasil criou milhares de empregos. Doutor Geraldo, quero lhe falar de...

— Alguém, em sã consciência, pode chamar de nacional uma fábrica Renault, uma Volkswagen, uma Alfa-Romeo, uma Mercedes-Benz, uma Ford?

— Tantos nordestinos, fugidos da pobreza, conseguiram...

— Trabalho? Vivendo ainda mais miseravelmente nas periferias das cidades? Criando e inchando as favelas? E para quê? Para fabricar aqui modelos que já são obsoletos lá fora. Trocaram a importação de bons carros pela importação de tecnologia antiquada.

— O protecionismo também ajuda as indústrias de tecidos.

— Não faz diferença. Não precisamos.

— Toda indústria de país pobre precisa. Não há como enfrentar o dumping de produtos do mundo capitalista sem...

— Vendo brim para o mundo inteiro, inclusive para os Estados Unidos. Minha fábrica foi fundada no século passado. Trouxemos o primeiro maquinário da Inglaterra. Com dinheiro nosso. Capital nacional. Transformamos escravos analfabetos, abandonados pelos donos, em operários treinados, com salários e carteira assinada. Ensinamos ofícios a eles, pagamos férias, dentista, médico. Fixamos no interior gente que ia acabar engrossando a marginália das capitais. É muito diferente desse entreguismo ao capital estrangeiro. O senhor não é daqui.

— Como disse?

Tem sotaque nordestino. Deve ser pernambucano ou lá de perto. Se o senhor fosse desta cidade, conhecesse o que se passa aqui, não precisaria me procurar. O que esta vagabunda fazia era do conhecimento de todo mundo.

— O senhor... — o velho procurava palavras como quem lança iscas. — Parece que o senhor... Conheceu dona Anita um pouco melhor do que todo mundo.

— Só não conheceu esta mulher quem não quis.

— Consta que ela preferia...

— Não preferia nada. Era uma mulher permanentemente aberta à visitação pública.

Uma sensação de náusea atravessou o velho.

— Por isso o marido a matou? — disse, tentando controlar o enjoo.

— Francisco Andrade? — havia desdém em seu tom. — Francisco Andrade matou aquela mulher? A facadas?

— Está preso.

— Alguém acredita que Francisco Andrade é o assassino daquela mulher?

— A polícia acredita: ele está...

— Ele confessou, tinham de prendê-lo. Qualquer advogado o tira de lá, na hora que quiser. Réu primário. Crime de honra. Cidadão da melhor sociedade. Caridoso. Todo pobre de quem arrancou dentes podres sem cobrar um tostão, ou para quem o doutor Andrade doou uma dentadura, deporá a seu favor. Um homem de bem, vítima das circunstâncias. E de uma mulher sem um mínimo de decência. Qualquer júri o absolve.

— Os requintes de crueldade com que ela foi...

— Ora, francamente! Algum tarado matou a vagabunda e sumiu. Algum forasteiro. Com ou sem confissão, toda a cidade sabe que não foi o doutor Andrade quem a matou. Daqui a pouco ele volta para casa. E ainda lavou a honra. Com o trabalho de outro.

O velho virou o rosto. Só então percebeu que já chovia. As paletas do limpador do para-brisa guinchavam contra o vidro, atingido por pingos grossos. Não se via muita coisa. Subiam alguma ladeira, que não identificou.

— Acha que o marido contratou alguém?

— Não disse isso.

— Não disse que o dentista lavou a honra com o trabalho de outro?

— Eu disse que o doutor Andrade se aproveitou do crime para fingir que, finalmente, tinha se cansado de ser o corno da cidade.

— E por que algum forasteiro a mataria?

— Foi achada morta num matagal, como uma porca descarnada. Se foi um tarado, um mendigo, um representante comercial ou um psicótico, que diferença faz?

— Há um criminoso à solta.

— Essa mulher era uma desclassificada. Uma meretriz. Fria, depravada, sem berço, sem valores morais. A vida que levava não podia dar em outra coisa. Responda, sinceramente: que diferença faz a ausência dessa mulher na comunidade?

— Dona Anita...

— Nenhuma. Não faz falta nenhuma. Ou melhor, a sociedade até se beneficia com o desaparecimento dela.

— Foi selvagemente assassinada.

— É uma depuração.

— Mutilada.

— O senhor tem religião?

— Tenho o quê?

— Trevas ou luz. Temos que optar. Todas as religiões mostram. Livre-arbítrio. Somos criados com ele. Ricos ou pobres, negros ou brancos, homens e mulheres. Todo ser humano é livre para escolher. Há mulheres que escolhem a dedicação à família, a lealdade ao homem que lhes dá proteção, lhes dá filhos, lhes dá abrigo e o próprio nome. São as mulheres que ajudam a construir um mundo melhor. Dignificam seu papel na sociedade. E existem as outras. Como Anita.

— O senhor conheceu várias.

— Como todo homem. Para isso servem mulheres como ela.

A náusea cresceu e começou a subir em direção à garganta, transformada em líquido azedo.

— Por favor, pare aqui.

— E o senhor? Vai dizer que não conheceu cloacas como ela?
— Preciso descer. Por favor, pare.
— Não usou mulheres como Anita?
— Quero sair.
— Não usaria Anita, se a sua idade ainda permitisse?
— Pare aqui. Pare!

O automóvel ainda não tinha estacionado completamente quando ele abriu a porta e saltou. O jato de vômito bateu na calçada, misturando-se à água que escorria para a sarjeta.

Na rua deserta, sob a chuva, viu o carro preto afastar-se até desaparecer por trás da cortina de água densa. Não conseguia mover-se. As gotas frias em sua cabeça e pescoço escorriam colarinho adentro, provocando arrepios.

Um raio riscou o céu, seguido de um ribombar que pareceu sacudi-lo. Tentando controlar os joelhos que tremiam, talvez de frio, talvez de raiva, finalmente mexeu uma perna, depois a outra, e saiu caminhando, cabisbaixo e abatido.

Não tinha a menor ideia de onde estava.

7.
De quantas Madalenas é feito o mundo (?)

Um pé diante do outro, Eduardo media o quarto, tentando lembrar-se das dimensões da casa de dona Madalena. Ficara pouco tempo lá dentro, estava escuro, mas a lembrança lhe dava a certeza: seu quarto era maior do que o casebre inteiro. Era mesmo? Era. Não, não era. Não podia ser.

Fez um balanço dos móveis à volta dele. Cama, mesa de cabeceira, armário, guarda-roupa, escrivaninha, estante, cadeira. Mais do triplo do que havia lá. Sem contar os objetos. Lápis, caneta, cadernos, tinteiro, borracha, apontador. Copo com a caneta e os lápis. Tubo de cola, livros, quadro do anjo da guarda, diploma de primeira comunhão. Crucifixo. Tapete. Lençol, fronha, colcha, cobertor. Travesseiro. Abajur.

Da casa dela só se lembrava da panela sobre o fogão. Foi tudo o que vira. Devia ter mais coisas, claro. Tinha de ter. Não é possível alguém viver com tão pouco. E o menino? Onde dormia, se havia apenas uma cama onde estava dona Madalena? Dormiam juntos? Ou haveria uma esteira de palha de bananeira para ele, a ser estendida no chão? No chão de barro. É frio, um chão de barro. Talvez houvesse outro colchão. Haveria? E travesseiro? Haveria um travesseiro para o menino? Um cobertor? Dona Madalena não tinha cobertor. Tinha, sim. Vagabundo, cinza, velho, mas tinha um, sim. Estava aos pés dela. Como podiam viver tão miseravelmente, se a neta dela, se Anita, isto é, se Aparecida era casada com um dentista? Podia ter feito alguma coisa para ajudar a avó, não podia? Podia ter dado a ela algum dinheiro. Uma outra cama. Um outro colchão. Lençol, fronha, cobertor. Algo. Alguma coisa. Qualquer coisa. Podia ter ajudado a avó, não podia? Podia ter dado a ela um... Um...

Mais um raio brilhou lá fora. O barulho do trovão, em seguida, sacudiu a janela. O ruído incessante da chuva dominava a noite.

Talvez Anita não pudesse ajudar. Aparecida. Ela não tinha nada. Nem um anel. Pode ser que o dentista não permitisse que Aparecida, que Anita ajudasse a avó. Talvez Anita mesma não quisesse. Tivesse raiva da avó, ou coisa assim.

Não. Ninguém pode ter raiva de uma avó enfraquecida. Doente. Em cima de uma cama. Ou pode? Porque permitiu que ela fosse levada para o orfanato? Porque não fez nada quando o senador engravidou Elza? Ou a raiva era porque Madalena é preta e Anita fingia ser branca? Era Anita quem fingia, ou eram os outros que preferiam a parda Aparecida transformada na branca Anita? Que outros? Ela era proibida de ver a avó? De ver o irmão? Sentia vergonha deles? Ou vergonha de si mesma? De ter-se tornado a vagabunda da cidade? Aparecida sabia que tinha uma avó e um irmão? Do irmão tinha que saber. Pois se Renato sabia dela, sabia que Anita era sua irmã, não, que Aparecida era sua irmã, então Anita, então Aparecida, tinha de saber da existência do irmão. E da avó. Ou não?

Droga! Perdeu a conta dos passos. Teria que começar tudo outra vez. Um pé, dois pés, três pés...

• • •

Paulo observava o irmão, diante do espelho, a pentear o cabelo pela undécima vez. A intenção, aparentemente frustrada, era manter domados na mesma direção todos os fios, devidamente untados de brilhantina. Um redemoinho na parte de trás da cabeça insistia em erguer-se fora da ordem.

— Vai sair, Antonio?

— Vou.

— Com essa chuva?

— Daqui a pouco passa. O Mauro, o Zé Paulo e eu vamos comer a empregada do Mauro.

— A empregada?

— O Mauro já comeu. E avisou que se não der para nós, conta aos pais que ela é uma puta.

— Ela cobra quanto?

— Que cobrar o quê, neguinho! Pegaram ela na roça para criar. Não tem onde cair morta. Quero comer aquele cu. Vou arrombar aquele cu.

— Quantos anos ela tem?

— Uns quatorze, quinze. É cabaço, ainda. Só deixa botar no cu.

O redemoinho finalmente cedeu. Antonio, então, puxou um fio do topete e deixou que caísse sobre a testa, em cuidadosa imitação de James Byron Dean, para dar a impressão, justamente, de um rebelde sem causa que não liga a mínima para as aparências.

— E se ela não quiser?

Antonio guardou o pente no bolso traseiro da calça, deu uma longa mirada satisfeita no espelho.

— Hein, Antonio? E se ela não quiser?

— Já te disse que ela é cria da casa.

— Mas pode não querer.

— A gente come à força e quebra ela de porrada.

Dobrou a manga curta da camisa o suficiente para que os bíceps inchados pelos halteres ficassem bem à mostra. Virou-se de perfil para o espelho, ajustou com a mão em concha o volume na parte da frente da calça. O mundo precisava saber o poder que havia ali dentro.

— Já estou até meio de pau duro — disse, antecipando o prazer que o aguardava.

• • •

Contínua, intensa, golpeando as vidraças do dormitório, a chuva abafava os roncos, as tosses e os gemidos dos outros velhos.

Estava exausto, mas não conseguia dormir. Tiritava sob as cobertas. Os olhos ardiam. As articulações, músculos, varizes doíam. A cabeça latejava. O gosto azedo não desaparecia da boca, apesar das tantas vezes que se levantara para ir ao banheiro bochechar.

Queria dormir. Precisava dormir. Tinha que deter a ciranda de imagens que invadia sua memória a cada vez que cerrava as pálpebras. Eram lábios, línguas, bocas, braços, nucas, seios, coxas, cus, ventres, vulvas. Seu pênis entrando e saindo delas. Entrando e saindo delas. Entrando e saindo delas. Entrando e saindo de pedaços anônimos de corpos sem rostos, sem nomes, sem vozes senão os gemidos, às vezes o protesto, não ponha não, aí atrás não, e ele forçando, rompendo, entrando com violência em carnes que não tinham vontade nem individualidade, apenas vulvas e ventres e coxas e cus e lábios e peitos e orifícios a serem penetrados na sua vingança, só isso, mais nada. Como Helena tinha sido penetrada pela polícia, como os torturadores da ditadura de Vargas fizeram com Helena na sua frente, com seus pênis, suas porras, seus cassetetes, diante do pau de arara onde o mantinham pendurado, com o prazer redobrado de violá-la repetidamente na frente dele, gozando no corpo dela, no peito dela, nas mãos dela, no rosto dela, em sua boca, enquanto ele, amarrado, assistia a tudo.

Abriu os olhos.

Dentro do dormitório os outros velhos dormiam, em paz com seus chiados, asmas, bronquites. O clarão de um raio por um segundo deu às suas fisionomias o tom esbranquiçado de cadáveres esquecidos em uma morgue. Na luz súbita viu suas mãos, tão pálidas quanto a pele deles. E o próprio rosto, refletido no vidro da janela ao lado. Não era diferente do rosto de Geraldo Bastos.

• • •

Treze passos de largura, dezenove passos de comprimento. Multiplicados por vinte e sete centímetros, que era o tamanho de seu pé: Eduardo descobriu-se dono de um ambiente de uns dois metros e setenta, por uns três e muito, quase quatro. Um quarto comum. Mas ali caberia inteira a casa de dona Madalena.

Apagou a luz e deitou-se.

Recapitulou o dia e concluiu que tinha sido um fracasso. A ida à fazenda, total perda de tempo. Foram tão longe por nada. Não obtiveram nenhuma informação além do que já sabiam ou desconfiavam. Nenhum avanço. Quanto mais gente conheciam ligada à vida de Anita, à vida de Aparecida, menos sabiam sobre ela.

Virou-se para a parede, pronto para dormir.

Os trovões ecoavam distantes conforme a chuva, menos intensa a cada minuto, abandonava a cidade.

Como será dentro daquela casa quando chove, perguntou-se. Terá goteiras? Faz frio, ali? Há correntes de ar? O vento deve entrar pelo vão entre as paredes e o telhado sem forro. Como se aquecem em uma noite como a de hoje? Aquele cobertor barato bastaria? Seria o único? Não teriam uma sopa quente de macarrão, carne, couve e feijão para tomar antes de dormir, como a que sua mãe lhe dera. Nem meias de lã, como as que estava usando. Nem pijama de flanela.

Suspirou. Achou que tinha ouvido um gemido, enquanto ajeitava o cobertor de lã grossa em volta dos pés, mas não deu importância, os pensamentos ainda no barraco que visitara naquela tarde. Que coisa horrível ser pobre, pensou, que coisa horrível. O gemido pareceu se repetir. Ficou atento. Não ouviu mais nada, por um tempo.

Quantas pessoas existirão como dona Madalena e o menino das formigas? Aqui, perto de nós? No município? No estado? Nos outros estados? Elas vão ao médico, quando têm uma doença? Vão ao dentista? Tomam remédios, quando precisam? Têm dinheiro para comprar remédio? Se dona Madalena morrer, quem vai cuidar do menino? Ou ele é que cuida dela? Quem é ele? Por que estava ali? O que ele disse para nós? Ele disse como se chamava? Nós lhe perguntamos como se chamava?

Percebeu um rangido de colchão de molas. Vinha do quarto dos pais. Logo ouviu outro. E mais outro. E outros mais, ritmados, repetindo-se. Reconheceu a voz do pai, mas não ouviu palavras: eram roncos. Compassados. E sussurros. O ruído de respirações ofegantes, curtas, rápidas, cada vez mais rápidas. E os gemidos, ainda.

Levantou-se.

Pé ante pé aproximou-se da parede que separava os dois quartos e encostou ali o ouvido.

Quem gemia era sua mãe.

• • •

— ...Somos setenta milhões de habitantes, com sessenta por cento de nossa população vivendo em áreas rurais — ditava pausadamente o jovem professor Wilson Pinto, de óculos grossos e pele marcada por acne. — Apesar de nossas vitórias no campo da educação desde a década de 1940, graças à criação de eficazes programas de erradicação do analfabetismo no governo de Getúlio Vargas, os brasileiros iletrados ainda são muitos, quase metade dos habitantes de nossa pátria, quarenta e seis vírgula sete por cento, segundo o Censo do ano passado. Estão anotando? Estou indo rápido demais? Quarenta e seis vírgula sete por cento, isso mesmo.

Paulo tentava inutilmente chamar a atenção de Eduardo que, de cabeça baixa, anotava sem olhar para os lados. Desde que chegara à escola mantinha-se calado.

— Pela primeira vez, na frágil história de nossa democracia — o professor de civismo prosseguia —, um governo civil, eleito por voto direto, sucedeu a outro governo civil, igualmente eleito por sufrágio universal.

Todos anotavam, palavra por palavra. Nas provas seriam exigidos os percentuais e datas, nas mesmas palavras ditas agora. Paulo deduziu que sufrágio universal e voto direto seriam sinônimos.

— Outro fato inédito é que, desde a proclamação da república, em...? Em quando? Exato, senhorita Maria da Conceição Pentagna: 1889. Em setenta e dois anos de república, também pela primeira vez em nossa história, elegemos por voto direto um candidato da oposição...

Interromper o ditado para arguir um aluno era uma das artimanhas do jovem professor para garantir a atenção. O assunto interessava a

Paulo, mas a citação contínua de números o entediava e confundia. Teve de se esforçar para acompanhar a ladainha.

— Cinco milhões, seiscentos e trinta e seis mil, seiscentos e vinte e três eleitores deram a vitória nas urnas ao excelentíssimo senhor Jânio da Silva Quadros, um professor, nascido no Mato Grosso, que era o governador do estado de? De? Quem pode me responder? Isso mesmo, senhor Mauro Dolinsky. Jânio Quadros era o governador do estado de São Paulo. Foi eleito em votação maciça e histórica, pois que...

Bateram à porta. O professor Wilson continuou ditando enquanto se dirigia até ela.

— ...as urnas lhe deram mais de dois milhões de votos à frente do candidato que obteve o segundo lugar, o marechal Henrique Duffles Teixeira Lott, na maior vitória já obtida por...

Interrompeu o ditado ao ver a secretária do diretor da escola. Ela lhe estendeu um papel dobrado, que ele pegou sem interesse. A mulher aguardava. Ele abriu o papel. Leu.

— Eduardo José Massaíni! — chamou em seguida, buscando entre as dezenas de cabeças à sua frente. — Está aí?

— Massaranni, professor — Eduardo corrigiu, levantando-se e erguendo a mão. — Sou eu. Eduardo Massaranni.

— Quem é Paulo Roberto Antunes? — perguntou, olhando novamente para o papel que tinha em mãos.

Paulo ergueu-se.

• • •

Sem levantar os olhos dos papéis que assinava, Jaime Leonel Miranda de Macedo fez sinal que entrassem.

— E fechem a porta, por obséquio.

A voz lembrou a Eduardo alguma outra que ouvira antes. De quem? Onde? Paulo reparou nos dois retratos emoldurados na parede acima da mesa do diretor do Colégio Municipal Maria Beatriz Marques Torres.

Reconheceu o do senador Marques Torres, na mesma foto grave e muito retocada que havia na estação rodoviária e no obelisco que marcava o quilômetro um da estrada nova para a capital. O homem estrábico na foto da direita, investido da faixa presidencial, era Jânio Quadros.

— Podem chegar-se. Venham mais perto.

Não era a voz que soava familiar a Eduardo. Era o tom. Era a maneira como se dirigia a eles. Cálido. Gentil. Mas distante. Lembrava alguém. Ou uma situação. Soando em um lugar com eco. Frio.

— Mais perto, meus jovens.

O diretor falava como quem fala a...

— Então... — disse, levantando os olhos empapuçados por trás dos óculos de leitura. — Como vão os estudos?

Era como a voz de...

— Hum?

— Missa! Isso, isso, voz de padre na missa! Voz de ladainha correndo pelas paredes de mármore da catedral como as correntes de ar que agitavam as rendas brancas das toalhas de linho branco no altar.

— Bem — Paulo respondeu, seco.

— Tudo bem, senhor diretor.

— Por obséquio, não me chamem de diretor. Não é necessário. A diretoria deste estabelecimento de ensino é tão somente um cargo temporário, uma situação transitória, um título, uma honraria que, francamente, não mereço, mas à qual me entrego como um soldado à batalha por seu ideal, o ideal que lhe dá força: semear cultura. Eis o meu ideal. Semear a luz do conhecimento. Plantar o futuro. Diretor? Não, não. Professor. Podem dirigir-se a mim como professor, apenas. Ou professor Macedo. Como lhes aprouver.

Tirou os óculos da ponta do nariz, colocou-os sobre a mesa.

— É como professor que mandei chamá-los aqui.

Ajeitou os papéis à sua frente.

— Porque a missão de um professor não está contida entre as paredes de uma sala de aula.

Colocou a tampa dourada na caneta-tinteiro verde, importada dos Estados Unidos.

— Um professor deve também ser um orientador, um tutor, um segundo pai. *Quod habeo tibi do.* "Dou-te o que possuo." Quero...

— Se é por causa da revista de sacanagem — Paulo interrompeu — a culpa é minha.

— Minha! — interveio Eduardo. — Fui eu que levei para a sala de aula!

Macedo moveu a cadeira giratória para a esquerda, para a direita, para a esquerda novamente. Parou, fitou o teto, voltou-se para os dois meninos. Colocando os cotovelos sobre a mesa, cruzou as mãos e apoiou o queixo nelas. Olhava diretamente para Eduardo.

— A professora de Português elogiou muito as suas redações. Dona Odete Silveira me disse que você escreve bem... — checou com o canto de olho as fichas que separara, confirmando o nome do aluno comprido e magro — ...Eduardo.

Olhou para Paulo, como se procurasse o que dizer.

— As suas também... — conferiu novamente as duas fichas: não queria confundir os nomes. — As suas redações, Paulo... Paulo Roberto. As suas, Paulo Roberto... Dona Odete acha surpreendentes as suas composições. Há, nelas, frequentes erros de concordância, é verdade. Porém a professora de Português as considera surpreendentes. Originais, as suas redações, é a avaliação que Dona Odete Silveira fez, aqui neste gabinete, agora há pouco. O professor de Matemática não tem queixa de vocês. Nem o de Inglês. *Mademoiselle* Célia chegou mesmo a elogiar o seu sotaque ao ler frases em francês... — nova verificação nas fichas — ...Eduardo. Se bem que um ou outro tenha se queixado de certa desatenção, de uma certa rebeldia, principalmente por parte de você... — outra vista de olhos — ...Paulo Roberto. Mas todos são unânimes na avaliação de que... Você... E você... Têm bons prognósticos. Com mais estudo, mais dedicação. Mais interesse na gramática, por exemplo. Melhor desempenho em análise léxica e análise sintática.

— Sim, Seu diretor.

— Professor.

— Sim, professor — Paulo aquiesceu, de má vontade.

O homem tirou as mãos do queixo, descruzou-as. Inclinou, levemente, a cadeira para trás.

— Viram como estou a par do desempenho escolar de vocês? Tenho um interesse particular por cada um dos meus quatrocentos e vinte e seis alunos. Acompanho seus progressos. Estou atento às suas dificuldades. Sei seus nomes. Sei quem são seus pais. Sei onde moram. Sei o que fazem. O seu, Eduardo, chama-se Rodolfo Mazaíni, não é verdade?

— Massaranni, professor. Com dois esses e dois enes. É sobrenome italiano.

— Filho de imigrantes. Eu sei. Da leva trazida para a lavoura de café, depois da libertação dos escravos. Mas que acabaram se mudando para a cidade, onde a vida era mais amena. Seu pai é ferroviário, não é verdade? Funcionário da Estrada de Ferro Central do Brasil.

— É, sim, senhor.

— Sua mãe, dona Rosangela, é costureira.

— É, sim, senhor.

— O seu pai, Paulo Roberto, é dono de um açougue.

— É.

— Você perdeu a mãe muito cedo. Morreu quando você tinha quatro anos. Chamava-se Maria José, não é verdade? Antes de adoecer foi tecelã na fábrica de tecidos.

Era a primeira vez que Eduardo ouvia a mãe do amigo chamada por um nome. Como uma pessoa viva. Maria José. Adicionou-o à fantasia da imagem pequena, em preto e branco, de uma mulher morena, magra e levemente dentuça que nunca tinha visto, guardada no interior da carteira de um homem que jamais chamava o filho pelo nome.

— Imaginem! Um açougueiro. Um ferroviário. Uma costureira. E uma operária de fábrica de tecidos... Que orgulho seus pais devem sentir! Que sua mãe, dona Maria José, sentiria se estivesse viva, Paulo Roberto! Ter os filhos na escola, vê-los se instruindo como... Como filhos de doutores. Algo impensável, na época em que seus pais tinham a idade que vocês têm hoje. Gente como vocês, com a origem de vocês, em uma escola como esta, fazendo o curso ginasial, que esplêndida abertura! Vocês, diante deste leque de possibilidades como seu pai, açougueiro, nunca teve, Paulo Roberto. Nem seu pai ferroviário, Eduardo.

— Se o senhor está dizendo isso porque eu dormi numa aula de Latim... — tentou Paulo.

— *Quaerentibus bona vix obveniunt; mala autem etiam non quaerentibus.* "O bem dificilmente ocorre aos que o procuram; mas o mal ocorre até aos que não o buscam." Errar é humano, Paulo Roberto. Porém ao reconhecer nossos erros aprendemos a evitar repeti-los, não é verdade?

— É.

— É sim, senhor.

— Quando seus pais tinham a idade de vocês já estavam trabalhando, mal e mal tinham aprendido a ler. Hoje fazem sacrifícios enormes, poupam o pouco dinheiro que ganham, deixam de comprar roupas e sapatos para si mesmos, fazem muito além do que seria razoável e necessário para que vocês possam estudar e, quem sabe, um dia fazer parte da elite deste nosso país, não é verdade? E essa possibilidade só se abriu porque existe este colégio onde vocês estudam. Gratuito. Um colégio público. O único estabelecimento de ensino secundário gratuito em toda a região. Idealizado e concretizado graças à visão generosa e ao espírito democrático de nosso fundador, o doutor Diógenes de Almeida Marques Torres.

Novo giro da cadeira: esquerda, direita, esquerda. Parada. Inclinação do tronco sobre a mesa. Mãos cruzadas sob o queixo. Leve sorriso. Voz de litania um sutil tom mais alto.

— Vocês percebem que seus pais abrem mão das melhores coisas da vida para que vocês se tornem homens de bem? Para que venham a ter um futuro melhor, não é verdade? Uma vida melhor do que a deles? Hum? Hein? Hum?

— Sim. Acho, sim, senhor diretor — Eduardo concordou, sincero.
— Professor, me chame de professor. Você não acha, Paulo?
— É.
— Vocês são dois meninos... Dois jovens... Talentosos. Quem sabe um dia não se tornarão... Você quer ser o quê, Eduardo?
— Engenheiro.
— E você, Paulo Roberto?
— Cientista.

Quase sorriu para eles. A voz anunciava a abertura das portas do Éden.
— 1961! Chegamos à segunda metade de um século extraordinário! Atravessamos duas grandes guerras! Em ambas, a democracia venceu! Os valores humanísticos prevaleceram! A ciência avança a cada momento! Nosso país fervilha em desenvolvimento e liberdade! Esta segunda parte do nosso século está se mostrando o melhor tempo já vivido pela humanidade em toda a História! Chegamos a uma era de paz, de progresso, de ascensão social. Que época maravilhosa vocês estão vivendo! Fabulosa! Fabulosa. Fabulosa, realmente. Muito bem. Muito bem. Um cientista e um engenheiro. Muito bem. Um futuro Oswaldo Cruz e um futuro Paulo de Frontin! Ótimo. Excelente.

Abriu os braços, indicando as paredes à volta.
— Que oportunidade, vocês têm! Impensável, até bem pouco tempo atrás. Impossível, sem um colégio como este, aberto a filhos de açougueiros, ferroviários, costureiras, operários, barbeiros, empregadas domésticas, filhos de... De todas as classes sociais, não é verdade?

Levantou-se, endireitou o guarda-pó e caminhou até a janela, onde ficou, rígido, de costas para os meninos.
— Seria uma pena se tudo isso se perdesse.

Fez uma pausa longa, antes de lançar a frase seguinte.
— Seria uma pena se vocês fossem expulsos desta escola.
— Expulsos!...
— Expulsos da escola? — ecoou a voz que já misturava tons roucos aos agudos da infância.

— Expulsos como? Expulsos por quê?

O diretor aguardou alguns segundos, antes de repetir, gravemente:

— Uma pena.

Esperou que os cochichos dos moleques cessassem.

— Ontem vocês estiveram na fazenda do doutor Geraldo Bastos, não é verdade?

Nenhuma resposta. Talvez não tivessem entendido.

— A fazenda que pertenceu ao nosso fundador. Fizeram uma visita não autorizada à fazenda que foi do senador Marques Torres.

— Mas...

— Não matamos aula para ir lá!

— Era domingo!

— Vocês estiveram com uma velha empregada negra, não é verdade? Uma certa Madalena.

— Sim, mas... Expulsar porque fomos à casa de dona Madalena?

— Era domingo! — Paulo repetiu. — A gente nem matou aula nem nada!

— A empregada morreu esta noite.

Mesmo sem vê-los, teve certeza do impacto que causara. Podia ouvir-lhes a respiração alterada.

— *Abundans cautela non nocet.* Santo Agostinho. "Precaução, mesmo demasiada, não prejudica." Podem voltar para a sala de aula.

Saiu de junto da janela e sentou-se, enquanto Paulo e Eduardo, perplexos, se dirigiam à saída.

— Ah, e uma outra coisa!

Os meninos se viraram para ouvi-lo.

— Cuidado com más companhias. Conhecem a palavra pedófilo? Busquem no dicionário. É um perigo ficar andando por aí com um cozinheiro velho, comunista fichado, que se fantasiou de padre para visitar o orfanato de meninas. Podem ir.

• • •

A freira atravessou devagar o pátio do asilo, indiferente às poças deixadas pela chuva da noite anterior a lhe molhar a barra do hábito marrom, atenta a cada rosto.

Procurava.

O ar estava frio. Vários velhos tinham trazido mantas e se enrolavam nelas. Alguns cobriam as cabeças: prefeririam estar no interior do asilo, mas o banho de sol era obrigatório.

Encontrou a quem buscava sentado a um canto, de olhos fechados, o rosto voltado para o sol. Não fizera a barba. Os cabelos brancos em desalinho lhe caíam sobre a testa. Tinha na mesa diante de si um tabuleiro de xadrez. Parecia dormir.

Parou à frente dele, fazendo sombra. Não houve reação. Pigarreou. Ele não se mexeu.

— O senhor joga xadrez! — disse alto.

O velho abriu os olhos imediatamente. Fitou-a, sem entender sua presença ali.

— Xadrez — apontou. — Sempre tive vontade de aprender a jogar.

Embaraçado, empertigou-se na cadeira. Fechou o último botão do paletó do pijama, junto ao pescoço.

— A senhora...? — balbuciou, reconhecendo a diretora do Orfanato Santa Rita de Cássia.

— Posso? — perguntou, puxando uma cadeira e sentando-se em frente a ele. Olhava-o com franqueza. — O senhor joga com frequência? Tem bons parceiros, aqui?

— Aqui ninguém sabe jogar — conseguiu responder, após breve instante. — Nem quer aprender.

— Que pena. O senhor não joga, então?

— Jogo. Isto é, jogo sozinho. Mas é um tanto chato e... Desculpe a expressão chula — corrigiu-se. — Saiu sem querer.

— Não se preocupe, poucos hoje em dia sabem que chato é palavra de baixo calão. Mas o senhor dizia?

— É um tanto aborrecido. Jogar sempre sozinho é aborrecido. Acabo assim como vê, parado diante das peças.

— Entretanto continua trazendo o tabuleiro para o pátio.

— Continuo. Força do hábito.

— Onde o senhor morava antes, tinha parceiros?

— Às vezes.

— Era um asilo, também?

— Um colégio.

— O senhor era professor, lá?

Ele não respondeu.

— Jogos exigem parceria, o senhor não acha? Como tantas situações na vida.

O velho procurou por cigarros. Não estavam no bolso do paletó de pijama. Lembrou-se que a caminhada sob a chuva os destruíra e ele não pusera os pés fora do asilo no domingo.

— Mas parcerias exigem confiança mútua. Ou, pelo menos, que uma das partes acredite que há inteligência na outra.

— Irmã, quando fui ao orfanato eu não pretendi...

— Orfanatos e asilos têm muitas semelhanças. Existem, evidentemente, diferenças, além da óbvia, das idades dos internos. Mas o princípio básico de asilos e orfanatos é o mesmo, o senhor percebeu?

— Como assim?

— Isolar aqueles que a sociedade não consegue absorver. Ou utilizar mais. Ou utilizar ainda.

Calaram-se. Ela se mantinha muito ereta na cadeira. Disseram, quase ao mesmo tempo:

— O senhor...

— A senhora...

— Sim...?

— Quando estive no seu orfanato, eu...

— Por que não vive com sua família?

A curiosidade dela era direta como a de uma criança. Ele respondeu sem se dar conta, como se falasse a uma delas.

— Não tenho.

— Filhos?

— Nenhum. Helena morreu antes que pudéssemos tê-los.

— O senhor é viúvo?

— Não chegamos a nos casar.

— O senhor não é da mesma classe social dos outros internos.

— Engano seu.

— Sua fala, suas maneiras, seu vocabulário, sua educação...

— Irmã, meu nome não é...

— Basílio, evidentemente. Nunca li Eça de Queiroz. Sei quem é, claro. Mas nunca sequer vi um exemplar de livro dele. Os padres e os primos de Eça de Queiroz não são bem-vistos pela santa madre Igreja. A ironia anticlerical do nome que o senhor escolheu me escapou completamente.

— Não houve intenção de ironia, acredite. Nem deboche. Esse Basílio...

— Devo acreditar que foi uma escolha ao acaso.

— A batina pertencia, realmente, a um padre Basílio que os meninos...

— O senhor é nordestino de onde?

— Nasci em Sergipe.

— Nunca fui a Sergipe.

— Me mudei muito jovem para o Recife.

— Também não conheço. Viajei pouco. O senhor deve ter viajado muito. Deve ter visto muita coisa. Muitas partes do Brasil. O Nordeste, por exemplo, nunca vi. Talvez jamais o conheça. É pouco provável que eu saia daqui. Se sair, serão outros muros, outras paredes, em outro lugar, apenas. O senhor parece aborrecido, hoje.

Observava-o com tal intensidade que ele baixou os olhos, encabulado.

— Está com olheiras, pálido, não se barbeou, não se... Encontrá-lo aqui, de pijamas, como os outros idosos, foi uma surpresa. Eu o imaginava mais... Como direi...

— Normalmente eu não... Normalmente eu me visto toda manhã. Como fiz a vida inteira. Não é porque estou aqui que deixarei de... Que abdicarei de... Separar as noites das manhãs, as manhãs das tardes, as tardes das noites. Não tenho medo da passagem do tempo. Não quero que pareça uma coisa só. Não é uma ilusão em que acredite. Não preciso dessa ilusão. Não tenho mais o que perder. Apenas hoje eu... Senti-me muito... Fatigado. Desculpe-me por estar vestido desse modo, em público.

— Aconteceu alguma coisa, desde sua ida ao orfanato? Evitou o olhar dela, novamente.

— Não pretendia fazer pouco da senhora. O disfarce foi ridículo, mas não houve nenhuma intenção de... Quis apenas... Apenas obter algumas informações... Que... Eu... Desculpe, mas...

— O senhor está, realmente, aborrecido. Minhas perguntas o constrangem.

— Não. Sim. Um pouco. Não. Não é isso. É que...

— Não estou aqui para denunciá-lo, se é isso que...

— Não pensei nisso. Não é o que me amofina.

— Então o que...?

— Andei me lembrando de... Coisas... A meu próprio respeito.

— Coisas?

— Atos.

— Atos?

— Do meu passado. Atos tão iguais aos... Aos atos de... Outros. Outros homens. Tantos homens. Memórias. Não apenas as que magoam, daquela dor que não passará jamais. Lembrança de atos do meu passado. Que me deixaram envergonhado de mim mesmo. Me deixam. Ainda hoje. De como agi brutalmente. Tantas vezes. Covardemente. E não há nada que eu possa fazer para modificar isso. Porque fui eu que os fiz, fui eu que cometi esses atos. Não pretendi. Mas fiz. Não é isso que todo criminoso diz?

A resposta veio tão prontamente que teve certeza: remorso não era um assunto novo para ela:

— Acredito que só se deve pensar no passado se isso contribuir para melhorar o presente. Caso contrário é pura nostalgia.

— Não é nostalgia o que sinto. É vergonha. Passei a vida acreditando que eu era... Que fui um, como se dizia entre nós, um lutador incansável pelas causas da liberdade. Do proletariado, dos miseráveis, dos famintos, das mulheres, dos analfabetos... Dos oprimidos. Todos os oprimidos. Não fui. Representei o papel. Inclusive para mim mesmo. Especialmente para mim mesmo. Mas não fui. Nunca fui. Não existe liberdade verdadeira sem o reconhecimento da liberdade e da vontade do outro. Não sei o que é a vontade de uma mulher. Nunca soube. Nem mesmo de Helena. Nunca respeitei. Nunca me passou pela cabeça que existisse isso: a vontade de uma mulher. Me servi delas, desculpe falar assim com a senhora, irmã, tão... Cruamente. Foi o que fiz sempre. Usei-as. Fisicamente. Como e quando quis. Tal como tantos fizeram com... Com essa moça que... Anita. Aparecida. Que tantos usaram e que acabou morta e mutilada sem que... Sem provocar nenhum... Nenhuma... Revolta. Nenhuma indignação. Até perceber o que os homens fizeram com Anita, com Aparecida, eu me achava... Eu não achava que também tivesse sido um... É desalentador perceber que passamos a vida inteira representando uma farsa. Ontem me dei conta disso. Nesta idade. Descobri que não fui muito diferente dos calhordas que sempre desprezei e combati.

Abaixou a cabeça. Viu os próprios pés, metidos em chinelas. Nem mesmo sapatos calçara aquela manhã.

— Que peça é esta? — a freira perguntou, apontando para o tabuleiro.

— O peão.

— E aquela outra?

— A rainha.

— E essa ali?

— O bispo?

— Que interessante. Bispo, rainha, peão... Quantas tramas podem ser desenvolvidas em um jogo de xadrez.

— Eu não chamaria de tramas.

— Foi apenas uma associação de ideias. Sempre tive vontade de aprender a jogar xadrez. Talvez o senhor possa me ensinar.

— Sem dúvida.
— Mas não agora. Não aqui. Talvez o senhor possa ir ao orfanato esta tarde?
— Esta tarde?
— Sim. Teremos tempo para aprender e conversar. Inclusive sobre uma visita que recebi. E que falou sobre o senhor.
— Uma visita falou sobre mim?
— O senhor tem permissão para sair à tarde, não tem?
— Tenho. Mas às nove da noite as freiras trancam o portão.
— É tempo mais que suficiente — disse, levantando-se.
Ele se ergueu, também.
— A senhora falou de uma visita que recebeu...
— Voltaremos a esse assunto, tenho certeza. Então, até logo mais, senhor... Basílio.
— Até logo.
A freira afastava-se, entre os outros velhos, quando ele a chamou.
— Irmã!
Ela voltou-se.
— Não sei o seu nome.
— Maria Rosa. Irmã Maria Rosa.
— Bonito nome.
— Não é meu nome de batismo, evidentemente. O senhor sabe que podemos adotar um ao fazer os votos, não sabe?
Ele acenou, afirmativamente.
— Escolhi Rosa, porque é a flor de santa Teresinha. Maria, evidentemente, é o nome da mãe de Deus.
— De Jesus — ele contestou automaticamente, antes mesmo de perceber o que fazia.
— De Jesus — ela concordou. — De Deus, portanto.
Desta vez se conteve. Irmã Maria Rosa fez menção de se retirar.
— Espere!
A religiosa aguardou.

— Meu nome...

Fitava-o, com interesse.

— Eu me chamo Ubiratan.

— Eu sei. Até logo mais, senhor Ubiratan.

— Até logo mais, irmã Maria Rosa.

— Ah! — pareceu lembrar-se, antes de sumir entre os internos do asilo. — Não é preciso vir de batina.

8.
Mater et Magistra

A campainha anunciou o fim das aulas. *Mademoiselle* Célia, como a professora de francês exigia ser chamada, ignorou o som estridente e a movimentação ruidosa dos alunos a reunir livros, cadernos, lápis, borrachas e canetas, apressadamente enfiados em maletas e pastas, todos ansiosos para sair dali. A jovem plateia podia estar indiferente à sonoridade dos versos de Corneille, porém *mademoiselle* não tinha condições de interromper a leitura de *Le Cid*. Chegara à cena VIII do segundo ato, que nunca deixava de emocioná-la: Chimène acabara de ter o pai morto por dom Rodrigue, o homem que ela amava. O braço estendido em direção aos estudantes tal como imaginava a filha de dom Gómez ante o rei de Castela, prosseguiu.

— *"...Je l'ai trouvé sans vie. Excusez ma douleur, Sire, la voix me manque à ce récit funeste."*

Fechou o pequeno livro de capa azul, cerrou os olhos. Limpou uma lágrima, antes que escorresse.

— *"Mes pleurs et mes soupirs vous diront mieux le reste."*

Abriu os olhos, colou o livro no peito magro.

— Na próxima aula — avisou — teremos a seguinte arguição: *comment Chimène et don Diègue cherchent d'abord à émouvoir le roi avant de présenter des arguments*. E tragam o ditado de hoje devidamente traduzido.

Os donos de pastas de couro verdadeiro, raro e inequívoco símbolo de poder econômico dos filhos de classe social superior naquela escola pública, exibiam-nas sobre a carteira.

— *Très bien*, podem ir — *mademoiselle* acedeu, dando-lhes as costas, pegando bolsa, livros e a caderneta de chamada de presença sobre a mesa, e saindo também.

Eduardo permaneceu sentado, cabeça baixa. A sala se esvaziou. Não levou muito tempo até que Paulo voltasse, correndo.

— Não vai para casa? O que há com você?

Sem erguer a cabeça, Eduardo tentou responder. Queria falar de sua perplexidade ante o acúmulo de elementos incontroláveis, queria pedir ajuda para entender dona Madalena morta, a ameaça de expulsão feita pelo diretor, o risco do futuro destruído, os gemidos da mãe e o rosnar do pai na noite anterior, o horror de saber da existência de uma pobreza muito mais aguda do que jamais imaginara ou lera nos livros. Só conseguiu dizer:

— Estamos em uma encrenca danada.

Levantou o rosto. Paulo não parecia mais preocupado do que se seu time tivesse sofrido um gol. E ainda houvesse trinta minutos de jogo.

— A gente dá um jeito — disse.

— Você não está entendendo, Paulo! Eles querem acabar com a gente!

— Eles, quem?

— Eles, Paulo! Eles. O diretor da escola, o dono da fábrica, o prefeito, o... Eles! Eles!

— Que eles, Eduardo? Foi só o diretor que falou de expulsar a gente. Não fizemos nada de errado. Só fomos falar com a avó da Aparecida.

Novamente Eduardo tentou dizer mais do que entendia. Falou apenas o que conseguia transformar em palavras:

— Vamos embora. Minha mãe está me esperando para almoçar.

• • •

Cumprimentaram-se com polido formalismo. Chamaram-se pelos nomes, mas antecedidos por "senhor" e "irmã". Gostariam de estar mais à vontade um com o outro, mas não conseguiam. Por timidez, por falta de costume em estarem a sós com pessoa do sexo oposto, porque sabiam que se tratava de muito mais do que uma visita cordial, porque entendiam que cada um percebia mais sobre o outro do que pretendia e não sabiam como lidar com aquela familiaridade involuntária.

Ela apontou para uma poltrona, ele sentou-se. Ela foi até a licoreira, serviu duas taças, entregou a dele, colocou a sua sobre a mesinha, sentou-se em frente. Mas imediatamente levantou-se, voltou à licoreira, trouxe-a e pousou-a ao lado da taça dele, junto a um maço de papéis.

— Sirva-se quando quiser, senhor Ubiratan. Ele meneou a cabeça, agradecendo.

— Fomos honradas com a visita do nosso pastor, senhor Ubiratan.

— Ubiratan. Pode dispensar o "senhor".

O pedido de informalidade sequer foi percebido.

— O senhor bispo nos deu a honra de uma visita hoje bem cedo, senhor Ubiratan.

— Não precisa me chamar de...

— Nós estávamos a caminho do refeitório para o café da manhã — irmã Maria Rosa continuou —, acompanhando as meninas internas, quando vieram nos avisar que o senhor bispo estava nos esperando.

— Hoje de manhã?

— Bem cedo. Logo após as primeiras orações na capela. Aqui nesta mesma sala. Dom Tadeu estava acompanhado de um rapaz. Um sobrinho, creio ser um sobrinho o jovem alourado que sempre o acompanha e que lhe serve de chofer.

Não havia malícia em seu tom, mas Ubiratan percebeu que a informação sobre uma segunda pessoa ao lado do religioso fora sublinhada por alguma razão. Qual, não percebeu.

O rapaz deixou a sala assim que entrei. Saiu sem me dirigir a palavra.

Ubiratan bebeu e serviu-se uma segunda dose, aguardando que irmã Maria Rosa prosseguisse.

— Além da honra inusitada de uma visita àquela hora, o senhor bispo também me entregou estas páginas — ela indicou o maço de folhas mimeografadas, ao lado da licoreira. — O senhor gostaria de dar uma olhada nelas?

— *Mater...* — ele tentou ler o que estava escrito na folha de cima.

— *...et Magistra. Mater et Magistra.* "Mãe e orientadora", em latim. O senhor sabe latim? — perguntou, pegando as páginas.

— Não, irmã. E não estou entendendo a ligação entre...

— É a nova encíclica papal, *Mater et Magistra* — explicou, passando as folhas, procurando. — Mãe e orientadora é o que a Igreja Católica pretende ser neste papado de João XXIII. Acolhendo, protegendo e indicando rumos. O senhor está familiarizado com as ideias e as mudanças propostas pelo papa João XXIII, eu imagino.

— Não se ofenda, mas não tenho interesse em coisa alguma que se origine no Vaticano. Até hoje me revolta a indiferença de Pio XII ante o extermínio de judeus, ciganos e homossexuais pelo Terceiro Reich, que me parece tão criminosa quanto...

— Não me refiro a Pio XII — ela interrompeu — mas ao sucessor dele, João XXIII. — Voltou a passar as folhas, buscando. — O novo papa é filho de trabalhadores agrícolas pobres, uma origem bem diferente de seu antecessor. Suas ideias também diferem radicalmente das de Pio XII. Esta nova encíclica, *Mater et Magistra*, vem do novo papa e demonstra essa diferença de forma inequívoca. Isto é, virá do novo papa. E mostrará. Porque ainda não foi divulgada fora do mundo clerical. Ah, aqui está! Posso ler este trecho para o senhor? — prosseguiu, sem esperar resposta. — Diz o seguinte: "Em alguns países a abundância e o luxo desenfreado de uns poucos contrastam, de maneira estridente e ofensiva, com as condições de mal-estar da maioria."

Ergueu os olhos para Ubiratan.

— O senhor conhece nosso bispo? Vem de uma família de grandes proprietários de terras. Um de seus tios foi interventor deste Estado, na época de Getúlio Vargas, e teve atuação decisiva na carreira do doutor Diógenes.

— Doutor quem?

— Diógenes. O pai do atual prefeito de nossa cidade.

— A ligação entre as famílias, então...

— O bispo e o prefeito foram colegas de seminário — baixou os olhos, mexeu novamente nas folhas que tinha agora no colo, separou uma. — Deixe-me ler este outro trecho para o senhor: "A socialização assim entendida tem numerosas vantagens: torna possível satisfazer muitos direitos da pessoa humana, especialmente os chamados econômicos e sociais."

Parou de ler.

— O senhor parece admirado.

— Esse seu papa está a pregar os benefícios do socialismo? Está a falar em direitos humanos? Estou entendendo corretamente, irmã? Como era aquele trecho sobre luxo que a senhora leu há pouco?

"A abundância e o luxo desenfreado de uns poucos contrastam, de maneira estridente e ofensiva, com as condições de mal-estar da maioria."

— O Vaticano reconhecendo o mal-estar da maioria? Criticando o luxo e a abundância de poucos? É difícil acreditar que um príncipe da Igreja escreveu isso.

— Mais que príncipe. O papa. João XXIII. Angelo Roncalli. Um homem de origem modesta. Extremamente modesta.

— Por que então o bispo...?

— O senhor bispo faz parte do setor, digamos, mais conservador da Santa Madre Igreja.

— Entretanto veio até aqui lhe trazer...

— O senhor bispo nos trouxe a nova encíclica papal, que ainda não foi dada ao conhecimento público, e o senhor se pergunta qual a razão de tal gesto.

— Sim, já que ele não faria parte da ala...

— Progressista da Igreja?

— Justamente.

Irmã Maria Rosa levantou ligeiramente as páginas agora desordenadas. Algumas foram ao chão. Ubiratan ia levantar-se para apanhá-las, ela o conteve com um gesto de mão.

— Estas páginas, senhor Ubiratan, servem para me lembrar da bondade e da caridade que sempre marcaram a Igreja e a, chamemos assim, elite católica. Que tornou possível a sobrevivência e a educação de crianças abandonadas. Como eu. Como Aparecida. O senhor sabe que este orfanato foi fundado pelo avô do prefeito, não sabe? O orfanato de meninos, onde Renato foi criado, também foi resultado de doações deste avô. Um homem pio, devoto de Santa Rita de Cássia, conforme me informou o senhor bispo. Tinha uma relação estreita com outro bom católico, o imperador Pedro II e, mais tarde, com os militares que proclamaram a república. Foi dos primeiros senadores da chamada "república café com leite", incentivado pela amizade que dedicava ao presidente Afonso Pena. O filho Diógenes seguiu os passos dele e também se tornou senador. E íntimo colaborador de Getúlio Vargas, como o senhor já sabe.

— A família Marques Torres, pelo que a senhora me diz, tem estado próxima ao poder há muito tempo.

— Desde o segundo império. Antes, até. Sim. Mais ainda durante o Estado Novo. Ah, claro: a escola secundária foi obra do senador Marques Torres, com Getúlio ainda vivo, no início dos anos 1950. Assim como a estrada asfaltada que nos liga à capital, também da mesma época. O espírito público da família vem de longe. Começou com a construção da primeira usina de luz elétrica daqui, por esse avô do prefeito, tão caro ao imperador. Usina que permitiu a vinda para esta região das fábricas de tecido, de renda e de tornos, que por sua vez geraram centenas de empregos diretos e, com o passar do tempo, milhares de indiretos. Indústrias e operários que sustentaram a longa carreira política do senador Marques Torres e seu apoio a Getúlio Vargas.

Do bolsinho do paletó Ubiratan tirou uma caixa de fósforos e, dali, um cigarro amassado. Mostrou-o à freira, como a pedir permissão para fumá-lo. Ela foi até uma mesa, tirou da gaveta um cinzeiro, entregou-o a Ubiratan, voltou a sentar-se.

— A história do progresso desta região está intimamente ligada à história da família Marques Torres. Até mesmo a vinda dos primeiros colonos italianos ao nosso país advém daí. A esposa do imperador, dona Teresa Cristina, era de Nápoles e orientou os imigrantes, muitos originários do reino do pai dela, a Sicília, a serem trazidos para cá, para as plantações de café do amigo de seu marido e dos amigos deste amigo.

— Isso lhe contou o bispo — Ubiratan concluiu, soltando uma baforada.

— Sim.

— Deixando bem clara a...

— Em suma, senhor Ubiratan, a família Marques Torres é responsável por tantos e tão variados benefícios usufruídos pela população desta região ao longo de tanto tempo, particularmente a população mais carente, que então o senhor bispo acredita, acha, diante de certos assuntos que envolvem membros importantes do que há de melhor nesta comunidade, o senhor bispo acha, e assim me disse, ele acha que certos assuntos devem ficar circunscritos aos canais competentes.

— Ou seja?

— Crime é assunto de polícia e a ela deve ficar restrito.

Ubiratan não conseguiu evitar um suspiro, desapontado.

— O senhor bispo também comentou sobre um velho que roubou a batina do pároco da capela de São Joaquim e a usou para vir aqui conversar comigo. Acrescentou que este mesmo velho diz ter sido professor, mas em verdade é cozinheiro aposentado de um colégio do Recife, fichado como comunista, e que já foi visto em ruas escuras da cidade, em companhia de meninos. Não repetirei a palavra que usou para definir a relação do velho com meninos.

A tragada foi parada no meio.

— Portanto, como diretora deste orfanato, responsável pela formação moral de menores que sou, não seria cabível, não seria aceitável que eu voltasse a conversar com o senhor, que lhe passasse informações, ou permitisse qualquer contato com as religiosas que estão aqui desde o tempo em que Aparecida era uma de nossas internas.

— Não compreendo.

— Assim o senhor bispo me instruiu.

— Vim aqui por solicitação sua.

— Tenho muita vontade de aprender a jogar xadrez, como lhe disse. Manuseou os papéis novamente.

— Permita que eu leia este outro trecho da *Mater et Magistra*, senhor Ubiratan: "Quem viola as leis da vida ofende a Divina Majestade, degrada-se a si e ao gênero humano, e enfraquece a comunidade de que é membro."

Colocou as páginas de volta à mesa, tirou os óculos, segurou-os entre as mãos, pressionando as duas hastes. Tentava evitar que Ubiratan percebesse: tremia.

— Aparecida foi retirada daqui de dentro ainda criança. Aparecida foi degradada como... Nem a um animal se faz o que fizeram com ela. Destruíram essa menina. Fizeram dela uma...

Levantou-se, caminhou até uma estante, ficou de costas para ele, mexendo em alguns livros. Não tinha interesse em nenhum deles. Apenas evitava ser vista tomada por um sentimento tão condenável como aquela ira. Quando sentiu que a afastara, voltou-se para Ubiratan.

— O senhor não trouxe o tabuleiro de xadrez. Pena. Enquanto me ensinasse, poderíamos falar do que me foi dito pelas freiras mais antigas sobre a época em que Aparecida viveu aqui. Pena, mesmo. Mas posso aprender em outro momento. As informações, contudo, creio ser melhor lhe passar agora mesmo.

• • •

Na varanda de ferro do segundo andar, de onde matronas e donzelas em outros tempos atiravam pétalas sobre os andores das procissões que subiam em direção à catedral, uma prostituta secava ao sol do fim de tarde os longos cabelos recém-tingidos de vermelho. Lia uma revista, alheia ao movimento da ladeira, ostensivamente ignorada pelos raros transeuntes. Evitavam aquele lado da calçada.

Um homem de cabelos brancos chegou à esquina em frente, postou-se à sombra de uma acácia. Ali ficou, imóvel, observando.

Não percebeu movimento dentro do Hotel Wizoreck. As outras mulheres estariam jogando baralho, cochilando ou atendendo aos poucos clientes vespertinos.

Ouviu um chiado. Não identificou imediatamente do que se tratava. Em seguida, uma voz feminina. Cantava. Alguém colocara um disco em uma vitrola. Soava arranhado. Vinha do mesmo casarão que no século XIX abrigara a família de um imigrante português, enriquecido com a importação e venda de escravos angolanos. O volume do som aumentou.

"Vissi d'arte, vissi d'amore,
Non feci mai male ad anima viva!...
Con man furtiva...."

O som chegou mais claro até ele. Reconheceu a ária de alguma ópera perdida entre outras lembranças. A melodia vinha envolta por violinos, harpa, outros instrumentos que não identificou.

"Sempre con fè sincera,
La mia preghiera
Ai santi tabernacoli salì..."

Atravessou a rua e postou-se a menos de cem metros do prédio. As janelas do primeiro andar estavam fechadas, as vidraças sujas. Exceto por duas delas, ao lado da porta de entrada. Eram as únicas protegidas por cortinas. A música vinha de lá.

"Perchè, Signore, perchè
Me ne rimuneri così?"

Já ouvira aquela ária. Talvez no rádio do colégio. Talvez em algum disco. Não em teatro. Jamais assistira a uma ópera. Tivera alguns discos delas, mas nunca as vira. Helena gostava de ópera. Com ela ouviu pela primeira vez. Fizeram planos de um dia irem juntos ao Rio de Janeiro, para ouvir e ver num palco o coro dos escravos hebreus de *Nabuco*. Helena gostava de Verdi. Ele aprendeu a gostar. "Va pensiero" se tornara como um hino para ele. Nunca foram ao Rio de Janeiro. Ele jamais pusera os pés no Theatro Municipal. Tivera também um álbum de *O Guarani*, um com árias de Mozart cantadas por Bidu Sayão, favoritas de Helena, um outro também de Mozart com uma soprano alemã cujo sobrenome jamais conseguira guardar, mais uns dois ou três de que não se recordava bem. Todos deixados para trás, como tantas outras coisas e mementos, na mudança para o asilo.

Pesou os riscos de chegar mais próximo ao prostíbulo. A ladeira se esvaziara. Perto havia apenas o possível ocupante de um carro preto, estacionado mais à frente.

"Diedì gioielli
Della Madonna al manto..."

Não era uma ária de Donizetti, pensou. De Verdi também não: falta a pompa, falta a grandiloquência que sempre envolve as heroínas trágicas de Verdi. De Rossini tampouco. Não ouvia a leveza das notas que associava a Rossini. Este é o canto de um sofrimento íntimo, concluiu. Intenso e delicado. Nem Verdi, nem Donizetti, nem Rossini. Poderia ser Bellini. Tem o peso dramático dos cantos das personagens de Bellini. Mas não é. Não tão grave. É menos sóbrio.

"Nell'ora del dolor perchè,
Perchè Signore,
Perchè me ne rimunere così?"

Chegou junto à janela do hotel. Por trás das cortinas viu um salão forrado de tecido cor de vinho. A um canto, sozinha, uma mulher de cachos louros estava de pé junto a uma vitrola portátil. Vestia um penhoar sobre o corpo amatronado. Virou-se. Arregalou os olhos, desenhados no rosto pálido como uma atriz de cinema mudo. Os lábios borrados de batom escuro se moviam em mímica da voz que a agulha tirava do disco preto de trinta e três rotações. Estendeu as mãos à frente. A voz que vinha da vitrola suplicou:

"Vedi,
Ecco, vedi,
Le man giunte io stendo a te!"

A *Tosca*! Evidentemente a Tosca, lembrou-se. Puccini, evidentemente. O clamor de Floria Tosca aos céus, quando se vê assediada pelo vilão, Scarpia. Evidentemente. O momento em que Floria Tosca precisa optar entre atender aos apetites carnais do barão Scarpia, salvando o amado Cavaradossi da morte ao custo de sua dignidade, ou mantê-la, e assim entregar Mario ao pelotão de fuzilamento. O vício que salva ou a virtude que mata. Agir como uma prostituta, porém movida pelo mais puro amor.

A mulher pálida abriu os braços roliços, sacudindo os cachos que revelavam raízes brancas. O penhoar escancarou-se, expondo as carnes fartas da cafetina polaca, apertadas em uma camisola de renda. Mas não era a velha cafetina que estava ali.

Era, de novo, a jovem prostituta Hanna Wizoreck que desembarcara no porto do Rio de Janeiro no início da década de 1920, fugida da guerra que devastara a Europa, destruíra seu vilarejo, dizimara sua família. Sozinha, com passaporte falso numa terra estranha, sem falar a língua, sem ninguém a quem recorrer. Clamava por piedade e compaixão.

"E merce d'un tuo detto
Vinta, aspetto..."

Deixou cair os braços, desolada, preparando-se para ouvir a cínica réplica do barão Scarpia, quando uma figura de costas largas entrou no salão e, chegando junto à vitrola, levantou o braço do aparelho, interrompendo a música.

A mulher virou-se, fechando o penhoar. Encarou o homem de botas, disse-lhe alguma coisa, em seguida foi até um dos canapés, sentou-se.

Pegou uma cigarreira de prata sobre a mesa ao lado, tirou dali uma piteira de madrepérola e um cigarro, que acendeu.

Ubiratan continuou observando por mais algum tempo, enquanto Hanna Wizoreck e o prefeito Marques Torres discutiam acaloradamente. Depois se retirou, descendo sem pressa a ladeira.

• • •

Primeiro foi o som dos apitos: um-dois, um-dois, um-dois. Depois os rolos de fumaça branca apareceram atrás do morro, ao crescente ritmo compassado da caldeira. Finalmente a chaminé da velha locomotiva surgiu arrastando vagões escurecidos por décadas de fumo, sacudindo em bancos de madeira, de volta do Rio de Janeiro, os cada vez mais escassos passageiros que não preferiam os ônibus de macias poltronas reclináveis, com duas partidas diárias da moderna estação rodoviária.

Na estrada paralela aos trilhos, dois meninos pedalavam calados. Um deles ouvia o chuga-chuga da locomotiva sem se dar conta dos pensamentos que chispavam por sua cabeça: um dia eu pego um deles, um dia eu pego, um dia eu pego este trem de manhã bem cedo, na outra direção, para não voltar nunca mais. Vou ir para o mesmo lugar aonde foi o tio Nelson. Descubro o paradeiro dele, peço ajuda dele, ele me manda um dinheiro para comprar a passagem. Faço a mala, não tenho muita coisa mesmo, faço a mala e vou. Vou. Vou largar para trás as ruas estreitas daqui, as montanhas escuras daqui, meu pai, meu irmão, a neblina e o frio. Vou ir para a cidade do calor, dos prédios altos e das avenidas largas que desembocam no oceano Atlântico, que nem o rio São Francisco, que nem o Amazonas. Que nem eu que não quero ficar aqui. Não quero acabar minha vida como barbeiro ou dono de armazém. Ou tecelão. Ou soldador, frentista, borracheiro, torneiro mecânico, datilógrafo, padeiro, eletricista... Açougueiro, como meu pai. Vou estudar alguma coisa que vai me tornar um... Um químico? Diplomata? Militar? Astronauta? Físico nuclear? Urbanista? Arqueólogo? Tio Nelson pode me dar orientação. Nem nunca me viu, mas vai gostar de mim. Sou parecido com ele, não diz o meu pai? Cabelo duro, nariz grosso, orelha de abano. E a pele escura. Como a dele e a da minha avó.

Volumosas nuvens cor de chumbo formavam-se à frente deles. O vento que as impelia e as juntava como a um rebanho sombrio não chegara ao solo ainda. Estavam começando os dias pesados do outono. O aparente verão sem fim chegara a um termo.

Passaram em frente às ruínas da sede da fazenda Mello Freire. Paulo parou para urinar. Ainda se lembrava do casarão sobre grossos pilares de madeira, imponente mesmo abandonado, antes de soçobrar poucos anos atrás. Outrora soberbo atestado da fortuna da única família na região capaz de competir em poder e influência com os Marques Torres, a sede sofreu o mesmo destino da riqueza acumulada na fase áurea do café. Os descendentes dos Mello Freire, agora bancários e modestos funcionários públicos, não conseguiram evitar que se tornasse um amontoado de paredes ruídas, vigas podres, telhas quebradas, cacos de vidro e ninhos de ratazanas. Uma delas, gorda, o dorso coberto de poeira, trepou sobre o que fora um portal e olhou desafiadora para o menino a urinar, antes de fugir quando uma pedra atirada por Paulo bateu perto de sua cabeça pontuda.

Eduardo seguira em frente. Paulo não demorou a alcançá-lo. Nenhum dos dois percebia o silêncio que se instalara entre eles, cada um mergulhado em suas próprias atribulações.

As de Eduardo incluíam um receio que jamais lhe ocorrera: e se não houvesse um futuro para ele? O futuro que até esta manhã, na sala do diretor do colégio, lhe parecera garantido? E se no Brasil, refletia, neste Brasil novo em que surgiam indústrias, estradas, empregos, e se neste Brasil novo, mesmo sendo uma democracia como os professores ensinavam, onde nós, o povo, temos eleições livres e decidimos quem vai nos governar, e se neste Brasil houvesse poderes, forças que ele não sabia dizer quais eram, ou o que eram, nem tampouco apontar onde estavam, e se as houvesse, essas forças, esses poderes capazes de decidir o destino dele, sem que ele pudesse intervir? Alterar tudo sem chance de retorno? Como no dia em que retiraram Aparecida do asilo para casá-la com o dentista?

Entraram na estrada de terra. Pedalaram por quase dez minutos até avistar a cerca. Apressaram-se, ansiosos para chegar ao lago. Tiveram de parar, de repente. Novos fios de arame farpado, colocados no espaço aberto antes do início do bosque, impediam a passagem. Pendurada neles uma placa pintada à mão: "Propriedade Privada Entrada Proibida."

Paulo tirou a camisa, enrolou-a em dois fios, inclinou-se e atravessou no espaço aberto. Eduardo lhe passou as bicicletas por baixo dos arames. Assim que as pegou Paulo separou os fios para Eduardo. Logo caminhavam à sombra das árvores, os pneus e seus pés produzindo um ruído surdo sobre folhas secas, mangas podres e cinzas. Não trocaram palavras até um leve ardor nas narinas incomodar Eduardo.

— Está sentindo?

— O quê?

— Esse cheiro. Não está sentindo nada?

Entraram no bambuzal. Em vez do frescor habitual do túnel verde, um odor acerbo envolvia o ar. Partículas de cinzas flutuavam em torno deles. À medida que avançavam, eram em número cada vez maior. Reconheceram o cheiro. Largaram as bicicletas e dispararam em direção ao fim do túnel, onde não se via mais o brilho azul de sempre.

Pararam, chocados, ao saírem à luz.

Por toda a volta do lago, do bambuzal à plantação de cana, do matagal à direita até o mangueiral que se estendia à esquerda, o que antes era uma mistura de capim verdejante, arbustos, touceiras e flores silvestres, se transformara em um círculo preto, devastado e fumegante. Tinha havido uma queimada, ali.

O paraíso que eles conheciam fora destruído.

• • •

O policial colocou o pesado ampliador de fotografias na parte traseira do jipe, junto às bacias de revelação, e foi sentar-se por trás do volante. Pela porta da frente da casa do dentista outro policial saiu carregando desajeitadamente um baú largo demais para seus braços curtos. Ao dar impulso para colocá-lo no veículo, desequilibrou-se. A arca de madeira escorregou e caiu, abrindo-se e esparramando parte do conteúdo entre a calçada e a rua. O outro policial imediatamente saltou e ajudou o colega a recolher papéis, fotos e raios X. Um deles praguejou. Após fecharem o baú e acomodá-lo no piso do carro, limparam as mãos em um pedaço de estopa, entraram no jipe e partiram. Não demorou muito para que os vizinhos abandonassem as janelas e portões, de volta à rotina de suas tardes iguais.

Só então Ubiratan aproximou-se. Pretendia entrar na casa e fazer nova busca. Estava próximo ao portão quando percebeu que um terceiro policial fora mantido de guarda lá dentro. Continuou a caminhar. Iria ao cemitério, então. Seguiria mais esta indicação da irmã Maria Rosa. Precisava apenas descobrir em que direção ficava.

A ponta do que parecia um pedaço de papel, emergindo da poça, chamou sua atenção. Logo boiava. Ele abaixou-se e pegou o retângulo, do tamanho de uma página de caderno. Conforme a água suja escorria, viu dezenas de pequenas imagens. Era um contato fotográfico. Mostrava vários momentos de uma jovem mulher loura, rodeada por alguns homens, tendo a vagina e o ânus penetrados por objetos.

• • •

Pedalavam o mais rápido que podiam, pelo meio da estrada asfaltada, evitando o acostamento de terra que a chuva transformara em pista de lama. Não se falavam.

Por diversas vezes ocorreu a Eduardo perguntar se Paulo sentia alguma coisa parecida com aquele peso dentro do peito, aquela impressão de ter as entranhas retorcidas e o sangue quase estourando de tanto latejar nas têmporas. Queria falar, mas não apenas a boca seca o impedia. As palavras que buscava flutuavam rápidas demais, impossíveis de serem pegas, como balões ziguezagueando ao vento furioso.

Paulo tampouco conseguia entender o que sentia. Imagens e sons sem nexo cruzavam sua memória: a panela de arroz sobre o fogão e a voz do diretor do colégio, Moleque safado que nem seu tio, o seio cortado, pingos da chuva no telhado, o calor da mão do pai na cara, a poeira embaixo da mesa, Neguinho não sabe, salame, sangue, pão, capim, cinzas, Chimène, Le Cid, Tarzan, tenho medo, não tenho medo, não tenho, não...

Ofegantes, inconscientes do cansaço, suando, pedalavam forte. Queriam chegar logo à cidade. Precisavam de ajuda para ordenar o acúmulo de acontecimentos que os deixava tontos. Talvez por isso não tenham percebido a aproximação do carro. Ou não até que estivesse próximo demais. Eduardo nunca saberia dizer se ouvira primeiro o ruído do motor ou se percebera o brilho do reluzente metal negro avançando sobre eles, se fora ele ou Paulo quem gritara para avisar ao outro, nem como conseguira jogar-se com a bicicleta em direção ao acostamento. O que Eduardo se recordaria, sim, era de ter rolado por cima da bicicleta e sobre a lama, enquanto ouvia horrorizado o barulho de pneus esmagando metal sobre o asfalto e pensado: Oh, não, Paulo, não, Paulo, não, Paulo, não!

• • •

O cemitério se estendia colina abaixo. Era dividido em duas áreas de tamanho equivalente, separadas por um muro de pedra à esquerda do portão de entrada. Dali, após um arco encimado pela imagem da Virgem Maria pisando em uma serpente, tendo à volta cabeças de querubins sem corpo, partiam grades de ferro preto terminadas em pontas douradas. Cercavam todo o lugar.

Do lado direito do muro, após um cruzeiro de pedra rodeado por tocos e cera de velas derretidas, ficavam sepulturas baixas, retângulos cobertos por placas de concreto ou forrados de azulejos. Ali também havia covas rasas, o mato crescendo sobre a terra exposta. O que procurava certamente não estaria daquele lado, pensou Ubiratan.

Virou-se na direção do muro à esquerda. Acima dele, no topo de um jazigo, entre duas torrinhas de ferro, um anjo de pedra apontava para o céu uma espada, com a mão direita, enquanto a esquerda abraçava a haste de uma bandeira de seda em frangalhos.

Dirigiu-se para lá.

Os túmulos naquela parte eram maiores, revestidos de mármore, ornados por bustos e esculturas, inscrições em metal, fotos, vasos, flores. Abrigavam os restos mortais dos notáveis da região, que nem na morte se misturavam aos cidadãos ordinários.

Foi direto ao mausoléu encimado pelo anjo, o maior de todo o cemitério, seguro de que achara o que buscava. Surpreendeu-se com o lodo nas junções das encardidas placas de mármore e as avencas a crescer nas rachaduras. Há muito tempo aquele monumento neogótico à altivez não era limpo nem visitado.

Procurou alguma indicação nas palavras gravadas em baixo-relevo na parede lateral. Leu: *"Gloria Virtutem Tamquam Umbra Sequitur."* E, logo abaixo: *"In Honoris Amarílio Rodrigues de Mello Freire."* Enganara-se. Não era ali. Não era aquele.

Buscou à volta. Havia apenas outro túmulo tão grande quanto o do anjo armado. Estava ao final da ala central.

Chegou a ele.

Comparado ao da família Mello Freire, era quase simples em seu formato de capela colonial: pintado de cal branca, sem estátuas, imagens, placas. Na frente, entre duas janelas ovais ornada de vitrôs, um portão de grades grossas tinha ao centro um escudo hexagonal decorado com ramos de café cruzados sobre um livro aberto onde se viam as letras M e T.

Empurrou o portão. Não cedeu. Empurrou novamente, com mais força. Estava trancado.

Caminhou de volta ao lado direito do cemitério. Foi direto às covas rasas. Os números estavam presos às cruzes com arames. Escolheu o que lhe pareceu mais fácil de desamarrar.

Voltou ao mausoléu dos Marques Torres.

• • •

Ergueu-se tonto, coberto de barro, aflito. A primeira coisa que conseguiu ver, quando a mancha preta em frente a seus olhos finalmente entrou em foco: a bicicleta entortada no asfalto. A roda traseira, levantada, ainda girava. Do outro lado da estrada, Paulo, caído de bruços, imóvel, a cara enfiada em uma poça de água barrenta.

Correu até ele, agachou-se, levantou seu rosto. Tinha os olhos fechados. Virou-o e o sacudiu. Chamou-o pelo nome. Ninguém passava pela estrada para que pudesse pedir ajuda.

Então Paulo tossiu. Cuspiu uma, duas vezes, ainda amparado por Eduardo. Lentamente, apoiando-se nas duas mãos, começou a erguer-se. Ficou de quatro. Tossiu. Cuspiu outra vez. Sentou-se sobre as pernas e passou as mãos no rosto, na tentativa inútil de limpá-lo. Eduardo buscou no bolso traseiro da calça o lenço que sempre trazia, mas o que saiu de lá foi um pano sujo, pingando, que colocou de volta. Paulo esfregou os olhos, piscando seguidamente. Não via nada. Tentou levantar-se, perdeu o equilíbrio, caiu sentado.

— Está com dor? Quebrou alguma coisa?

Paulo respondeu sacudindo a cabeça negativamente, sem muita convicção. Todo o seu lado direito, onde batera primeiro ao cair, estava dolorido. Não devia ser coisa séria, acreditava, com a experiência de quem já tinha quebrado o braço esquerdo e o tornozelo. Ainda aturdido, viu o rosto de Eduardo. Estava coberto de barro. Parecia um bosquimano das tribos inimigas de Tarzan. Teve vontade de rir. Mas gemeu, vendo o que estava atrás do amigo.

— O que foi, Paulo? Onde está doendo?
Paulo apontou, desolado, a bicicleta retorcida:
— É hoje que meu pai me mata.

• • •

O clique surdo indicou que a fechadura cedera. Enfiou o fio de arame no bolso do paletó, empurrou o portão e entrou no amplo jazigo da família Marques Torres.

O sol oblíquo do fim de tarde atravessava os vitrôs, lançando formas multicoloridas sobre gavetas e nichos, alguns abertos, e fazendo brilhar letras de bronze na parede do fundo, a única forrada de mármore. Na parte mais alta, em tipos góticos, duas frases: "Sob proteção de Deus Nosso Senhor, aguardando a chamada para a Ressurreição, aqui jazem o barão Olivério Santanna Marques Torres, sua amada esposa Maria Beatriz de Castro Marques Torres e todos os seus descendentes"; e logo abaixo uma frase em latim: "*Os ex ossibus meis et caro carne mea.*" Ossos dos meus ossos e carne da minha carne.

Os nomes e datas que vinham a seguir formavam uma longa lista iniciada em 1811, cheia de prenomes arcaicos e títulos desaparecidos junto com o império brasileiro. Percorreu-a até chegar a Diógenes Marques Torres. À frente do nome o título de senador, em maiúsculas; abaixo, as datas 1882-1955. Não havia nenhum acréscimo depois dele. Acima, após um espaço em branco, viu dois nomes muito próximos: Vicente Luiz Marques Torres — 1947, e André Luiz Marques Torres — 1947-1949. Ao contrário do que esperava, não havia nenhum nome de mulher, desde os anos 1940.

Circulou pela cripta, sem saber aonde ir. Os nichos dos meninos Vicente e André tinham a mesma frase repetida sobre o tampo que os fechava: "Com saudade eterna de seus pais Adriano e Isabel." Os gêmeos eram filhos do prefeito Marques Torres, portanto. Um morto ao nascer, o outro aos dois anos de idade. O nome da família morrera com eles.

Abaixo do nicho dos gêmeos, havia um retângulo aberto. Abaixou-se, olhou dentro. Era outro nicho. Estava vazio, exceto por uns poucos fragmentos de mármore e cimento.

Ergueu-se, apoiando a mão esquerda no tampo do sepulcro maior. Sentiu uma pontada na lombar. Sinal de que a dor na coluna começaria logo. Esticou-se. Ergueu os braços. Às vezes o truque funcionava, a coluna estalava, o incômodo passava. Não desta vez. Suspirou. Começava a sentir-se cansado.

O sol mudara de posição e jogava uma faixa amarelada sobre a parede dos fundos. Indistintos àquela distância, os longos nomes agora pareciam apenas reluzentes e harmônicas listas metálicas paralelas, um morto seguindo-se a outro morto, seguindo-se a outro, seguindo-se a... Percebeu um hiato desarmônico na parede. Um espaço maior entre o nome do senador e o do neto Vicente.

Aproximou-se. Havia pequenos furos no mármore. Entre eles, marcas tênues. Poderiam ser letras. Um nome poderia ter sido retirado dali. E datas. Chegou bem perto. O vago contorno lembrava os números 1, 9 e 5. Mil novecentos e...? O quarto era difícil de distinguir. Parecia um 7. Ou 2. 1952, lembrou-se, foi o ano do casamento de Aparecida.

Puxou do bolso o arame. Começou a raspar a pedra acima dos números. As letras foram se formando. Primeiro um C... em seguida um L... depois um E... logo um A. Cléa? Quem seria Cléa?

Percebeu o erro que cometia.

Raspando, então, bem no centro do C, onde a marca era quase inexistente, e procurando as linhas originais do Z com a ponta do arame, viu confirmar-se a denúncia das freiras, o passado que os Marques Torres sobreviventes quiseram suprimir de sua tumba, de sua história e de suas vidas. Elza. A mãe de Aparecida.

9.
Mao, Branca de Neve e outra Anita

Subiam a rua calados, envoltos na luz dourada do entardecer que projetava suas compridas sombras nos paralelepípedos. Não sabiam o que dizer um ao outro. Um dos meninos, desolado, empurrava uma bicicleta cambeta, imaginando os truques e rodeios que seria obrigado a fazer para que nem o irmão nem o pai a vissem antes que pudesse desentortá-la, um pouco que fosse. O outro, solidário, caminhava levando a sua pelo guidão, vivendo a experiência inédita, talvez libertadora, mas desconfortável, de ser visto em público sujo como um mendigo. Perceberam ao mesmo tempo a aglomeração em frente à delegacia.

Atravessaram o muro de adultos e cochichos que a cercava. No topo dos degraus um homem vestido com apuro falava ao delegado. Ereto, sem movimentar os braços longos ou as mãos que seguravam alguns papéis, parecia distribuir tarefas a subalternos. O maxilar proeminente e o queixo pontudo se destacavam no rosto longo cor de palha. Usava óculos redondos de finos aros dourados.

Eduardo reparou na alvura do colarinho engomado de sua camisa branca, fechado pelo nó perfeito da gravata escura sem estampas, e na elegância do terno cinza de risca de giz. Já vira tecido como aquele nas costuras da mãe. Era casimira. Inglesa. Lembrou-se de como sua mão deslizara na trama fina e fresca. O oposto do algodão áspero do terno do delegado. Roupa de empregado, roupa de patrão.

Uma cutucada de Paulo o tirou das conjecturas.

— Ouviu o que estão dizendo?

— Não. Ele fala baixo. Estão longe.

— Quem fala baixo?

— O dono da fábrica. Ali, com o delegado.

— Não, Eduardo! É sobre o que eles — mostrou as pessoas em volta — estão falando!

— Quem?

— Todo mundo. Sobre o que o dentista fez.

— Fez o quê?

As vozes em torno deles baixaram o tom antes que Paulo respondesse. Os olhares tinham uma única direção: o caixão que surgia à porta da delegacia, carregado por policiais, obrigando Geraldo Bastos e o delegado a se afastarem para abrir passagem.

...

— Ele se matou! — gritou Eduardo, ainda na entrada do pátio.

— Se enforcou! — acrescentou Paulo, iniciando a corrida em direção a Ubiratan, sentado sob o único poste que as freiras mantinham aceso. Mexia em papéis anotados de vários tamanhos, espalhados sobre uma das mesas, junto ao pequeno caderno em espiral que levava sempre. Pegou um deles, amassou-o e o guardou no bolso, sem olhar para os meninos que se aproximavam.

— Se pendurou pela gravata!

— Amarrou numa grade da janela.

— E pulou!

— Agorinha mesmo! — Paulo, como de hábito, ganhara a corrida e chegara primeiro. — Acabou de acontecer.

Ubiratan recolocou e reordenou duas folhas menores, pondo por cima de cada uma tiras mais finas. Todas continham datas, nomes e observações. A mesa estava coberta delas.

— O caixão estava... — Eduardo parou junto à mesa, tomando fôlego.

— ...Estava saindo da delegacia bem na hora que nós...

Ubiratan interrompeu-o.

— Você viu *Branca de Neve*? Vocês viram?

— ...nós vínhamos com as bicicletas.
— *Branca de Neve* — repetiu Ubiratan.
— As pessoas estavam falando que ele tinha se enforcado, mas o Eduardo nem reparou que...
— Não reparei que falavam que o dentista tinha se enforcado porque... Eduardo não ouviu nada.
— Eu estava estranhando ver o dono da fábrica ali. Só por isso é que...
— Nessa hora é que saíram com o caixão. Eduardo estava distraído.
— Eu não estava!
Ubiratan se impacientava:
— *Branca de Neve e os sete anões*! Viram?
— Foi nesse momento que retiraram o caixão.
— Da delegacia.
— Fechado.
— Fechado, ninguém viu ele.
— Ninguém o viu, Paulo.
— Viram ou não viram?
— Não vimos, Ubiratan! Ninguém pôde ver! Estava fechado! O Paulo falou, eu falei: o caixão estava fechado!
— *Branca de Neve e os sete anões*! Bran-ca-de-Ne-vee-os-se-te-a-nões — repetiu, lentamente. — Viram ou não viram?
— Vimos o quê?
— O filme de Walt Disney — pronunciava o W como se fora um V. — O desenho animado. Colorido. Afinal, viram ou não viram?
Paulo abriu os braços, mãos espalmadas para cima, ombros levantados, perturbado.
— Ubiratan, a gente está te contando que o dentista se...
— Sim ou não? — insistiu, brandindo a caneta no rosto deles.
— Ubiratan! — Eduardo tentou chamá-lo à razão. — Ubiratan, o dentista se matou!
Não houve reação.
— A gente viu o caixão saindo da cadeia! — Paulo conseguiu dizer, elevando a voz.

— Se enforcou, Ubiratan! Se pendurou pela gravata numa barra da grade da janela!

O velho sacudiu as mãos à frente, fazendo sinal para que falassem mais baixo e, sem lhes dar tempo para reagir, acrescentou:

— Foi feito no ano em que Aparecida nasceu.

Paulo coçou a cabeça. Trocou o apoio de um pé para o outro.

— Quem...?

— *Branca de Neve*. Foi feito em 1937. Será que Aparecida assistiu?

— Ubiratan... — Eduardo tentou, novamente.

— O mesmo ano de Guernica!

— Ubiratan, ouça...

— Sabem o que foi Guernica? Sabem o que significou? A carnificina? O bombardeio? A matança de crianças, velhos e mulheres? Sabem? A ascensão do fascismo? Sabem da Guerra Civil Espanhola? Picasso?

Paulo sentiu vontade de gritar, de espernear, assoviar e tapar os ouvidos. Em vez disso, enfiou as mãos nos bolsos das calças imundas, irritado.

— Você ouviu o que Eduardo e eu te contamos?

Ubiratan inclinou-se sobre os pedaços de papel escritos, pegou um deles, sacudiu-o ante os meninos.

— Guernica. Picasso. Picasso-Guernica. Mesmo ano: 1937. Será que Aparecida ouviu falar em Picasso?

— Ah! — lembrou-se Eduardo. — Além do suicídio teve o lago.

— Queimaram tudo em volta do lago!

— Tudo.

— No lugar onde a gente encontrou ela.

— O *corpo* dela.

— E além de falar que podem expulsar a gente, botaram uma cerca de arame farpado em volta.

— Expulsar do colégio: o diretor nos ameaçou com expulsão — esclareceu Eduardo. — Uma cerca em volta do lago. Colocaram de ontem para hoje. Com placa de entrada proibida.

— E a avó dela morreu ontem de noite.

— De Aparecida. Dona Madalena morreu.

— Depois que a gente esteve lá.

— Morreu ontem.

— E quando a gente voltava um carro atropelou a gente.

— Hoje. Quando voltamos do lago. Agorinha, mesmo.

— Minha bicicleta está toda amassada!

— Torta.

— Meu pai, quando ver...

— Quando *vir*.

— Em 1937 foi instaurado o Estado Novo. Mesmo ano. Vocês sabem o que foi o Estado Novo?

Eduardo não desistiu:

— O dentista, Ubiratan.

— Sabem ou não sabem?

— Se matou na cadeia.

— Você, Paulo: sabe?

— Paulo suspirou, desalentado.

— Mais ou menos. O Estado Novo foi Getúlio Vargas. Mas o que a gente está falando é que o dentista...

— É só isso que vocês sabem? É só essa simplificação trivial que ensinam no colégio?

— Claro que não — Eduardo pôs-se em brios. — Foi o governo de Getúlio Vargas depois que ele fechou o Congresso e acabou com os partidos políticos. Foi a época da criação das leis trabalhistas, das mulheres passarem a votar e tudo o mais. Terminou depois da Segunda Guerra Mundial.

— Em 1937 eu fui torturado pela primeira vez. A polícia de Vargas arrancou todas as minhas unhas. Uma por uma. No ano em que Aparecida nasceu.

— Ele se suicidou — murmurou Paulo, e Eduardo ficou sem saber se a referência era ao dentista ou ao criador do Estado Novo.

— Foi o ano em que Guimarães Rosa escreveu *Sagarana*. Vocês já leram Guimarães Rosa? Faz parte do currículo escolar de vocês? Ou ainda entopem os ouvidos da juventude com as baboseiras de José de Alencar?

— Nunca. Guimarães Rosa, nunca.

— Você era comunista? — perguntou Paulo. — Não eram os comunistas que a polícia pegava?

— Não tenho mais nenhum livro. Me desfiz de todos eles quando vim para cá. Não fosse por isso, emprestava *Sagarana* para vocês. E *Memórias do cárcere*. Algum de vocês já leu? Ensinam Graciliano Ramos na escola de vocês? É um retrato contundente das consequências do golpe de 1937. Do poder nas mãos de um caudilho. Sim, Paulo, eu era.

Calou-se e voltou aos papéis espalhados pela mesa. Reiniciou as anotações. Os meninos aguardaram que fizesse algum comentário sobre os acontecimentos que tinham relatado. Após algum tempo de espera inútil, Eduardo voltou ao tema:

— Você ouviu o que lhe contamos?

— Não sou surdo. Ainda não.

— Então por que não respondeu nada do que... — Paulo começou, antes de ser novamente interrompido.

— Vocês nasceram em 1950, não foi?

— 1949 — corrigiu Eduardo.

— Nasci em 11 de janeiro de 1949. Sou mais velho que o Eduardo.

— Só um mês! Sou de 28 de fevereiro.

— Sou quarenta e oito dias mais velho do que você!

— Vocês tinham pouco mais de um ano quando reconduziram Vargas ao poder. Eleito por voto direto. Imaginem: um ditador que torturou, que matou, que perseguiu, eleito democraticamente! Aparecida tinha treze anos na época. Um ano a mais do que sua mãe Elza, quando ficou grávida dela. O ano em que Mao Tsé-tung fundou a República Popular da China. Ou...

Buscou atabalhoadamente entre as tiras de papel, até encontrar o que procurava. Leu e, sacudindo o pedaço de folha rabiscado, voltou-se para os dois.

— Me enganei. Mao fundou a República Popular da China em outubro de 1949. Há apenas doze anos.

Paulo pegou a tirinha. Estava escrito: "Mao – 49 – RPC". Pegou outra: "*Casablanca* – 39 – Ingrid B." Mexeu em outras: "Adhemar de Barros – 50 – GV"; "GV – ago 54 – Lacerda"; "Franco – 37 – Guernica"; "Eisenhower – 52 – USA"; "Ary Barroso – 1939 – Aquarela do Brasil". Tudo lhe pareceu misterioso e impenetrável.

— O que está fazendo?

— Equações — Ubiratan respondeu.

— Equações?— surpreendeu-se.

— Equações. Situando Aparecida no mundo em que viveu. Aqui e lá fora. Em 1952, no ano em que ela se casou, um general da Segunda Guerra Mundial foi eleito presidente dos Estados Unidos para comandar o império americano no mundo ocidental e o prefeito estava com quarenta e cinco anos, se tinha trinta quando Aparecida nasceu e o senador Marques Torres estava com... Hum... setenta. Quando se matou o senador tinha setenta e três. Setenta e três menos quinze dá...

— Cinquenta e oito — respondeu prontamente Eduardo. — Qual general?

— O senador se matou? — Paulo surpreendeu-se.

— Sim, Paulo. General Eisenhower, Eduardo. O senador tinha cinquenta e oito anos quando Aparecida nasceu. Menos doze?

— Quarenta e seis — voltou Eduardo, numa mistura de orgulho e mau humor.

— Quarenta e seis! Era essa a idade do senador Marques Torres quando Elza nasceu.

Abriu o bloco de notas e foi escrevendo, enquanto falava, de si para si:

— Cinquenta e oito quando Elza deu à luz Aparecida... Setenta quando Aparecida se casou... E o filho dele, o prefeito... Tinha trinta, quando Aparecida nasceu. Trinta! Uma bela idade para um homem saudável.

— Acabou tudo, não é? — Paulo concluiu, com um suspiro.

— O que acabou? — Ubiratan quis saber, encerrando as anotações e enroscando a tampa da caneta, que colocou sobre a capa do pequeno caderno espiralado.

A investigação. A nossa investigação. Não vai adiantar nada, não é, agora que ele morreu?

Ubiratan olhou para cada um, demoradamente. Viu dois meninos sujos de barro, com a mesma expressão amuada.

— De que vocês estão falando?

— Você não ouviu nada do que dissemos! — explodiu Eduardo.

— Nem uma palavra! Nada, nada, nada, nada!

— Claro que ouvi. O dentista morreu, o carro atropelou, Madalena faleceu, o lago queimou, a cerca fechou e... E o que mais?

Paulo revoltou-se com a aparente insensibilidade para com seu drama particular:

— Minha bicicleta está toda amassada! Destruída! E você aí, fazendo exercício de matemática! Quando meu pai ver ela...

— Equações — corrigiu Ubiratan, recolhendo os papéis e separando-os em dois montículos, que acabou por colocar em cada bolso lateral do paletó.

— Agora que o dentista se matou não adianta de nada descobrir o verdadeiro assassino — disse Eduardo, desolado.

— E por que não?

— Bem... Anita foi assassinada e...

— Aparecida — corrigiu Ubiratan.

— Aparecida. Foi assassinada e o assassino se matou.

— O falso assassino! — Paulo apressou-se em retocar.

— Não há mais nada para se investigar porque não há mais nenhum inocente para se tirar da cadeia — concluiu Eduardo.

Ubiratan tirou os óculos, dobrou-os, guardou-os no bolso interno do paletó.

— Quem disse que o dentista era inocente? — perguntou, cruzando os braços.

— Mas... Você mesmo disse que...

— Eu nunca disse que o dentista era inocente — frisou, levantando-se.

— Ele... Ele... — gaguejou Eduardo.

— A luta, as facadas, a... — tentou Paulo.

— Existem muitas maneiras de matar uma pessoa. Aparecida foi destruída muito antes que a assassinassem.

Passou por entre os dois e encaminhou-se para o interior do asilo, em direção à porta do refeitório. Eduardo e Paulo o seguiram. Um ruído corriqueiro de pratos, vozes e talheres vinha lá de dentro. O olor morno da comida invadiu as narinas de Paulo, encheu sua boca de água e o lembrou de que não comera nada desde o café da manhã.

— O dentista não é o assassino... — Eduardo disse, para si mesmo, em inútil tentativa de compreender o raciocínio de Ubiratan. — Mas também não é inocente...

Ubiratan se deteve. Os olhos dos meninos, porque refletissem alguma luz vinda do asilo, ou porque traduzissem a intensidade do início da travessia das certezas da inocência para a tortuosidade do mundo adulto, produziram no homem mais velho uma vontade imensa e — ele o sabia — impotente de protegê-los.

— As coisas não são o que parecem — disse, com afeição que a ele mesmo surpreendeu. — Eduardo. Paulo. É um lugar-comum. Mas é verdade. Estou com fome.

— Eu também — Paulo falou, começando a maquinar o malabarismo a que seria obrigado para entrar em casa, livrar-se da casca de barro e ocultar a bicicleta avariada, sem ser visto ou punido.

— Já vamos indo. Minha mãe fica preocupada se eu me atraso.

— Por que vocês estão tão sujos?

— Ubiratan, você não ouviu...

— Estou faminto e cansado. Andei o dia inteiro. Até ao cemitério eu fui. Vocês gostam de ópera?

— Ópera? — admirou-se Paulo.

— Ouvi uma vez na casa do meu *Nonno*. Ele gostava.

— Quero levar vocês para ouvir a *Tosca*. Giacomo Puccini. Uma beleza. Mas hoje, não. Tenho outros planos para nós.

Não entenderam nem se incomodaram com isso. *Sagarana*, Mao, Guernica, Graciliano, já tinham tantos nomes desconhecidos a decifrar que um a mais não fazia diferença. Ubiratan mergulhara onde não tinham como chegar. Hora de voltar para casa, concluíram.

— Então tá. Tchau — Paulo despediu-se, sem entusiasmo.

— Até amanhã, Ubiratan.

Deixaram-no e foram em direção ao corredor atrás da cozinha. Paulo, um pouco mais à frente, empurrado pela fome e pela ansiedade de, mais uma vez, entrar em casa passando por entre os vidros basculantes da janela do banheiro. Percebera das últimas vezes que estava ficando cada vez mais difícil se esgueirar daquela forma. Talvez estivesse crescendo. Ficando mais forte. Será? Seria? Tomara que sim. Tomara também que seu pai não tivesse chegado ainda. Tomara que estivesse sem pressa de voltar, bebendo mais uma cerveja em algum botequim. Tomara que estivesse bebendo mais uma cerveja porque não tinha pressa de voltar para casa porque iria passar a noite no puteiro com Antonio. Tomara que...

— Paulo e Eduardo! — ouviu Ubiratan chamar.

Ele continuava no mesmo lugar em que o haviam deixado, agora pouco mais do que uma silhueta que mal podia ser percebida, entre as sombras do pátio e as paredes.

— Ninguém usa terno e gravata dentro de uma cela de prisão — disse, com doçura. — Nem cinto. Nem cordão nos sapatos. Não é permitido.

Eduardo desviou os olhos, de Ubiratan para Paulo, em seguida de volta a ele, pensando em argumentar algo como Então Como Ele Se Matou? Mas para a dúvida virar pergunta era preciso que tivesse percepção de perversidades que ainda não sabia reconhecer. E, assim, nada disse. Ouviu Paulo indagar:

— Nunca?

— Nunca. Em hipótese alguma. Vocês gostam de cinema?

Outra guinada. Não os surpreendeu, desta vez. Cordões de sapato, cintos, gravatas, paletó, cinema: por que não? Estavam se habituando às ilações inusitadas do homem na penumbra, e acenaram afirmativamente com a cabeça.

— Ótimo. Parei de ir ao cinema faz tempo. Mas hoje quero assistir a uma fita. Hoje nós três iremos ao cinema.

— Ah, não podemos! — lamentou Eduardo. — É um filme proibido até quatorze anos.

— Dá-se um jeito — Ubiratan concluiu, sacudindo os ombros, girando e entrando no refeitório.

• • •

Enquanto Anita Ekberg girava no ar, suspensa nos braços de um homem espadaúdo, ao som de um rock and roll, no balcão do Cine Theatro Universo, de olho pregado na tela, Paulo sentia crescer dentro dele um calor. Era uma ardência semelhante a uma febre. Porém localizada abaixo da cintura. Ela dançara, sorrira, sacudira a pesada cabeleira loura e exibira a carne trêmula dos seios alvos entrecobertos, circulando descalça entre os convidados de alguma festa incompreensível, até subir a uma plataforma e ser alçada pelo sujeito de barbicha clara. Conforme a exibição de equilíbrio e provocação prosseguia, maior se tornava o incômodo febril e mais forte sua confusão. Porque o incômodo era bom, porque fazia seu coração bater mais forte, porque lhe trazia uma sensação de... Uma quase... Uma quase alegria. Foi tomado então pela ânsia de tocar a carne farta e ondulante da mulher suspensa no ar. Quis que fossem suas as mãos que apertavam as ancas da grande loura. Desejou enfiar o nariz entre os seios volumosos, espremidos no decote do vestido escuro, aspirar o perfume do rego que adivinhava macio. E sem perceber o que fazia, levou a mão esquerda à braguilha. Sentiu que seu corpo respondia ao turbilhão desconhecido não mais com a ansiedade física de menino, mas com uma prova rija de sua entrada no mundo do desejo. Sorriu, em silêncio, no escuro. Com uma ponta de orgulho segurou o pênis na primeira ereção de sua vida.

    Alheio aos pares de namorados que se refugiavam na penumbra do mezanino para trocar carícias, proibidas lá fora pelas convenções morais da cidade ancorada no século XIX, Ubiratan via, comovido e perturbado, uma Itália que não mais reconhecia. Construíra uma familiaridade afetiva com o país que nunca visitara assistindo a filmes rodados pelas ruas e becos de Roma, Milão, Gênova e Nápoles devastadas pela guerra e habitadas por um povo que tentava sobreviver com dignidade e reiniciar seu futuro interrompido. Uma de suas últimas idas ao cinema tinha sido para ver uma fita italiana: *Umberto D*. D de Domenico, se não se enganava. Um velho aposentado a vagar com um cachorro pela Roma dilapidada do pós-guerra, despejado de onde morava, sem perspectivas nem esperança. Um — mais um — trabalhador que se descobrira inútil ao sistema. Fora há apenas nove anos que entrara no cinema no Recife. Parecia tão pouco tempo. Mas nove anos para os dois meninos a seu lado eram quase a vida inteira. Em nove anos de fastio e Plano Marshall a Itália se transformara neste circo de cinismo que desfilava na tela. Sentia-se como retirado de uma cápsula do tempo e lançado em um mundo onde venceram a frivolidade, a inconsequência, a indiferença. O que a humanidade alcançara até agora, apenas começada a segunda metade do século XX, tornara-se veículo para fruições estéreis, o progresso conduzia unicamente a vidas desprovidas de sentido, a liberdade e a própria liberdade de imprensa desaguaram nestes edens insensatos?

    Quando a mulher do intelectual cético, ignorando seu suicídio, se vê cercada por paparazzi ávidos para registrar sua reação diante do cadáver do marido, Ubiratan teve vontade de fechar os olhos como crianças fazem em filmes de monstros, para não ser tomado pelo sentimento de que o mundo que agora o horrorizava era o mesmo pelo qual, apenas duas décadas antes, milhões de homens e mulheres tinham sacrificado suas vidas em nome de um mundo mais livre, mais digno e mais igualitário.

Sentado à direita dele, quieto e quase imóvel, Eduardo observava o desenrolar do filme como um sonho a ocorrer fora de sua mente. Como nos sonhos, o que assistia projetado na tela não tinha narração lógica para ele e, no entanto, como quando se via dentro dos próprios sonhos sem saber que sonhava, tudo parecia intensamente real. Não sabia se estava gostando. Não tinha medidas para o universo povoado por nobres ociosos vagando como cegos por castelos arruinados, gente comum buscando redenção em visões milagrosas, mulheres monumentais banhando-se em fontes públicas, velhos pais a quem filhos entregam namoradas, uma delirante sequência de imagens em que cada acontecimento possivelmente tinha um significado, mas que ele não atingia. Percebia, apenas, com uma certeza instintiva, que maus e bons, heróis e vilões, mocinhos e bandidos, dançarinas, padres, atrizes, fiéis, fotógrafos, ninguém se diferenciava. Todos fariam parte de uma mesma... Uma mesma... Faltava-lhe a palavra. Lembrou-se de uma outra, que nem sabia onde ouvira: sordidez. Sem entender por que, como lhe aconteceria tantas vezes, se entristeceu. E quando, depois de uma noitada, o jornalista tenta responder ao aceno da menina junto ao peixe que parecia um monstro marinho, também não entendeu por que seus olhos se encheram de lágrimas e mal viu a última cena.

• • •

Ao saírem foram envolvidos pelo ar frio da noite, que esvaziara as ruas. Ubiratan parou por alguns minutos diante do cartaz de *A doce vida*, enquanto Paulo, muito animado, continuava em frente, andando junto de Eduardo.

— ...E os peitos! Viu o tamanho dos peitos dela, Eduardo? Você viu que peitão tem aquela loura? Hein, Eduardo? Viu que peitão? Naquela hora que ela chega para o sujeito e...

Eduardo mantinha-se calado, ainda fungando disfarçadamente. Paulo não percebeu, falando sem parar. Ubiratan os alcançou. Caminhavam ao estilo e no ritmo dele, sem pressa, sob um céu de estrelas brilhantes. Paulo continuava sua excitada rememoração.

— ...E aquela festa, hein? Lembra da morena que andava nas costas do sujeito de quatro? Era meio velha, mas também era gostosa. Não tanto quanto a loura. A lourona era a melhor de todas, a mais bonita mesmo, a mais gostosa de todas as mulheres que o jornalista namorou no filme. Muito mais que a mulher dele, aquela de olho claro, hein Eduardo? Você não acha?

Eduardo não se lembrava de ter visto o amigo tão tagarela. E o que dizia! Já tinham falado de mulheres, já tinham trocado dúvidas sobre o que fariam quando fossem homens e estivessem com alguma, já tinham discutido se xoxota ficava logo abaixo do umbigo ou lá mais para baixo escondida, porém... Daquele jeito, nunca. Jamais tão à vontade.

— ...E quando o sujeito de barbicha pegou e levantou ela, naquela hora que ela estava sendo rodada no ar, que nem num circo, rindo daquele jeito que ela estava rindo, você não achou que ela era a mais gostosona, a mais bonitona de tudo quanto é mulher que você já viu até hoje, Eduardo? Não achou, Eduardo? Hein?

— Eu... Eu gostei da... Eu achei bonita foi aquela cena do peixe. Quando a menina loura dá adeus para ele, quando ela fica acenando para ele na outra margem do rio.

— Era uma praia no mar.

— Não era um rio? Acho que não vi direito. Mas ela, eu vi bem. Ela era, a menina, tão bonita.

— Era só uma garota. Não era uma mulher.

Sem perceberem, cada um passara a andar de um dos lados do homem mais velho, que continuava em silêncio. Paulo falava cada vez mais alto.

— ...A lourona entrando na água de roupa e tudo, chamando ele, gostei também dessa cena, do chafariz, ele indo encontrar com ela no meio da água. E ela vestida de padre, hein, subindo aquelas escadas, hein? Você achou o quê, hein? Ah, e ainda teve aquela cena que eu também achei, sei lá, gostei, a cena do Cristo voando pendurado no helicóptero! Achei meio engraçada, com as mulheres de biquíni acenando e jogando beijos para a estátua do Jesus, achei meio engraçada aquela cena! Você gostou?

— É... Gostei. Mas acho que elas não jogavam beijo para o Cristo, não.

— Jogavam. E gritavam umas coisas para o jornalista que estava no helicóptero, que eu não entendi. E quando ele sobe a escadaria da igreja correndo atrás da lourona vestida de padre, se lembra? Você achou o quê, naquela cena em que o jornalista quer pegar ela lá dentro da igreja mesmo, ela toda vestida de padre, hein, Eduardo? Quis beijar ela, não quis? Gostou daquela? Hein?

— É. Gostei. Mas tem umas cenas meio chatas, também.

— Ah, tem também, tem sim. A do gatinho branco na cabeça da lourona, e ela passeando, essa era chata. Não acontece nada, ela fica só andando, de um lado para o outro da rua. A de uma dança japonesa esquisita numa boate, logo no começo, se lembra, antes de aparecer a morena magra que usa óculos escuros de noite? Também achei chata.

— O jornalista também usa óculos escuros à noite.

— E a cena do sujeito que fica tocando órgão e falando, falando, dentro da igreja? Essa era a mais chata de todas.

— Não entendi por que aquele homem se matou. Olhou para Ubiratan, que nada disse.

— Ele tinha uma mulher bonita... — Eduardo tentava encaixar o personagem nos valores que compreendia. — Ele tinha filhos, tinha amigos... Não havia nada errado na vida dele. Ou havia?

Novamente olhou para Ubiratan, sem obter resposta.

— Ele não tinha razão para se matar, tinha?

Era uma pergunta sem destinatário certo. Paulo a ignorou, ainda seduzido pelas imagens inebriantes de Anita Ekberg e pela euforia da primeira ereção. Ubiratan, percebendo que a ideia da morte escolhida era, ali, para um menino dado a melancolias, um conceito ameaçador, comentou apenas, com sinceridade:

— É preciso não desacreditar, jamais, que sempre se pode continuar. Sempre, Eduardo. Sempre.

Chegaram ao fim da ladeira, em frente ao Colégio Municipal Maria Beatriz Marques Torres.

— Gostei desse negócio de ser jornalista — Paulo continuava deslumbrado. — Carro conversível, um montão de namoradas, muitas festas, trabalho só na hora que bem entende, viagens para tudo quanto é lugar... Acho que vou ser jornalista.

— E a Medicina? — interveio Eduardo. — Vai abandonar a Medicina, assim, sem mais nem menos? Esqueceu das doenças incuráveis?

— Medicina! — os olhos de Paulo se arregalaram. — Ai, meu deus!

— O que foi?

— A prova de Ciências, Eduardo! É amanhã!

— Sim, eu sei.

— E eu não estudei nada!

Eduardo passou para o lado de Paulo e, imitando o jeito de Ubiratan, sacudiu os ombros e disse:

— Dá-se um jeito.

Os três riram. Eduardo sentiu-se grato e surpreso pelo prazer provocado por um senso de humor que não sabia ter. Quando os risos cessaram, despediu-se e saiu em direção à sua casa. Juntos, Ubiratan e Paulo caminharam por mais algumas ruas, até chegarem perto da cadeia municipal.

— Bom, aqui eu desço.

— Hum, hum — concordou Ubiratan.

— A gente se vê amanhã?

— Hum, hum.

— E a investigação da gente? Continua?

— Hum, hum.

— Ele não se matou, não é?

— Amanhã conversaremos sobre tudo o que se passou hoje. Vá para casa agora, Paulo. Já é tarde.

— Nos outros dias você nunca achou que esta hora já era tarde.

— Hoje não foi um dia igual aos outros.

— Por que você nunca fala igual a todo mundo?

— Hum?

— Por que você não responde às perguntas como as outras pessoas respondem?

— E como elas respondem?

— Por que você não diz sim, ou não, como todo mundo?

— Nem tudo pode ser respondido com um sim ou com um não, Paulo.

— Cada vez que eu falo uma coisa para você, você me faz pensar em outra coisa, mais na frente.

— Que bom.

— Que bom, por quê? Eu fico com a cabeça cheia de perguntas, só isso.

— Melhor do que ficar com ela cheia de respostas. Boa noite, Paulo.

— Boa noite — respondeu, observando o homem de cabelos brancos afastar-se a passos lentos, antes de dar uma última olhadela para o decrépito prédio da delegacia e iniciar a volta para casa, primeiro resmungando contra o inexpugnável mundo dos adultos, depois, conforme lhe voltavam à mente as voluptuosas imagens do filme, sendo invadido por uma alegria inexplicável.

— Que peitaria... — suspirou, noite adentro.

10.
Josef e Svetlana

Paulo levantou-se, a prova de Ciências em uma das mãos, livros e cadernos desbeiçados na outra, quando dois alunos desceram os degraus da sala de química e ciências. Foi junto com eles, colocou a prova sobre a mesa, virou-se de costas, saiu da sala.

Exatamente conforme combinamos, pensou Eduardo. Agora viria a sua parte.

Conferiu item por item as respostas que colocara em cada página das folhas duplas de papel almaço sobre a carteira escolar. Quase todas corretas. Em seguida rabiscou, borrou e sujou as páginas de uma delas, que assinou de maneira cuidadosa. Colocou-a embaixo da outra, impecavelmente composta e caligrafada, e após nela, com familiaridade e descontração, uma segunda assinatura. Aguardou, fingindo que relia.

Quando duas estudantes se ergueram, fez o mesmo e chegou junto à mesa a tempo de colocar as duas provas, uma assinada com seu nome, outra com o de Paulo, antes que as meninas as cobrissem com os próprios testes. Ninguém notou, muito menos o professor Ronaldo Abreu. Paulo apenas fingira colocar a dele.

Era seu maior feito até então: uma prova inteira, escrita com a letra de outra pessoa. Pensou, divertindo-se, mas não sem um leve toque de vontade real, que talvez pudesse abandonar os planos de tornar-se engenheiro e virar o maior falsário do mundo.

• • •

O padre de batina surrada terminou a oração, fechou o livro de capa preta, benzeu o caixão. Lançou em seguida um olhar passageiro ao sargento de polícia a seu lado e fez o sinal da cruz antes de retirar-se, passando rente aos coveiros que já começavam a jogar terra sobre o esquife. O policial aguardou mais alguns minutos. Depois também se retirou, pulando a sepultura ao lado para atingir o corredor por onde se foi.

Os coveiros continuaram a trabalhar sem pressa, sem atenção, sem interesse. Não demoraram a cobrir a rasa sepultura aberta no dia anterior. Um deles enfiou uma cruz de madeira no montículo de terra avermelhada, o outro pegou as pás e, juntos, se foram.

A mulher de preto ainda ficou um tempo. Em seu costume de corte antiquado, luvas curtas de pelica e rosto sombreado pelo chapéu de onde pendia um véu a lhe cobrir o rosto, lembrava uma figura saída de algum velho filme mudo. Não parecia rezar, seguramente não chorava, mas tampouco parecia disposta a mover-se dali. Finalmente, borrando os sapatos de camurça na terra esparramada em torno da cova, afastou-se.

Ao chegar ao cruzeiro de pedra, parou. Abriu a bolsa que trazia pendurada no braço, tirou de dentro uma cigarreira prateada e uma piteira de madrepérola, enfiou nela um cigarro. Ergueu o véu até a altura dos olhos, levou a piteira à boca coberta de batom cor de vinho. O rosto era uma pálida máscara impenetrável. Guardou a cigarreira e pegou um isqueiro dourado. Acendeu o cigarro. Deu uma longa tragada, que fez a brasa crescer rapidamente. Guardou a fumaça nos pulmões, antes de soprá-la. Então, com a piteira presa entre os dedos enluvados, dirigiu-se ao arco onde flutuava a Virgem Maria rodeada por querubins sem corpo, a serpente maligna sob os pés. Foi ali que deu de cara com Ubiratan.

Hanna Wizoreck diminuiu o passo e, por um breve instante, pareceu que iria se deter. Mas apenas olhou rapidamente para ele, inexpressiva, antes de dar mais uma tragada e prosseguir seu caminho. Logo estava fora do cemitério, caminhando junto às grades de ferro preto.

Ubiratan a alcançou.

Caminharam lado a lado pela rua vazia, sem se falar. Quem os visse pensaria que passeavam juntos.

— Triste, não? — tentou Ubiratan.

Ela deu outra profunda tragada, ignorando-o ostensivamente, o rosto voltado para o lado oposto.

— Muito triste uma pessoa tão generosa tirar a própria vida. Um dentista, um homem da melhor sociedade, enterrado em cova rasa como um indigente. Não lhe parece uma judiação?

Ela soprou a fumaça para o alto, sem responder. O sol da manhã quente revelava um sem-número de rugas finas em torno dos lábios pintados. O líquido do batom começava a escorrer por elas.

— Nenhum amigo veio, nenhum parente. Nem mesmo os pobres a quem ele tratava de graça, segundo eu soube, vieram prestar uma última homenagem. Ninguém veio ao enterro do dentista. Não lhe parece triste?

Não houve resposta, tampouco. As narinas de Ubiratan detectaram um aroma forte de pó de arroz, perfume doce e naftalina a exalar dela e de suas roupas.

— Isto é, ninguém exceto o padre, um policial e a senhora.

Calada, Hanna continuou andando. Os saltos grossos de seus sapatos antigos faziam um barulho ritmado na calçada.

— Estranho. Muito estranho.

Levando a piteira à boca, ela tragou mais uma vez, sempre olhando para a frente.

— Quero dizer, ninguém ter vindo ao enterro até posso compreender. Afinal o dentista não era o cidadão solidário e caridoso que parecia ser. Na verdade era um crápula. Era um assassino. Trucidou a própria mulher. Um homem desses não merece a presença de antigos amigos em seu sepultamento. A ausência de companheiros de outras épocas é perfeitamente natural, não lhe parece?

Ela soprou a fumaça, muda.

— Estranha é a presença do padre...

Nova tragada, mais curta desta vez.

— Notei que a senhora não rezou, portanto não deve ser católica. Eu também não sou. Não sei se professa outra religião. Eu não tenho nenhuma, sou ateu. Mas trabalhei em colégio de padres e conheço alguns tabus, melhor dizendo, alguns preceitos da Igreja Católica. Sei, por exemplo, que ela proíbe cerimônia religiosa para suicidas.

Hanna parou, deixando a fumaça escapar pelas narinas. Teatralmente, tirou o cigarro da piteira e jogou-o no chão. Em seguida amassou-o com a ponta do sapato.

— Mas o padre rezou à beira da cova e benzeu o caixão. Não faria isso por conta própria. Só posso imaginar que o bispo tenha dado uma permissão especial. É a única explicação que vejo. O que lhe parece, madame Wizoreck?

Ela abriu a bolsa, jogou dentro a piteira de madrepérola, voltou a caminhar. Ubiratan seguiu-a.

— Um derradeiro gesto de amizade de dom Tadeu para com seu antigo colega de seminário. A senhora sabe que eles foram colegas em um seminário, eu imagino.

Sempre sem olhar para ele, desceu o véu, cobrindo o rosto.

— As amizades construídas na juventude são as mais sólidas. São afetos duradouros. São laços que permanecem pela vida inteira, não é assim que dizem?

O silêncio entre cada tentativa de Ubiratan só era cortado pelo toque-toque dos saltos do sapato da mulher de negro no cimento. Ele tirou do bolso da frente do paletó a caixa de fósforos com um de seus cigarros amassados.

— A senhora tem fogo?

Mais uma vez Hanna Wizoreck não respondeu, nem parou. Ubiratan continuou segurando o cigarro por mais um tempo, depois o colocou de volta de onde o tirara.

— O dentista era um homem de grande fé religiosa. A casa dele, não sei se a senhora conhece, está repleta de imagens de santos e santas, dos quais parecia ser grande devoto. Ia à missa todas as manhãs, eu soube. Sete vezes por semana. Confessava e comungava em todas elas. É difícil acreditar que um homem de tamanha fé possa afrontar um dos preceitos católicos mais fundamentais e cometer suicídio. Arrepender-se do crime praticado, sim. Ter crise de consciência, sim. Mas cometer suicídio... Enforcar-se com uma gravata, numa cela de prisão... Talvez o bispo também não acredite que ele cometeu suicídio.

Hanna parou.

— O senhor pretende continuar me seguindo? — perguntou, cada erre duplicado no meio e arrastado ao final de cada palavra. Parecia mais um sotaque francês do que polaco aos ouvidos desacostumados de Ubiratan.

— Só quero conversar um pouco — respondeu, quase galante.

— Por que não vai conversar com os outros velhos do asilo? — sugeriu, com sarcasmo, voltando a andar, afastando-se dele.

— Se a senhora sabe que resido no asilo São Simão — disse, novamente emparelhando com ela —, sabe também que os velhos que lá estão confinados não se interessariam em falar de crime e crise de consciência.

Sempre andando, Hanna abriu a bolsa, tirando cigarreira e piteira, repetindo a minuciosa operação, um tanto mais rapidamente. Ao tentar acender o cigarro, foi obrigada a parar. Ubiratan também se deteve.

— É difícil compreender por que um homem de fé tão profunda, alguém tão devoto quanto o dentista, não tenha permanecido no seminário, não lhe parece?

Tão logo conseguiu acender o cigarro, retomou a caminhada. Ubiratan foi atrás.

— Não lhe parece curioso que um homem tão pio não tenha seguido a carreira religiosa? Ou a senhora acha que teria ocorrido algum fato no seminário, alguma situação irreversível que o fez mudar de ideia? Que alterou esse curso, mesmo contra a vontade e a vocação dele? Algo que o impediu de continuar lá? Ou, quem sabe, abandonar o seminário não foi decisão dele? Quem sabe aconteceu ali algum episódio que levou o seminário a aconselhá-lo a desistir de tornar-se padre?

O que teria levado um jovem aparentemente tão místico a desistir da carreira religiosa? Aversão ao celibato seguramente não foi. Mesmo fora do seminário, o dentista nunca era visto em companhia feminina. Nunca frequentou as meninas do hotel que a senhora mantém. Um celibatário. Até quase cinquenta anos. Até quando, surpreendentemente, casou-se. Com uma menina de quinze anos. Com idade para ser neta dele. Uma órfã.

— Ocorreu ao senhor — Hanna disse, sem deter-se nem olhá-lo — que esse casamento pode ter sido um gesto de caridade?

— Sim, me ocorreu — admitiu Ubiratan.

— O senhor mesmo vive de caridade no asilo.

— Mas mudei de ideia depois que vi uma fotografia. Ela deu outra tragada curta, soprando logo a fumaça.

— Parece que o dentista gostava de fotografar — Ubiratan comentou, num tom casual.

Hanna olhou-o rapidamente, sem virar a cabeça.

— Tinha até um laboratório em casa. Gostava de revelar, ele mesmo, as fotografias que batia.

Percebeu que Hanna aumentava o passo. Fez o mesmo.

— Fotos das visitas.

— Não estou interessada em saber.

— As visitas que ele gostava de ver Anita receber.

— Não estou interessada.

— A senhora sabia que eles dormiam em quartos separados? Cada um em seu quarto. Um casamento muito singular.

Andavam cada vez mais rápido.

— Recebiam visitas tarde da noite. O casal recebia visitas masculinas. Ele gostava de olhar.

Hanna tirou o cigarro da piteira e jogou-o na rua.

— Olhar e fotografar.

A piteira foi atirada dentro da bolsa. As passadas se alargaram. Ubiratan começou a ficar para trás.

— O dentista gostava de olhar e fotografar as visitas e o que faziam com a própria mulher, olhar e fotografar tudo o que obrigava a mulher a fazer com eles, com os amigos que os visitavam, fotografar o que faziam nela, dentro dela, mas que davam prazer a ele, como se fosse com ele, como se estivessem dentro dele.

Ela estava quase correndo. Ambos arfavam.

— Eu tenho uma dessas fotografias, madame Wizoreck.

— Não quero saber!

— O que a foto mostra é ignóbil.

— Não quero saber!

— Por quê? A senhora está com medo?

— Eu não tenho nada com isso. Nada!

— Medo de quê? Medo de quem?

— O senhor é um velho maluco! — exclamou, começando a correr.

Não estava disposto a deixar escapar aquela oportunidade. Correu, também. De fôlego curto, falava em golfadas.

— Tem medo. Porque esses encontros passaram a acontecer no seu hotel. Não foi? Com vários homens. Com muitos homens. Juntos. Não foi? E depois com objetos. O dentista assistia. E fotografava. A menina que ele tirou do orfanato. Nesse suposto ato de caridade. De que a senhora falou. A menina. Foi transformada nisso. Nesse brinquedo. De todos. Onde todos os buracos tinham de ser. Penetrados. Por carne. Por borracha. Por garrafas! Quem assistia? Quem participava? Quem eram os outros? Por que precisaram matá-la? Por quê? Para quê? Por que a mataram? Por que precisaram matá-la? Por quê? Por quê?

Hanna atravessou a rua correndo e assim continuou na calçada oposta, as carnes sacudindo na roupa de luto.

Ubiratan não conseguia mais correr. Respirando com dificuldade, suando, apoiou-se na grade do cemitério, tonto de cansaço e de raiva.

• • •

Geraldo Bastos entrou irritado no escritório envidraçado onde Ubiratan o esperava de pé, com a mão estendida em um cumprimento que ignorou. Ainda carregava a prancheta onde anotava observações sobre o desempenho de seus novos teares belgas, antes de ser interrompido pelo aviso da visita impertinente.

Ubiratan recolheu a mão, sem constrangimento.

— Posso sentar-me?

O industrial fez um gesto vago, apontando sem cordialidade a cadeira em frente à sua mesa de trabalho.

— Estive caminhando a manhã toda — disse Ubiratan, ainda de pé. — Fui ao cemitério, assisti ao enterro do viúvo de dona Anita, depois passeei com esta madame Wizoreck, com esta senhora polaca dona do hotel. O senhor a conhece, não conhece?

Não houve resposta. Ubiratan alongou a pausa, ainda aguardando uma reação de Bastos. Sentou-se.

— Antes de vir à sua fábrica passei na casa do bispo. Com quem, infelizmente, não pude falar. Fui recebido por seu secretário e chofer. Um rapaz jovem, bem apessoado. O senhor o conhece?

Geraldo Bastos fechou a porta. O ruído ritmado dos teares desapareceu. O escritório, acusticamente vedado, construído no mezanino há menos de dois anos, tornou-se uma silenciosa gaiola de vidro debruçada sobre o extenso interior da Fábrica de Tecidos União & Progresso.

— Parece que o bispo está com a agenda cheia. Não podia me receber hoje, nem amanhã, nem na próxima semana. Nem mesmo no próximo mês. Assim me foi dito por este rapaz, este jovem... Como se chama mesmo o jovem amigo do bispo desta cidade?

O diretor da fábrica olhava para ele, sem nada dizer. Ubiratan levou a mão ao bolsinho do paletó, devagar, retirando a caixa de fósforos, dali um cigarro amassado, que colocou entre os dedos. Aguardou. Bastos não se moveu.

— Tem fogo?

— Não fumo.

Ubiratan apontou o cigarro:

— Incomoda se eu fumar?

Bastos colocou a prancheta sobre a mesa e enfiou as mãos nos bolsos do guarda-pó engomado. Ubiratan acendeu o cigarro.

Sem dizer uma palavra, Bastos foi até um ventilador de pé, virou-o na direção de Ubiratan e o ligou. Andou até o outro canto da sala, onde fez o mesmo com um segundo ventilador idêntico.

A ventania ruidosa chegou ao fumante, que puxou a gola do paletó, protegendo a nuca. Sentiu-se levemente ridículo.

Geraldo Bastos voltou para junto da mesa, pegou de volta a prancheta e a colocou sob o braço.

— O senhor sabe que não tenho tempo a perder, que sou um homem muito ocupado.

— Sem dúvida. Apenas achei que devia procurá-lo porque...

— Preciso acompanhar o desempenho do maquinário novo que importei. São teares caríssimos, pagos em dólares. Não posso deixar essa responsabilidade nas mãos de qualquer um. Nem quero. Portanto...

— Como não foi possível me reunir com o bispo, acreditei que...

— O que o senhor andou fazendo durante o dia não tem o menor interesse para mim. Como dom Tadeu conduz sua vida particular não me diz respeito. Interrompi meu trabalho porque me foi dito que o advogado da família de dona Anita queria... — corrigiu-se — ...Precisava falar comigo. Sobre umas fotografias.

— Justamente.

— O senhor não é advogado da família de dona Anita. O senhor é um cozinheiro aposentado. Trabalhava em um colégio no Recife. Tem ficha como agitador comunista.

— Quero falar sobre fotografias, justamente. Acabo de deixar uma para o bispo. Um contato fotográfico com várias imagens. Para recordar-lhe os alegres tempos do seminário, onde ele e o dentista se conheceram e se tornaram amigos íntimos. Tiveram ali uma amizade muito profunda e intensa. Foram companheiros muito próximos, muito dedicados um ao outro.

— Isso não me interessa.

— Mas a fotografia, sim. As fotografias. São várias imagens neste contato fotográfico. Existem muitas outras. Um baú inteiro de fotos e negativos. Acredito que lhe interessem. O contato que deixei para o bispo, ainda que seja de fotos batidas recentemente, e incluam membros novos deste círculo, demonstra, justamente, a continuidade desta intensa...

— Estamos perdendo tempo — cortou Bastos.

— Talvez, não. O senhor sabe de que fotografias estou falando?

— Acho que sei.

— As que o dentista gostava de fazer. Da mulher dele com...

— Eu sei que fotografias são estas.

— O que o senhor talvez não saiba é que elas foram retiradas da casa do dentista pela polícia e sumiram.

— Não, elas não sumiram.

— Eu mesmo vi quando o jipe...

— Estão comigo.

A segurança de Ubiratan desapareceu.

— Os negativos também — Bastos acrescentou.

— Mas, então...

— Está tudo comigo.

Sem saber como avançar, Ubiratan tentou ganhar tempo. Tirou o cigarro dos lábios, correu os olhos pelo escritório em busca de um cinzeiro onde apagá-lo. Percebendo que não havia nenhum, acabou por fazê-lo na sola do sapato. Um pouco de cinza caiu no assoalho e se espalhou pelo escritório, carregado pelo sopro dos ventiladores.

— Essas fotos... — iniciou, sem saber como continuar. — Elas...

Geraldo Bastos caminhou até a porta e a abriu.

— É só isso que o senhor tinha a me dizer?

Apoiando uma das mãos no vidro que cobria a superfície da mesa, confuso, levantou-se, obedecendo involuntariamente ao sinal de saída.

— Não imaginava que o senhor também participasse dessas...

A lembrança da foto enlameada atravessou sua memória. Como hienas devorando a presa inerte. Vários animais. Enfiados em um ventre aberto.

— É só isso? — insistiu Bastos.

Sentiu uma leva tonteira. Outra vez mais a sensação de náusea subiu do estômago, causando-lhe um arrepio.

— Não imaginei que o senhor estivesse nessas fotos.

— Não estou.

— Então por que...?

— Não sou exibicionista e não gosto de ser fotografado.

— Mas, no entanto... — disse, aprumando-se com alguma dificuldade. — No entanto...

— Como o senhor mesmo disse, alguns... Conhecidos meus... Talvez levados pelo despudor e pelas habilidades eróticas de dona Anita permitiram que o doutor Andrade registrasse em fotos seus momentos de lubricidade com a própria esposa. Foram menos cautelosos que eu. Daí que achei melhor guardar estas fotos comigo. Nas mãos de alguém sem escrúpulos poderiam ser nocivas à vida privada e à carreira de pessoas a quem prezo. Nunca poderia permitir isso.

Ubiratan respirou fundo. Procurou sinais de cinismo no rosto de Geraldo Bastos. Não havia nenhum. Tudo o que viu foram os traços harmônicos e impessoais de um homem bem alimentado há muitas gerações. Nenhuma ironia, tampouco. Estava diante de alguém que se acreditava, sincera e honestamente, uma reserva moral.

— O senhor, então, vai destruí-las — concluiu, indo em direção à saída.

— Sim, eu deveria.

Estavam, agora, face a face. Geraldo Bastos sorriu, levemente.

— Mas creio ser melhor guardá-las.

A voz monocórdia não se alterara. Os olhos, porém, Ubiratan reparou, ganharam um brilho que não tinham antes.

— Nosso prefeito é um homem impulsivo, mas tem uma herança valiosa: o sobrenome Marques Torres e a lembrança que evoca da ligação com Getúlio Vargas. Uma parceria responsável por tanto progresso nesta parte do estado. Tantas indústrias. Tantos empregos. Tantos votos para o partido dele. Com o apoio necessário, nas próximas eleições, Adriano Marques Torres será o deputado mais votado da região. Poderá se tornar líder de bancada, chefe de comissões, secretário de indústria. Depois, quem sabe, governador do estado. Ou senador da república, como o pai e o avô. As possibilidades do doutor Marques Torres são ilimitadas. Com a orientação adequada, nosso prefeito ainda poderá ser muito útil ao país.

— O senhor vai usar as fotos do prefeito para mantê-lo sob controle.

— Não tire conclusões precipitadas. Não vou usar nada. Não será necessário. A nova indústria e a nova política estarão cada vez mais unidas, neste novo Brasil. Vamos estabelecer ligações cada mais profícuas e duradouras. Que não poderão ser solapadas por algumas dezenas ou centenas de fotos de má qualidade.

— Mas muito nítidas.

— Sim. Realmente muito nítidas. Seria uma pena acabar com elas. Boa parte da história desta cidade, nos últimos oito anos, está registrada ali. Da próxima vez que o senhor se atrever a invadir meu local de trabalho, mandarei pô-lo para fora a pontapés.

Ubiratan saiu da sala. Não tinha dado dois passos quando se voltou e encarou o dono da fábrica de tecidos. O leve sorriso não abandonara seus lábios finos.

Atrás dele, soprados pelos ventiladores, papéis circunvoavam desordenados dentro da gaiola de vidro.

— O senhor conhece a foto de Josef Stalin com a filha no colo?

— Não.

— Stalin está segurando a menina, o rosto dele próximo ao rosto dela, como se fosse beijá-la. Svetlana Alliluyeva sorri, abraçada ao pescoço dele. Ele também sorri. É uma foto feliz, um momento doméstico de um pai amoroso. Foi tirada na mesma época em que

Stalin comandava um dos mais obscenos extermínios em massa que a humanidade conheceu.

Virou-se novamente e partiu.

· · ·

— Até que enfim vou tirar dez em Ciências! — exultava Paulo, ao fim das aulas daquela quarta-feira, caminhando para o muro onde deixavam encostadas as bicicletas.

— Não vai, não — Eduardo avisou.

— Como é que não? Foi você mesmo que respondeu às perguntas para mim.

— Respondi algumas erradas.

— Erradas?

— De propósito.

— Mas por quê? Você não é meu amigo?

— Por isso mesmo.

— Não entendi.

— Quem cola não pode ter nota dez, Paulo. Chama a atenção. Trapaça, para parecer verdadeira, tem que ter erros.

Paulo não teve tempo de contestar, surpreso ao ver o homem de cabelos brancos que os aguardava.

— Precisamos fazer uma vistoria imediatamente — Ubiratan disse, pegando a bicicleta de Paulo. — Venham comigo!

— Aonde? Vistoria de quê? — Eduardo quis saber.

— Qual de vocês consegue me levar na garupa?

— Levar aonde, Ubiratan?

— Essa é a sua bicicleta atropelada?

— Não. Essa é a do Paulo.

— Dá para andar nela?

— Eu vim nela da minha casa até aqui, mas está meio cambeta. Não sei se aguenta levar duas pessoas.

— Você quer ir aonde? Para quê?

Ubiratan continuou se dirigindo a Paulo.

— Acha que nessas condições ela consegue ir longe?

— Depende. Longe, quanto?

— Aonde? Aonde?

Ele voltou-se para Eduardo.

— Sua bicicleta está inteira. Você me leva. Vamos!

— Para onde? Agora está na hora do almoço e minha mãe...

— Pensando bem, é melhor que eu pedale e você vá na garupa.

— Você sabe andar de bicicleta?

— Suba! — comandou, montando e apoiando-se no pé esquerdo, ágil e com uma familiaridade que surpreendeu os meninos. Mas Eduardo relutava, por outras razões.

— Minha mãe vai ficar preocupada se eu...

— Vamos. Suba!

— Mas...

— Vamos, Eduardo! Estamos perdendo tempo!

— Você descobriu alguma coisa! — Paulo exclamou, sorrindo.

— Ainda não. Não tenho certeza. É só um palpite. Vamos, Eduardo!

Após mais uma hesitação, Eduardo colocou a pasta escolar no porta-bagagem e montou na garupa.

— Como vou explicar isso para minha mãe? — resmungou, baixinho.

• • •

Não havia brilho na água barrenta. Às margens e por toda a volta, apenas terreno cinza, calcinado e nu. Deu alguns passos à frente, afastando-se do bambuzal. O cheiro de queimado subia do chão, mais forte a cada pisada. Mosquitos zuniam junto a seu rosto. Aquele era o paraíso de que eles tanto falavam, pensou, tristemente. Um lago banal, no meio de um descampado sem beleza. O cenário indiferente do fim de uma menina órfã que nunca foi dona do próprio destino.

Um pio distante, o grito rouco de algum anum, cortou o silêncio. Ubiratan percebeu que Eduardo o olhava intensamente.

— Onde foi? — perguntou ao menino.

— Mais ou menos ali — Eduardo apontou. — Mais para o lado das mangueiras. Por ali é que encontramos o corpo.

Paulo puxou-o pela manga do paletó.

— Vem que eu te mostro.

Seguiram na direção indicada, Paulo à frente, Eduardo ainda remoendo a irritação de ter sido afastado da rotina que tanto apreciava.

— Por que viemos aqui? Tudo foi queimado. Estou com fome. Minha mãe vai ficar muito aborrecida. Preparou o almoço para mim e eu fiquei na rua. Olhem como tudo está destruído. O que se pode encontrar por aqui? Duvido que encontremos alguma coisa por aqui.

— Quem falou em encontrar alguma coisa?

— Ih, Ubiratan — Paulo interferiu. — Lá vem você de novo com essa mania de responder perguntas fazendo outras perguntas!

— Por que você quis vir aqui? Que pista você está procurando?

— Só saberei se encontrar.

— Então você não sabe o que está procurando?

— É a faca que a gente deve procurar, Ubiratan?

— Du-vi-do — Eduardo disse, escandindo cada vogal. — Só se o assassino foi muito burro de ter deixado a arma do crime justamente onde a polícia iria procurar. E de mais a mais, com essa queimada que fizeram aqui, está na cara que não sobrou nada para servir de pista.

Paulo discordava totalmente.

— Pois eu acho que ele pode ter deixado cair, sim. Quando fugiu da gente. Quando viu que a gente estava perto.

— Mas nós nem estávamos no lago, Paulo! O crime foi uma hora ou duas, sei lá, antes de chegarmos aqui. Nós ainda devíamos estar na sala de aula, vendo a revista, quando ela foi assassinada.

— Quem garante?

— O sangue não estava meio coagulado?

— Mais ou menos.

— Então? É sinal de que...

Ubiratan parou de repente. Eduardo quase bateu com a cabeça nas costas dele.

— É mais na frente — Paulo disse, puxando-o de novo. — Foi mais para os lados de lá que...

Ubiratan olhava para uma abertura, oculta entre as mangueiras, por trás de arbustos, revelada no ângulo em que se encontravam.

— O que é aquilo?

— É o outro caminho para chegar aqui.

— A entrada fica depois da que a gente usou — acrescentou Eduardo. — Mas o caminho para chegar até ali é todo esburacado.

— Só mesmo para quem quer chegar até aqui de carro — completou Paulo.

— Quer dizer que é possível chegar aqui de automóvel?

— Poder, pode — concordou Eduardo. — Mas é preferível vir por onde viemos.

— É mais rápido deixar o carro perto da estrada e atravessar o bambuzal. É assim que todo mundo que tem carro faz no verão.

— Exceto quem prefere não ser visto — Ubiratan conjeturou, em voz alta.

— Quem? — Paulo perguntou.

— Essa é a pista que você estava procurando?

— A pessoa que trouxe Anita?

— Aparecida. Não, um carro escondido não é uma pista. Mas indica que ela e ele chegaram aqui de maneira discreta.

— Ele, quem?

— Vieram aqui para namorar?

— Não sei, Eduardo. Me mostrem onde encontraram o corpo.

Paulo correu até onde, sete dias antes, tropeçara no cadáver de uma mulher loura, encharcada de sangue, então ainda sem nome, antes de incorporar-se em Anita de Andrade Gomes e, depois, em Aparecida dos Santos.

— Aqui! Bem aqui!

Ubiratan não saiu de onde estava. Dali calculou a distância entre a abertura no mangueiral e o ponto onde os dois meninos se encontravam, observando-o com atenção.

— Havia sangue em volta dela?

— Ah, muito! — falou Eduardo.

— A roupa dela, o capim em volta, na lama, tudo por aqui, ó, aqui estava tudo empapado de sangue!

Como imaginara. Aparecida não fora morta em outro local e jogada ali.

— Logo por aqui, pertinho — Eduardo apontava —, tinha um dos sapatos vermelhos dela, com o salto quebrado.

— Não lembro disso.

— Eu me lembro bem — Eduardo deu três passos e marcou o lugar. — Aqui mesmo.

Ubiratan foi até ele.

— Tem certeza?

— Tenho.

— E o corpo estava caído ali onde está Paulo?

— Ali.

— É uma boa distância. Um pé estava descalço?

— Sim. E o sapato, com o salto quebrado, estava aqui. Um salto bem alto, bem mais alto do que dos sapatos da minha mãe. Alto e fino. No meio da lama, enfiado no barro. Porque tinha chovido um bocado durante a noite. Se lembra, Paulo?

— Lembro da chuva. E lembro do pé descalço.

Ela deve ter tropeçado, pensou Ubiratan. O salto quebrou-se e ela caiu. Mas por que viria até aqui, em meio à lama, se estava num encontro amoroso dentro do automóvel? E vestida. Que tipo de encontro teria sido aquele?

— A blusa dela estava rebentada.

Paulo falava com ele. Devia estar pensando em voz alta, sem perceber.

— E o sutiã cortado no meio — Eduardo acrescentou.

— E o peito... Você sabe.

— Sei — concordou, abaixando-se e examinando o terreno em volta.

— Ela pode ter tropeçado porque estava correndo. Fugindo do homem com quem viera até o mangueiral.

Mas fugindo de quê? Se veio até aqui foi porque confiava nele. Conhecia-o bem. Preferiu encontrá-lo aqui em vez de estar com ele nas reuniões que o marido promovia com outros homens. Era alguém especial para ela? Um amante secreto para a mulher que todos acreditavam pública? O que se passou entre os dois? Uma crise de ciúmes?

— Será que ele começou a esfaquear Aparecida dentro do carro? — Eduardo conjeturou.

Absorto no exame que fazia entre as touceiras queimadas, Ubiratan não respondeu. Eduardo e Paulo se entreolharam. Calaram-se, por alguns instantes.

— Por que ele não usou um revólver? — Paulo perguntou, intrigado.

— Faca é mais silencioso — argumentou Eduardo.

— E quem ia ouvir? Nunca tem ninguém aqui nessa época do ano. E a gente ainda não tinha chegado. Só tinha ele e ela.

— A não ser que... — Uma possibilidade surgiu na mente de Eduardo.

— A não ser que o quê?

— Ah, bobagem, esquece. Eu tinha pensado que ele usou uma faca porque não tinha revólver. Mas todo homem aqui tem revólver. Até meu pai tem um. Fica na mesma gaveta onde guarda as camisas de vênus, lembra que eu te contei? Trancada. Mas eu descobri onde ele esconde a chave, abri e vi. É um Colt preto, de...

Ubiratan levantou-se, num salto.

— É isso! — exclamou. — É isso! É isso!

— Isso o quê?

— O que você encontrou, Ubiratan?

— Você encontrou! Vocês encontraram!

— Nós...

— Encontramos o quê?

— A pista! Vocês acharam a pista!

— Nós não achamos nada.

— Acharam! Essa é a pista: todos os homens desta cidade possuem armas de fogo! Está claro como o dia!

— Mas Aparecida foi morta a facadas! — lembrou Eduardo.

— Justamente.

— Justamente, como? — Paulo quis saber.

Ubiratan virou-se e começou a caminhar apressado em direção ao bambuzal por onde tinham vindo.

— Vamos voltar imediatamente para a cidade!

Eduardo ficou atônito. Paulo não se moveu.

— Não saio daqui enquanto você não me responder: justamente, como?

— Aonde você vai, Ubiratan? Que pressa é essa, de repente?

O velho manteve os passos apressados, determinado. Eduardo correu para alcançá-lo.

— Que pista nós encontramos? De que pista está falando?

Sem alternativa, Paulo foi atrás deles.

— Espera aí, Ubiratan! Por que essa correria?

— Você não disse que todo homem nesta cidade tem um revólver? — respondeu, sem parar nem olhar para trás.

— Foi o Eduardo que disse.

— Falei. Contei que até o meu pai...

— Aparecida foi morta a facadas.

— Foi.

— Mais de quinze — lembrou Paulo.

— Dezessete — disse Ubiratan. — Se foi morta a facadas, e todo homem daqui tem alguma arma de fogo, qual a conclusão que se pode tirar disso?

— Ela foi assassinada por uma mulher? — a voz de Paulo subiu a um tom agudo.

— Uma mulher? — duvidou Eduardo.

— Este foi um crime cheio de ódio, prenhe de uma ira quase bíblica. Um homem que a odiasse tanto teria descarregado o revólver no rosto dela. Ou a teria estrangulado, se fosse um crime de paixão. Em vez disso... As facadas foram desferidas por uma mulher que a invejava, que tinha ciúmes de sua beleza, de sua juventude. E a maior prova disso foi o troféu, como vocês chamaram, o troféu que a outra mulher cortou fora do corpo de Aparecida. A mutilação. O seio decepado. Não os dois seios. Um, apenas. Uma selvagem prova de vitória de uma mulher sobre outra.

Chegaram junto às bicicletas.

Mesmo sem compreender inteiramente a extensão do que Ubiratan lhes dizia, Eduardo e Paulo viram suas mentes inundadas por possibilidades até então inimagináveis. Uma mulher, aquele ser quase abstrato, formado pelas imagens de suas mães, estátuas da Virgem Maria, sorrisos prometedores de atrizes de cinema e traços imprecisos de desenhos de revistas eróticas, era capaz de cometer crimes tão hediondos quanto os que os homens praticavam.

11.
Um cadáver sem importância

A promessa de vingança, troada pelo barítono na vitrola, ressoou pelas paredes forradas de tecido carmim.

Ah, Tosca, pagherai
Ben cara la tua vita!

 A matrona loura ergueu-se do sofá. Chorava. A sala do bordel na cidade escondida entre montanhas para onde viera vinte e seis anos antes, trazida pelo então deputado Diógenes Marques Torres, se transformara. Era Roma, logo após a derrota de Napoleão, e ela, mais uma vez, Floria Tosca, dilacerada pela morte do homem que amava. Fora detida após esfaquear o chefe de polícia que tentara violentá-la e enviara seu amado ao pelotão de fuzilamento. Um asseclа do barão Scarpia anuncia que ela pagará com a vida pelo assassinato. Tosca o empurra. Hanna o empurra. Livra-se dele. Mas é cercada no topo do castelo Sant'Angelo. As saídas estão bloqueadas. Não tem como escapar. Decide que não dará àqueles pérfidos a última vitória. Aproxima-se do beiral. Se vai perder a vida, será por um ato de sua própria vontade.

Colla mia!

 Antes de saltar para a morte lança uma derradeira maldição ao aristocrata que tantas vilezas cometera: Scarpia, diante de Deus serás julgado!

O Scarpia, avanti a Dio!

Hanna Wizoreck ergueu a cabeça lentamente, cerrando os olhos e levando ao peito arfante a mão direita fechada em punho, enquanto vozes masculinas dos prosélitos e soldados de Scarpia completavam o desfecho trágico da heroína de Puccini.

Então ouviu um barulho atrás de si. Virou-se.

Em meio às lágrimas que rolavam por suas bochechas pesadamente maquiadas, percebeu um vulto mais baixo que ela e dois outros menores, dentro do salão escarlate. Surpresa com a invasão do reduto onde ninguém tinha permissão para entrar quando ouvia ópera, limpou os olhos rapidamente, enquanto lhe pareceu ouvir de uma voz rascante uma frase em português que lhe soou como Essa Sim Com Tosca ou Assassina Como A Tosca. Reconheceu imediatamente o homem magro, de cabelos brancos.

— Ah!... O maluco do cemitério.

Dois garotos vestidos em uniformes escolares ladeavam o velho. O menino mais baixo, moreno como um caboclo, com orelhas de abano e corpo triangular, era troncudo como um adulto em miniatura. O outro, comprido, trazia nos olhos a melancolia que costumava associar aos poetas tísicos que se apaixonaram por ela na juventude.

— Quem são essas crianças?

Um chiado lembrou-a de que a agulha chegara ao fim do disco. Foi até a radiovitrola, levantou o braço do toca-discos e colocou-o no repouso. Desligou o aparelho. O velho se aproximou, pegou o disco e agitou-o diante dela.

— Quando esfaqueou Scarpia, a Tosca defendia sua honra e seu amor por Mario Cavaradossi. Nenhum desses atenuantes se aplica à senhora, madame Wizoreck.

— Cuidado, *vieux dingue*! — alertou, na língua em que tinha aprendido palavras suficientes para se passar por francesa aos crédulos clientes de antigamente e impressionar os capiaus que frequentavam seu hotel. — Esta é uma gravação preciosa, que não existe no Brasil! *Il m'a pris plus d'un an pour l'obtenir!* Levei um ano e meio para conseguir que alguém a trouxesse para mim!

Com displicência, Ubiratan jogou o disco sobre a pilha espalhada na mesa, junto ao antiquado aparelho de som.

— Nós estivemos no lago.

Hanna verificou que não houvera dano ao disco, colocou-o dentro da capa, junto aos outros três que formavam o álbum, e o fechou.

— Não foi difícil deduzir o que aconteceu lá.

Viu que o trio deixara uma trilha de lama, da janela por onde entraram até o tapete perto dela. Tinham as calças salpicadas de barro. A roupa do garoto caboclo parecia mastigada.

— Aqui não é lugar de criança — disse, imperativa, apontando para o menino mais sujo.

— Mas aqui a senhora já teve meninas da idade deles! — o velho respondeu.

— Olha a imundície que fizeram nos meus tapetes! — observou, colocando as mãos nos quadris. — O senhor ponha-se daqui para fora. E leve esses meninos. Não tem direito de invadir meu *salon*. Quero ouvir minha música em paz.

— Adolf Hitler também gostava de ópera.

— Bobagem. *Il aimait Wagner, il n'aimait pas la vraie opéra*. Saia! E tire esses garotos daqui!

Ao perceber que não a obedeciam, ameaçou:

— O senhor vai sair ou vou ter que mandar que o expulsem?

— Vamos sair daqui direto para a cadeia, madame Wizoreck.

— Isso mesmo, *vieux dingue*! É para lá que eu vou mandar o senhor.

— Sairemos juntos. Mas antes confesse seu crime.

Ela se dirigiu à porta.

— Humberto! Humberto, vem aqui!

Paulo e Eduardo atravessaram à frente dela, barrando sua passagem.

— Mas o que é isso? Estão loucos? Humberto! — gritou. — Humberto, não está me ouvindo? — Em seguida, voltando-se para Ubiratan: — Mande esses garotos saírem da minha frente.

Ubiratan ignorou a ordem dita no sotaque cheio de erres duplos.

— Aparecida foi assassinada por uma mulher. Uma mulher que só poderia cometer o crime se fosse tão alta, tão grande e tão forte quanto ela.

— Humberto! Humberto vem aqui!

— Uma mulher que ela conhecia bem. E que a chamou alegando alguma conversa importante, que deveria ocorrer longe dos olhos de outros. Fora da cidade.

— Humberto! Estou chamando!

— Uma mulher que ela não temia.

— Humberto! Humberto! — apelou mais alto, tentando sair do salão.

Paulo encostou-se na porta. Eduardo trancou-a, tirou a chave da fechadura e guardou-a no bolso.

— O que os seus meninos estão fazendo?

— Aparecida foi assassinada por uma mulher em quem confiava.

— Tira esses garotos da minha frente! Manda eles abrirem essa porta!

— A senhora tapeou Aparecida. Iludiu Aparecida. Traiu Aparecida.

— Humberto!

— Vocês se encontraram em algum lugar onde ninguém as viu, depois a senhora levou Aparecida até perto do lago. Estacionou dentro do mangueiral, onde o carro não podia ser visto. Aparecida não desconfiava de suas intenções assassinas. Até que a senhora...

A porta se abriu com um estrondo, jogando longe os dois meninos. Eduardo caiu ao lado da poltrona de espaldar alto. Paulo rolou até os pés de Ubiratan, esbarrando e sacudindo a mesa onde estavam a vitrola e os discos.

— Humberto! — Hanna suspirou, aliviada com a entrada do leão de chácara. — Tira essa gente daqui!

O homenzarrão foi direto a Ubiratan.

— A senhora sabia de tudo! — gritou, enquanto era pego pela cintura e erguido com facilidade.

— Jogue esse velho maluco no olho da rua.

Carregado como um fardo leve, Ubiratan se debatia.

— A senhora sabia das humilhações a que eles submetiam Aparecida! Sabia e permitiu! Permitiu as bacanais, permitiu as fotografias, permitiu as múltiplas penetrações!

— Solta ele! — Paulo bradou, sem que ninguém prestasse atenção.

— Aliou-se a eles! Traiu Aparecida! — Ubiratan urrava, sacudindo pernas e braços. — Permitiu que Aparecida fosse usada como uma cloaca! Logo a senhora, logo você, que sofreu as mesmas degradações impostas a ela! Que foi humilhada e penetrada como ela! Por quem quisesse! Por quem pagasse!

— Tira ele logo daqui, Humberto!

— Por que você matou Aparecida? Foram eles que mandaram?

Paulo tentava fazer-se ouvir em meio à gritaria. Segurava um disco na mão.

— Solta ele. Larga o Ubiratan!

— Eles queriam se livrar de Aparecida? Por quê? O que ela fez? O que ela sabia? Sabia demais? Ou você a matou por inveja?

O segurança do prostíbulo estava com dificuldade para caminhar com sua carga agitada, que agora se agarrava ao encosto do canapé. O móvel ia sendo arrastado junto. Parou detido por um dos tapetes.

— Mesmo que a ordem para matar tenha partido deles, você a esfaqueou por inveja! Inveja da juventude dela! Da beleza dela! Foi por inveja que você matou Aparecida e o seio cortado é o maior indício! Você a mutilou por ódio, inveja, ciúme!

— Solta o Ubiratan ou eu quebro!

— Vamos, Humberto! Bota ele para fora daqui!

— Aparecida era jovem, ainda podia ter esperanças! Você está velha! Você encerrou sua vida neste bordel e esta cidade é seu túmulo! Aparecida ia embora? Fora daqui poderia revelar segredos que destruiriam carreiras? Foi isso que decretou sua morte?

— Solta o Ubiratan! Solta ele se não eu quebro o disco!

Por cima do berreiro, Paulo finalmente conseguira se fazer ouvir: Hanna se virara e o olhava, horrorizada. Partiu na direção dele, a tentar alcançar o disco que o garoto brandia. Eduardo correu para ajudar o amigo.

— Para! — ordenou Paulo. — Para aí mesmo!

Hanna estacou.

Eduardo pegou o álbum da *Tosca*.

— Vou quebrar estes aqui se a senhora avançar!

A cafetina virou-se para o leão de chácara, sem saber o que lhe ordenar. Ele sacudiu Ubiratan, forçando-o a largar o móvel onde se segurava.

— Ninguém se mexe! — Eduardo comandou.

A cafetina deu um passo na direção dos meninos, estendendo os braços.

— Vamos quebrar todos eles! — Paulo decidiu, preparando-se para lançar o disco ao chão.

— Não! — Hanna gemeu, estupefata, detendo-se. — Não faça isso com meus discos! Não façam isso!

— Então manda soltar ele.

Hanna Wizoreck titubeou. Reconheceu: aqueles moleques não faziam ideia da preciosidade que tinham nas mãos. Se fizessem, o capiau mameluco e o magricela descorado jamais usariam a *Tosca*, particularmente aquela versão da *Tosca*, para ameaçá-la. Era a *Tosca* regida por Victor de Sabata, com a orquestra e o coro do Teatro alla Scala, de Milão. Uma obra-prima que lhe custara uma pequena fortuna, que demandara pedidos, tentativas frustradas, solicitações, cartas a lojas do Rio e de São Paulo, apelos a representantes comerciais, uma sequência frustrante de portadores de encomendas, papelada em inúmeras cópias carbono, infindável burocracia de importação, uma longa e aparentemente interminável espera via correio internacional, além dos dezenove meses de esforços baldados até que lhe chegassem às mãos, naquele fim de mundo, os quatro discos negros que compunham a obra que a consolava naquele exílio sem fim e poderiam virar cacos em um átimo, nas mãos daqueles bárbaros. A primorosa gravação de 1953 feita em Milão, com Giuseppe di Stefano e Tito Gobbi e Maria Callas, da mesma ópera que ouvira, com a mesma Callas, dez anos antes, nesta mesma radiovitrola, transmitida diretamente do Theatro Municipal do Rio de Janeiro, poderia ser destruída. Por um parvo esquálido e esse selvagem macuco escurinho, que agora exigia:

— Quero ele solto agora! Agorinha, mesmo!

Olhou para Humberto, que se acercava da porta. Ubiratan agarrou-se à maçaneta. Continuava urrando.

— Que história você inventou para engabelar Aparecida? Que ia apresentá-la à mesma organização que protegeu você, quando chegou ao Brasil? Os cafetões judeus que fizeram de você uma prostituta de luxo? Ou os comunistas judeus que tentaram salvá-la desse destino?

Interpretando o silêncio de Hanna como negativa às demandas do menino que tinha os discos nas mãos, Humberto deu um puxão em Ubiratan, fazendo com que as mãos dele se soltassem da maçaneta. Saía, levando seu agitado fardo, quando Paulo levou, com violência, o disco em direção à quina da mesa. Hanna o deteve com um grito agudo.

— Não!

Humberto parou. Hanna levou a mão à boca.

— Por favor, menino... Não faça isso.

Só então, ainda pendurado pela cintura, Ubiratan percebeu a situação: rainha encurralada por peão.

Ninguém se mexia.

O impasse durou poucos instantes. Hanna capitulou.

— Pode soltar o velho — acedeu, finalmente.

Humberto depositou Ubiratan no chão.

— Agora manda ele sair — comandou Paulo.

Hanna ficou em dúvida sobre a quem o garoto se referia. Paulo percebeu e esclareceu.

— O grandalhão. Diz para ele sair.

Ela relutou, uma vez mais. Por via das dúvidas, Ubiratan afastou-se do leão de chácara, que continuou parado, aguardando uma ordem de ataque.

— Já! — Paulo exigiu, sacudindo o disco que tinha na mão direita.

Hanna respirou fundo. Com um movimento de cabeça, desta vez entendido, despachou Humberto. Estendeu, então, as mãos para Paulo.

— Me dá a *Tosca*.

Paulo manteve o braço levantado.

— Me dá o disco.

Atento a Ubiratan, que fechava a porta, Paulo não o entregou.

— Tranca a porta, Ubiratan!

— Não precisa — retrucou Hanna. — O disco — apontou. — Me dê.

De má vontade, Paulo lhe estendeu o disco. Hanna, pegando-o pelas bordas, com delicadeza, limpou-o cuidadosamente com a barra do penhoar. Logo o colocou dentro do invólucro de papel. Pegou o álbum das mãos de Eduardo, abriu-o, colocou o disco junto aos outros três, fechou-o.

— Não vai interrogá-la? — Eduardo sugeriu, virando-se para Ubiratan.

— *Comment, ça?* O que disse?

— Vou trancar a porta — apressou-se Eduardo, puxando uma cadeira e encostando-a com o espaldar preso à maçaneta, tal qual vira em tantos filmes.

— Já disse que não precisa! — ela reagiu, irritada, antes de voltar-se para Ubiratan. — O que o senhor quer?

— Esclarecer alguns pontos obscuros, madame Wizoreck.

— *Cette situation est ridicule*. Tudo o que o senhor ficou berrando aí, tudo de que me acusou, é tudo ridículo.

— A senhora matou Aparecida.

— Ah!... — Hanna suspirou, desalentada. — Ele é maluco, mesmo. *Alors!* O senhor é o tal velho que gosta de meninos de que já me avisaram.

— Ofender-me — respondeu Ubiratan, sereno — não vai adiantar nada. O crime que a senhora cometeu poderia ficar encoberto para sempre sob uma capa de passionalismo de um marido traído ou a loucura de algum maníaco anônimo. Mas sua inveja deixou estampada uma assinatura. Uma assinatura selvagem, que só uma mulher poderia fazer em outra: cortar o seio. Extirpar a maior prova de feminilidade.

— Isso mesmo! — aprovou Eduardo. — Nós já sabemos de tudo!

Ela pegou a cigarreira na mesa junto à poltrona de espaldar alto, tirou de lá um cigarro americano sem filtro, colocou-o na piteira de madrepérola. Com o isqueiro dourado na mão, encarou cada um deles.

— Um velho pedófilo e dois meninos quase bonitinhos...

— Só falta a gente encontrar o facão que a senhora usou para matar ela — Paulo avisou.

— Ou o punhal — atalhou Eduardo.

Hanna sentou-se. Deu uma longa tragada, abaixando a cabeça junto ao tórax sem tirar os olhos deles, segurando a piteira com a dramaticidade canastrã das vamps do cinema mudo.

— Um trio de maluquinhos... — disse, soltando a fumaça e sorrindo — ...Brincando de detetives.

Recobrara a confiança. Era de novo a dona do lugar.

— Vocês não têm ideia no que se meteram. Com quem se meteram.

A segurança de Hanna desconcertou Ubiratan.

— A senhora... A senhora matou...

— Matei...?

— A senhora matou Aparecida.

— O nome dela era Anita. Ela deixou de ser Aparecida há muito, muito tempo. Vai ficar de pé? Por que não se senta?

Apontava o canapé em frente a ela, enquanto soltava a fumaça pelas narinas. Ubiratan sentou-se. Paulo e Eduardo foram postar-se às costas dele, como a montar guarda.

— O senhor acha que essa é uma conversa para se ter em frente dessas crianças?

— Aqui não tem criança nenhuma — Paulo protestou.

— Nós estamos ajudando nas investigações.

Ela ignorou-os.

— O senhor não quer fumar? — ofereceu, estendendo a cigarreira. — São importados. *Tabac blond*, da Virginia.

Ubiratan pegou a guimba da caixa de fósforos que retirou do bolsinho do paletó. Hanna esticou-se e acendeu o cotoco de cigarro. Colocou o cinzeiro de cristal próximo a ambos.

— Se vamos falar de Anita, se o senhor deseja que eu revele como era a vida de Anita, não me parece conveniente fazer isso com essas duas crianças no meu *salon*.

— Já disse que aqui não tem criança! — Paulo reafirmou, mais irritado do que da primeira vez.

— Não é melhor o senhor pedir que se retirem?

— Eu não saio daqui! — indignou-se Eduardo.

— De jeito nenhum! — aderiu Paulo.

— O que eu posso lhe contar sobre a vida de Anita, senhor... Como é mesmo o seu nome?

— Ubiratan.

— O que posso lhe contar sobre a vida de Anita, senhor Ubiratan, se é que o senhor se preocupa com a formação desses seus meninos quase bonitos, é muito pouco edificante para duas personalidades em formação. Imagino que o senhor saiba disso. Pelas fotos que eu sei que o senhor viu, pode ter ideia do que será abordado em nossa conversação.

— De que fotos ela está falando? — Paulo se interessou.

— Você nunca nos contou de nenhuma fotografia.

— O que tem nessas fotos que a gente não pode saber?

— O senhor não crê, senhor Ubiratan, que é ainda prematuro iniciar *ces deux enfants* neste tipo de preferências especiais?

— Do que ela está falando, Ubiratan?

— Seja do que for, daqui não saio — Eduardo avisou.

— Nós entramos juntos nesta investigação e juntos chegamos até aqui. Se um fica, todo mundo fica. Se um sai, todos saem.

— O senhor é quem sabe... — disse, antes de mais uma tragada, calando-se e aguardando a decisão dele.

Na quietude que tomou conta do salão, os acordes de um bolero chegavam da parte interna do lupanar.

Boneca cobiçada
Das noites de sereno
Teu corpo não tem dono,
Teus lábios têm veneno.
Se queres que eu sofra...

Ubiratan abaixou a cabeça. Quando a levantou, virou-se para os meninos atrás de si. Sorriu um leve sorriso constrangido que era, ao mesmo tempo, um pedido gentil e uma sugestão irrecusável.

— Ah, Ubiratan! — Eduardo choramingou, decepcionado.

— Essa, não! — Paulo exclamou, batendo as mãos contra o canapé.

— Por favor, Paulo. Por favor, Eduardo. É necessário.

Em silêncio, irritados, a passos lentos, se retiraram. Paulo deu uma última olhada, zangado, antes de bater a porta.

— Bem... — Hanna tragou, para logo em seguida soprar a fumaça.
— Vamos continuar a brincadeira. O detetive e a assassina.

— Um assassinato não é uma brincadeira.

— Não, não é. Dependendo de quem morra. Anita, coitada, não passa de um cadáver sem importância.

Apagou o cigarro, tirou-o da piteira, jogou-o no cinzeiro. Encostou-se no fundo da poltrona. Cruzou as pernas de tornozelos grossos, metidas em meias de náilon escuras que ocultavam as inúmeras varizes.

— *Qu'est-ce que vous voulez de moi?*

— A senhora não sente remorso pelo que fez a Aparecida?

— *Monsieur*, o que aconteceu com Anita em oito anos, eu atravessei em pouco mais de três meses. Da noite em que fugi de meu vilarejo na Polônia, à tarde em que embarquei para o Brasil no porto de Marselha, conheci mais homens do que a maioria das mulheres conhece numa vida inteira. Eslovacos, lituanos, polacos, húngaros, alemães, turcos, australianos, congoleses, tunisianos, gregos, franceses, canadenses, americanos, ingleses, irlandeses, russos, marroquinos, espanhóis, senegaleses, italianos, iugoslavos, etíopes, egípcios, transjordanianos e até mesmo um oriental cuja nacionalidade não fui capaz de perceber. Eu queria comer e queria um passaporte para a América. Qualquer das Américas. Por isso não importava o que eu fizesse com meu corpo. O que fizessem com ele. Eu tinha certeza que, ao chegar à América, estaria limpa de novo e voltaria a ser a mesma menina que tinha sido em Jedwabne.

— Em Jeb...?
— Jedwabne. Meu vilarejo.

Pegou um novo cigarro, colocou-o na piteira, acendeu-o em outra longa tragada.

— A senhora encontrou compaixão e apoio quando chegou ao Brasil. Aparecida viveu cercada pela indiferença.

— Quando desembarquei no cais do Rio de Janeiro, essa associação protetora de que o senhor falou me levou direto a uma casa de mulheres, em uma rua atrás da praça Onze. A praça não existe mais. Foi demolida. A casa, também. Lá havia outras moças como eu. Europeias, também. Fugidas da fome da guerra, também. Puro melodrama, *monsieur*. Mas por que estou lhe contando essa xaropada toda?

— A senhora ia me contar por que matou Anita.

Ela deu uma gargalhada alta, teatral, falsa, longa.

— *Vous-êtes vraiment fou*. Imagine, *quelle folie*, pensar que Anita ia fugir para algum lugar longe daqui, ia tentar uma vida diferente em outro lugar. Quanta ingenuidade. Como o senhor é tolo. Anita recomeçar do zero. E ainda levando com ela segredos que não poderiam ser revelados. Que comédia. O senhor acha, realmente, que faz alguma diferença para mulheres como Anita e eu viver em outro lugar?

— Ela era jovem. Poderia recomeçar.
— Recomeçar o quê?
— Tudo. A vida. Uma vida nova.
— Vida nova? Com que habilidades? Lavar, passar, bordar, costurar e abrir as pernas?
— Tudo é possível quando se tem vinte e quatro anos.
— Só mesmo um velho pode acreditar nisso. Eu lhe asseguro que não havia mais recomeço possível para Anita aos vinte e quatro anos. Como

não havia para mim, quando embarquei em Marselha, aos dezessete. Eu, apenas, não sabia.

Calou-se. Apagou o cigarro.

— Por que a matou, então?

— Não seja ridículo. É claro que não a matei. Por que a mataria?

— Inveja.

— Inveja de quê? Da angústia de fingir ser de outra cor? De ter sido doada a um velho efeminado? Inveja de ser proibida de falar com os vizinhos, de me encontrar com parentes, de sair de casa sozinha? Inveja de ser a fêmea dos homens que meu marido gostaria de ter, mas que seu sentimento de pecado impedia?

— Inveja de... de... — Ubiratan não sabia como completar.

— Inveja de ter minha vagina, minha boca, minhas coxas, meu ânus servidos regularmente aos antigos colegas de seminário do meu marido? De ser fotografada com objetos enfiados em meus orifícios? De ser mijada em cima, cagada em cima, esporrada em cima, amarrada, amordaçada? Inveja disso? Inveja de ver meu marido se masturbando enquanto dois homens, às vezes quatro, cinco, seis homens me penetravam alternadamente? Inclusive o próprio irmão?

Ubiratan empalideceu. Hanna Wizoreck surpreendeu-se com a reação dele.

— O senhor sabia que Anita e o prefeito eram irmãos, não sabia?

— Eu... — balbuciou. — Eu desconfiava que pudesse haver algum parentesco entre eles. Mas...

— Meios-irmãos, na verdade. Filhos do mesmo pai.

— O senador...

— Diógenes. O senador Diógenes emprenhou uma copeira da casa-grande da fazenda. Não sei como se chamava.

— Madalena...

— Ele gostava de meninas. De ser o primeiro homem das meninas da fazenda. *Le droit du seigneur*, compreende?

— Madalena foi violentada pelo velho.

— Não era um velho, naquela época. Nem violento. Bruto, sim. Mas não batia, não maltratava. Tinha um grande apetite pelas mulheres, como se dizia nos tempos em que o conheci. Foi logo depois que cheguei ao Brasil. Um homem muito atraente. Tinha lábios grossos, como um índio. Grandes olhos verdes. Costas largas. Pesado. Um pouco brutal, sim. Mas extremamente viril. Um animal incontrolável. Principalmente com as jovenzinhas. O senhor está sem cor. Se sente mal?

— Já vai passar.

— Quer um cigarro?

— Não, não. Não, obrigado.

— Quando Adriano retirou Anita do orfanato...

— Adriano?

— O prefeito. Adriano Marques Torres. Quando Adriano tirou Anita do orfanato e a entregou ao doutor Andrade, ao dentista, pensou que ela fosse apenas mais uma cria da fazenda. Como outras que foram mandadas para aquele orfanato. Não sabia que Anita era sua sobrinha.

— A senhora tinha dito que era irmã dele.

— Diógenes, o senador Diógenes... O senhor sabe o que o senador fez por esta cidade? Sabe que foi ele, ou a família dele, que criou o orfanato, o posto de saúde, a...

— Sei — disse, interrompendo-a. — Nesta cidade não há como ignorar o poder da família Marques Torres. Mas agora há pouco a senhora me contou que Aparecida e o prefeito eram irmãos.

— Meios-irmãos. Anita era filha de uma cabocla.

— Elza. Que a teve aos doze anos, isso eu sei.

— Essa cabocla, essa Elza, era filha do senador Marques Torres com a copeira que trabalhava na casa-grande.

— Madalena.

— Os nomes eu não sei. Mas essa era a ligação de sangue entre Anita e o prefeito.

— Então Aparecida era sobrinha, não irmã do prefeito.

— O senador tinha cinquenta e oito anos quando se encantou com uma mulatinha bonita da fazenda, conforme me contou. Não sabia quem era. A menina resistiu, ele a estuprou.

Ubiratan sentiu gotas de suor frio escorrendo por sua testa.

— Nove meses depois, quando essa mulatinha, essa cabocla, essa Elza, como o senhor disse, deu à luz uma menina clara, de olhos verdes como os do senador, tomaram-lhe a criança e a internaram no orfanato. Tem certeza que não quer um cigarro? Um copo de água?

— Um cigarro... Sim... Aceito.

Hanna retirou dois do maço, colocou-os na boca, acendeu-os de uma só vez, com a intimidade simulada de amante. Estendeu um deles, marcado por seu batom. Ubiratan pegou-o e o manteve entre os dedos, sem fumá-lo.

— Anita era irmã e sobrinha do prefeito. Filha e neta do senador Marques Torres. Não quer mesmo um copo de água? *Un cognac*? *Un petit liqueur*?

Ele fez um sinal breve com a mão, em recusa.

— O senhor parece mais pálido a cada minuto.

— Não é nada. Não é nada. Vai passar. Então os filhos de Elza... Então Anita... Ou melhor, Aparecida. Aparecida e Renato são irmãos do prefeito.

— Não. Anita era irmã do prefeito. O rapaz, não.

— Renato não é...

— Esse. Sim. Renato. Não é.

— Renato não é irmão do prefeito?

— É filho.

Os sons de pingos de água em um corredor vazio vieram à lembrança de Ubiratan. Luzes apagadas. O mapa esverdeado de uma infiltração no teto. Um vestiário. O vestiário do ginásio onde se desenrolava o jogo de futebol de salão. O eco do ruído do balde que derrubara. Os sussurros vindos dos cubículos. O rapaz que saltou de um deles e o agarrou pelos pulsos. Suas maçãs do rosto altas. O nariz de abas estreitas.

— Renato... Filho do prefeito...
— Sim.

O cheiro que exalava dele. A mistura de suor acre e perfume fresco. A porta do cubículo se abrindo. A jovem que emergiu das sombras. O aroma que se desprendia dela.

— O irmão de Anita é filho do prefeito, mas não se parece com ele. Tem todo o tipo do avô.

Alfazema. Ela cheirava a alfazema ao sair da cabine onde estivera com Renato, puxando o seio para dentro do sutiã. Os cabelos claros, que esticou em um rabo de cavalo. Não devia ter mais de quinze anos.

— Renato se parece com o senador. Alto, costas largas, lábios grossos *comme un indien*. Mulherengo. Bruto. Como o avô. *Il ressemble beaucoup à son grand-père*. Mais índio que negro. De vez em quando Renato vem aqui. Uma de minhas meninas é apaixonada por ele, dá dinheiro para ele, eu finjo que não vejo. Eu entendo. Homens como Renato sabem como deixar uma mulher louca.

— Renato é filho do prefeito... Com Elza...
— Sim. Ele não sabe. Mas Anita sabia.
— Ela sabia...
— Claro.
— Elza... — Ubiratan suspirou, quase inaudível. — Pobre Elza...

Hanna continuou o relato. Mantinha o tom neutro de quem narra uma história corriqueira.

— O que Anita só descobriu há pouco tempo é que Renato tornou-se amante de Isabel.

Uma porta sendo aberta, na varanda da casa do prefeito. O perfume que chegou às suas narinas antes mesmo que a visse. Alfazema. A adolescente de cabelos claros. Alta. De lábios cheios e ondulados como um pássaro de asas abertas. Os pequenos olhos escuros, voltando-se a todo instante para o interior da mansão.

— Renato tornou-se amante da filha do prefeito...

— Cecília? Não. Cecília tem só quatorze anos. Renato não é amante de Cecília. Ele é amante de Isabel. Da mulher do prefeito.

A varanda da mansão clareada pela luz acesa de súbito. A mulher esguia, de rosto sem pintura por trás da jovem de cabelos claros. Os cílios longos sombreando olhos oblíquos. O sorriso condescendente. O tom de autoridade de sua voz.

— Renato e ela se encontram regularmente, numa casa em um povoado afastado. Ela comprou a casa para ele. Em nome dele. E também dá dinheiro para Renato. Igual à minha menina, aqui. Um homem assim... Eu entendo. Leva uma mulher ao delírio. Qualquer mulher. O avô era igual. Eu entendo. A cinza do seu cigarro vai cair no tapete — avisou, levando o cinzeiro de cristal até ele.

Ubiratan bateu a cinza e logo apagou o cigarro, sem dar uma tragada sequer. Manteve-o entre os dedos.

— Desculpe. Estou...

— O prefeito, evidentemente, não sabe que a mulher dele e o filho — interrompeu para uma nova tragada — são amantes.

— E Renato? Ele sabe que...

— Que o prefeito é seu pai? Não, não sabe. E Anita resolveu...

— Acabar com isso — Ubiratan concluiu.

— Não. Anita resolveu lucrar com isso.

12.
A serpente sai da cova

— Dá para abaixar essa música? — Eduardo pediu à prostituta que pintava as unhas dos pés sentada ao lado do rádio. — Não consigo ouvir o que estão falando lá dentro.

A mulher de cabelos vermelhos continuou passando o esmalte, acompanhando com a cabeça os compassos do bolero e cantarolando junto, sem se importar com o pedido.

Ninguém é de ninguém
Na vida tudo passa
Ninguém é de ninguém
Até quem nos abraça...

Decidiu que não gostava daquela música. De música nenhuma. E que músicas atrapalhavam seu raciocínio. Virou-se, irritado, para Paulo.

— E você? Consegue ouvir alguma coisa que estão dizendo lá dentro?

— Nada — Paulo respondeu, mais perto da porta guardada pelo leão de chácara. — Nada de nada.

Fazia tempo que Ubiratan se fechara no salão grená com a dona do bordel. Nem ele nem Paulo entendiam por que tinham sido excluídos da conversa. E ainda por cima aturando essa música alta nos ouvidos.

Já tive a ilusão
Que tinha um grande amor
Talvez alguém pensou
No amor que eu sonhei
E que perdi também...

Duas mulheres atarracadas, metidas em vestidos espalhafatosos, dançavam abraçadas ao lado da escada de madeira que levava ao segundo andar. Na poltrona perto delas uma morena magra folheava uma revista *O Cruzeiro* de semanas antes. A capa mostrava um homem fantasiado de arlequim aos pés de uma mulher de pernas longas e bronzeadas. Um dos títulos dizia: "Começa o julgamento de Adolf Eichmann em Jerusalém."

— Quem é Adolf Eichmann? — Paulo perguntou.

— Mas eles continuam conversando? — Eduardo insistiu, ignorando a pergunta cuja resposta não sabia.

— Continuam. Isso dá pra perceber. Mas não o assunto.

— Deve ser sobre as tais fotografias.

— Mas a gente não viu nenhuma fotografia. Em lugar nenhum.

— Esse deve ser o segredo que não podemos saber. Sobre isso é que devem estar falando.

— Já estão lá dentro tem um tempão!

...E assim vi que na vida
Ninguém é de ninguém.

A música terminou. Eduardo respirou aliviado. Um jingle anunciou os benefícios das Pílulas de Vida do Doutor Ross, Saúde e Alegria Para Todos Nós e seus benefícios para dores nos rins. A prostituta de cabelos vermelhos passou a pintar as unhas do outro pé. Paulo tentou mais uma vez encostar os ouvidos à porta. Recuou diante da mão levantada em ameaça pelo segurança. Olhou em volta. A pintura das paredes descascava. Os móveis eram velhos, os estofamentos desbotados. Não havia mulheres nuas passeando pela casa, sentadas em colos de homens, bebendo cachaça e dando risadas. Nenhuma era bonita. A zona não era o lugar de festas que imaginara.

— Que fotografia é essa? — indagou a Eduardo.

— Acho que não é só uma. Acho que ele disse fotografias. Tenho certeza que ele disse fotografias. Ele tinha de ter contado para nós. Nós descobrimos a pista!

— Você é que descobriu, Eduardo.

— Nós. Nós descobrimos. A investigação é nossa. De nós três. Não é justo nos deixar de fora. Eu quero saber!

Outra canção lacrimosa começou a tocar no rádio. A mulher que pintava as unhas conhecia aquela também e cantou junto, com fervor.

Fica comigo esta noite
E não te arrependerás
Lá fora o frio é um açoite
Calor aqui tu terás.
Terás meus beijos de amor...

A porta do salão abriu-se. Ubiratan saiu, esbaforido. Olhou para um lado e para o outro, aparentando não ter noção de onde estava. Tinha um cigarro apagado entre os dedos. Eduardo e Paulo correram até ele.

— E então?

— O que que ela te falou?

— Vai mandar prendê-la?

— Ela confessou que matou Aparecida?

— Entregou a faca? Era faca ou punhal?

Quero em teus braços, querida,
Adormecer e sonhar,
Esquecer que nos deixamos
Sem nos querermos deixar.
Tu ouvirás o que eu digo...

Percebeu os meninos próximos ao rádio e a uma ruiva a secar o esmalte das unhas dos pés com uma ventarola de papel enquanto cantava. Mais à frente uma dupla de mulheres dançava sem ânimo. Eduardo e Paulo aguardavam suas respostas.

— O que fazem aqui? Por que não foram para casa?

— Estamos esperando você, ué!
— Por que a gente não podia ouvir a conversa?
— Por que nos puseram para fora?
— O que vocês conversaram?
— Ela confessou?
— O que tem nessas fotografias que você escondeu de nós?
— Você vai ou não vai mandar prender ela?
Ubiratan segurou-os pelos ombros.
— Preciso ir a um lugar.
— Vamos!
— Vamos!
— Não! Preciso ir sozinho.
— Que história é essa?
— Aonde é que você vai?
— Não posso levar vocês.
— Vai ver quem?
— Se você vai, nós vamos.
— Aonde nós vamos?
— Vocês não podem ir.
O tom era imperativo, carregado de preocupação.
— Não podem!
— Por quê? — Eduardo contestou.
— Tenho de ir sozinho. Fiquem aqui!
Um novo olhar à volta lembrou a Ubiratan onde se encontrava. A voz do tenor prometia acolhida e redenção. A prostituta de cabelos vermelhos levantou-se, bailando sozinha, ecoando a promessa com voz aguda e desencontrada.

Eu ouvirei o que dizes
Então seremos felizes...

— Não, não fiquem aqui! Vão para suas casas!
— O que aconteceu? Por que está tão nervoso?

— O que que houve lá dentro com a velha? O que que ela te disse que deixou você nervoso assim?

— Vão para casa, vão para casa!

— Você descobriu alguma coisa que não quer nos contar.

— Igualzinho lá dentro, quando mandou a gente sair de perto.

— Aonde você for, nós vamos atrás.

— Prometam que não vão me seguir!

— Por quê?

— Prometam!

— Para onde você vai?

— Prometa que não vai me seguir, Eduardo. Paulo, prometa! Por favor, prometam!

— Eu vou aonde você for.

— Nós vamos!

— Juntos!

— Não, Paulo.

— Nós três!

— Desta vez não, Eduardo.

— Vamos, sim!

— A bicicleta é minha, vou aonde eu quiser.

— Mas não pode, Eduardo! Não desta vez!

— O Eduardo vai e eu também vou.

— Nós dois vamos com você!

— Não a esse lugar, Paulo. Não podem!

— Não tem não nem meio não. Nós vamos. Pronto!

Entendeu que não conseguiria demovê-los. Virou-se para o homenzarrão que continuava guardando a porta da patroa.

— Humberto!

Quando os meninos se deram conta, o leão de chácara já os pegava pelos braços e os levava para os fundos da sala. Empurrou-os para dentro de um quarto estreito. Paulo correu até a única janela. Uma mistura de vapor e garoa descia das montanhas e começava a grudar nos vidros. As ruas iam sendo engolidas pela névoa e pela noite que chegava. Ubiratan sumia por trás de uma esquina, montado na bicicleta de Eduardo.

• • •

Não sabia há quanto tempo pedalava nem se estava na direção certa. Seguia as indicações da cafetina, mas era a primeira vez que saía dos limites da cidade. As pernas doíam. Vez por outra parava para retomar o fôlego. Chegara a ver pequenos círculos de luzes que poderiam ser do povoado, mas não conseguira se manter na direção deles: os contornos da trilha de terra surgiam e sumiam aos clarões dos raios que explodiam nas nuvens. Os trovões soavam mais perto a cada vez, como canhões de um exército se aproximando.

Há uma serpente pronta para sair da cova, pensou.

Lufadas irregulares de vento lançavam poeira em seu rosto. Uma chuva fina, pouco mais que uma garoa, chegou até ele. O cansaço o tomava. Mas não podia parar. Tinha de encontrar Renato o quanto antes. Tinha de tentar interromper o círculo de degradação iniciado com o estupro de uma menina chamada Madalena. Tinha de contar a Renato que a menina com quem se esfregava no vestiário era sua irmã. Sua outra irmã. Tinha de lhe contar que o marido de sua amante era seu pai. Não sabia como faria isso. Mas tinha de fazer. Era preciso fazer. Era urgente fazer.

Longe, em algum ponto à esquerda, duas luzes paralelas se movimentaram em velocidade, como faróis de um automóvel. Tentou usá-las como guia, mas logo desapareceram.

A bicicleta patinou sobre uma fina camada de lama que o chuvisco criara. Desequilibrou-se, quase caiu, se aprumou, escorregou novamente, parou. Limpou os olhos embaçados pelas gotas de água, acreditou que o povoado estaria próximo e decidiu continuar o restante do caminho a pé, empurrando a bicicleta. Não tardou a verificar que se enganara.

Estava perdendo tempo. A aflição aumentava. Montou de novo. Com dificuldade, voltou a pedalar em direção às luzes.

A chuva ganhou intensidade. As roupas grudavam no corpo. Sentiu frio. Ouviu a própria voz. Percebeu que falava sozinho.

Agora, que conhecia os detalhes das origens e da trajetória da mulher loura esfaqueada perto do lago, entendia o jogo que armara à revelia de seus senhores: Aparecida permanecera viva porque se negara a existir como Anita. Sobrevivera na ausência de si mesma, trancada no silêncio, impermeável pela negação de qualquer desejo, poderosa na passividade diante de tudo a que era submetida, livre na indiferença ao próprio destino. O que ele jamais saberia, concluiu, era a razão que levara seus proprietários a matarem, ou mandarem matar, a boneca loura em quem podiam enterrar sem culpa os desejos que não cabiam em suas mulheres respeitáveis.

Um solavanco, provocado por um buraco maior, o fez quicar no selim. Acercara-se da fieira de luzes. A imagem foi tomando a forma de janelas, varandas, pórticos, paredes, telhados.

Sob a chuva renitente e cada vez mais fria, chegou ao que se assemelhava a um povoado. Nem isso: um amontoado desarmonioso de casas baixas. Um conjunto habitacional para população de baixa renda, espraiado em torno de um terreno que a chuva transformara em extenso lamaçal.

Não havia ninguém à vista a quem pudesse perguntar pela casa de Renato. Pedalou até a mais próxima. Bateria na porta e indagaria.

Antes que a atingisse, ouviu um tiro. O som claro, nítido, rasgou a noite e o fez estremecer.

Girou a bicicleta na direção de onde achou ter vindo o ruído. Viu-se diante de diversas casas minúsculas, a maioria com tijolos expostos, sem reboco, indiferenciáveis.

Ouviu outro disparo.

E um terceiro.

Todos partindo de algum ponto atrás dele. Voltou-se.

Outras mesmas casas iguais, com idênticos telhados, paredes, portas, terreiros enlameados.

Movido apenas por instinto, largou a bicicleta e correu, desajeitado e velho, na direção de um casebre onde a única luz acesa era a da varanda. Quando chegou mais perto viu, na parte de trás, um automóvel americano verde de capota branca. Havia um segundo carro, estacionado pouco à frente. Parou. Reconheceu a carroceria alongada, a traseira ligeiramente erguida e terminada em lanternas grandes do carro do prefeito.

A serpente deu o bote, pensou, apressando-se.

Um quarto estampido o deteve. E logo outro. Seguiu-se um grito. Curto, agudo, parecendo um suspiro. Ou uma exclamação de criança. Depois, silêncio.

Aproximou-se da casa. Subiu o degrau, entrou na varanda. Chegou à porta. Estava entreaberta. Empurrou-a devagar. A luz da lâmpada nua invadiu o interior. Iluminou uma cama. Sobre ela o corpo nu de Renato. Tinha dois buracos de bala no peito, um no pescoço e um na mão. O sangue que jorrava deles ia tingindo de vermelho o lençol branco que Isabel puxava sobre o próprio corpo, sem conseguir cobrir os seios pequenos. Gemia. Estava ferida no braço.

— Onde ele está? — Ubiratan perguntou, com urgência. — Onde está o prefeito?

Isabel pareceu não entender. Ele insistiu.

— Para onde foi o prefeito? Para onde foi seu marido?

Ela começou a tremer, olhando fixo para o fundo da sala. Tentava falar, sem conseguir. Ubiratan acompanhou seu olhar.

Uma figura até então oculta nas sombras se moveu para fora delas. Tinha um revólver na mão. Seu perfume de alfazema chegou às narinas de Ubiratan antes que visse o rosto transtornado e os pequenos olhos escuros, inchados de choro.

— Cecília! — exclamou, fazendo menção de se aproximar.

Ela apontou o revólver na direção dele.

— Pare!

Ubiratan obedeceu.

— Não chegue perto de mim!

— Calma, Cecília.
— Fique longe de mim.
— Eu não ia...
— Ainda tenho uma bala!
— Menina, não...
— Cala a boca! Cala a boca!
Isabel estendeu a mão suja de sangue.
— Minha filha...
— Cala a boca você também! — gritou, apontando a arma para a mãe.
— Filhinha...
— Quieta!
— Menina...
— Cala a boca, velho! Cala a boca!
— Cecília, filhinha...
— Puta!
— Filhinha... Cecília...
— Puta, sua puta, puta, puta, puta! Eu não acreditei. Não podia acreditar. Eu não quis acreditar! Puta!
— Cecília, por favor, me dá o...
— Não chegue perto de mim, velho! Fique longe! Não acreditei e era tudo verdade! Tudo, tudo, tudo!
— Cecília, calma...
— Eu atiro! Te mato!
— Pelo amor de Deus, minha filhinha...
— Você é puta! Puta! Puta mais puta que a mais puta das putas!
— Minha filha...
— Você falava de Anita, mas você é que agiu como vagabunda! Você! Ela me contou tudo! Anita me contou tudo, tudo!
— Ela queria dinheiro, filhinha...
— Você e Renato! Ela me contou até desta casa! Que vocês se encontravam aqui toda semana! Toda semana, pelo menos uma vez. Às vezes mais. Que você dava dinheiro para ele.

Ubiratan ouvia incrédulo.

— Aparecida não pode ter feito isso. Ela não...

— Anita estava me chantageando, filhinha. A mim e a Renato.

— Não pode ser...

— Minha mãe e meu namorado! Amante do meu namorado!

— Filhinha...

— Cecília me dê esse...

— Sai de perto de mim! Sai! Vai para trás! Vai! Vai!

Ele recuou um passo.

— Filhinha, ela queria destruir nossa família...

— Anita me contou tudo! Não acreditei! E bati nela! Dei uma bofetada nela! Ela chorou.

— Era uma vagabunda, filhinha. Mereceu morrer daquele jeito.

— Vagabunda é você! Você matou Anita! Eu sei que matou!

— Não fui eu, filhinha. Não fui eu.

— Eu ouvi você conversando com meu pai.

— Eu menti. Tive de mentir quando seu pai descobriu manchas de sangue no banco do carro. Não podia contar a verdade, que eu estava com Renato. E que foi Renato quem a matou.

Os olhos do homem morto na cama estavam abertos. A mão atravessada pela bala pousava sobre o ventre de Isabel. Ela a afastou. Tentou empurrar o corpo. O tronco escorregou para fora do colchão. O sangue que saía dos ferimentos foi-se espalhando pelo chão de cimento.

— Levei Anita para o lago. Renato estava escondido aguardando.

A mãe falava com doçura à filha, alheia ao velho que as observava perplexo e ao jovem nu e inerte a seu lado.

— Anita queria dinheiro. Disse que era para ir embora daqui. Dinheiro não seria problema. Eu poderia arranjar dinheiro. Mas ela estava obcecada por outra ideia. Ela queria separar você e Renato.

— Mentira!

— Ela disse que vocês não podiam ficar juntos. Exigiu que eu proibisse vocês de se encontrarem. Exigiu que eu separasse vocês.

— É mentira! Mentira!

— Juro, filhinha. Juro! Mas eu não podia. Como poderia? Você ia desconfiar, iria confirmar as suspeitas que ela tinha colocado na sua cabeça. Estava fora do meu alcance. Eu disse a ela que era impossível. Ofereci mais dinheiro. O que ela quisesse! Ela não aceitou. Me ameaçou. Puxou uma faca da bolsa.

— Mentira, mentira, mentira! Você a matou com um punhal do papai! Eu sei que foi um punhal do meu pai!

— Era uma faca de cozinha. Dela. Não minha. Eu não levei punhal nenhum, filhinha. Renato viu quando Anita tirou a faca da bolsa e me ameaçou. Renato chegou por trás e deu um soco no ouvido dela. Fiquei assustada. Abri a porta para fugir. Ela me agarrou pela saia. Renato a puxou pelos cabelos. Ela apontou a faca para ele, gritando alguma coisa que não entendi. Sua irmã, sua irmã, alguma coisa assim. Renato arrastou Anita para fora, batendo nela, dando chutes nela. Ela berrava. Tentava escapar. Ele segurou Anita pela blusa. A blusa rasgou. Renato acertou outro soco nela. Ela caiu, mas logo se levantou. Chorava, eu acho. Depois só me lembro de vê-la fugindo. Correu para o lago. Renato correu atrás. Eu também. Nós corremos. Ela tropeçou. Caiu.

— Ali, no lago, você matou Anita! Eu ouvi quando contou para o meu pai! Vocês obrigaram o doutor Andrade a assumir o crime!

— Nós nos abaixamos sobre Anita. Eu a segurei. Imobilizei seus braços. Renato pegou a faca. Não vi quantas vezes ele enfiou. Era preciso, minha filha. Não teríamos paz enquanto essa mulher vivesse. Renato fez o que era necessário.

A poça de líquido escuro que partia do corpo de Renato continuava aumentando e chegara aos sapatos de Ubiratan. Ele pediu:

— Cecília, me dê essa arma.

— Cala a boca, velho!

— Já houve mortes demais, Cecília. Dores demais. Me dê a arma.

— Não se aproxime de mim! — gritou, apontando para a testa de Ubiratan.

— Pelo amor de Deus, minha filhinha.
— Cale a boca! Eu mato você, também! Matei ele e mato você!
— Menina...
— Não vem para perto! Não vem!
— Calma, filhinha. Calma. Pode dar a arma a ele. Não se preocupe com o que aconteceu aqui. Podemos explicar como legítima defesa. Diremos que Renato raptou você, que Renato queria violentar você. Diremos isso. Ele tentou violentá-la, aí você pegou a arma dele e atirou. Para defender sua honra. Foi isso. Fica explicado assim. Ou fui eu que atirei. Eu descobri o que acontecia e vim aqui com o revólver do seu pai. Tanto faz. Vamos ver qual linha de defesa os advogados preferem.
— Eu amava o Renato!
— Não precisamos de advogados! Não precisamos desse recurso. Seu pai resolve essa situação, filhinha! Ele some com o corpo de Renato. Renato não tem ninguém. Ninguém irá denunciar o sumiço dele, minha filha, ninguém!
— Eu amava Renato!
— Me dê a arma, Cecília — Ubiratan disse, com suavidade, chegando mais perto dela.
— Abaixe o revólver, minha filha. Deixe que seu pai resolva...
— Você é a culpada! Eu atirei em você, e não nele! Ele ficou na frente! Te protegeu!
— Por favor, minha Ceciliazinha, minha filhinha, abaixe essa arma.
— Ainda tem uma bala nela! Eu mato um de vocês!
— Me dê a arma, Cecília.
— Minha filhinha, minha menina...
— A arma, Cecília. Me dê.
— Calem a boca, calem a boca!
— Por favor, me...
— Não falem comigo! Sai de perto de mim, velho!
— Me dê...
— Não chegue mais perto. Se não eu mato essa puta!
Isabel começou a chorar.

— Não, filhinha, por favor — pediu, assustada —, por favor, não atire, não me mate, Cecilinha, filhinha...

— Me dê a arma. Por favor.

— Eu vou matar ela!

O choro de Isabel tornou-se convulsivo.

— Não, filhinha, não!

Soluçava, descontroladamente. Cecília apontou a arma em direção à mãe.

— Eu mato essa puta!

— Cecília, me entregue o revólver.

— Não, filha! Não, não, não! — Isabel implorou, colocando os braços em frente ao rosto.

— Me dê... — Ubiratan repetiu mais uma vez, agora tão perto que ia alcançar o revólver.

Cecília recuou e disparou a última bala.

13.
São Paulo, 28 de fevereiro de 2002

O telefone tocou duas, três, oito, quinze vezes, antes que desistisse e colocasse o aparelho de volta no gancho. Continuou sentado na cama. Fez um breve balanço do que ainda faltava colocar na mala de mão: pouca coisa. Uma troca de roupa, o relatório do fornecedor brasileiro de materiais, o laptop, alguns disquetes e cds. Os apetrechos de barbear. O nécessaire. O sobretudo, levaria na mão. O cachecol estaria enfiado entre as mangas, as luvas dentro dos bolsos. Fazia frio em Paris, sua primeira escala, mais frio ainda em Genebra, onde tomaria o trem de volta para Lausanne, seu destino final. Não pretendia trabalhar durante o voo. Estava cansado dos quatro dias de reuniões e deslocamentos na cidade eternamente engarrafada, queria dormir, tomaria um comprimido assim que o avião decolasse, pediria para não ser acordado para o jantar nem para o desjejum. Mas os CDs e disquetes estariam à mão, em todo caso, com as informações que ainda precisava estudar e analisar, antes de escrever o parecer definitivo. A turbulência no meio do Atlântico, nesta época do ano, era tão intensa que às vezes o despertava, tivesse ou não tomado um lexotan.

Ligou para a portaria do hotel, pediu que chamassem um radiotáxi para dali a quarenta e cinco minutos. Ainda era cedo para seu voo, provavelmente chegaria com demasiada antecedência ao aeroporto de Guarulhos, mas não queria correr o risco de ficar retido no trânsito caótico da cidade e, quem sabe, conseguiria assim evitar as longas filas para controle de passaporte na Polícia Federal. Se tivesse que esperar muito, compraria um livro, uma revista, com sorte encontraria a edição de ontem de *El País* ou algum exemplar recente do *Financial Times*.

Levantou-se, foi para o banheiro exíguo, pegou o aparelho de barba, entrou no box apertado, abriu o chuveiro. O jato de água fria lhe trouxe um alívio que nenhum ar-condicionado conseguia, no calor e umidade do verão brasileiro a que se desacostumara. Em Dili era pior: aparelhos de ar-condicionado eram um luxo raro no Timor Leste.

Vestiu-se. Colocou na mala de mão o que faltava. Olhou o relógio. Tinha ainda meia hora até a chegada do táxi. Ligou a televisão, procurou a CNN internacional. Diante de um mapa do Afeganistão, um especialista em estratégia militar explicava os objetivos da movimentação das tropas americanas próximas a Peshawar. A apresentadora loura, com ar de ensaiada seriedade por trás de uma bancada de acrílico e fórmica, fez uma pergunta supostamente perspicaz sobre um recente atentado em Bagdá e os desdobramentos que uma aparente resistência xiita pró--Saddam poderia trazer à segurança das tropas britânicas estacionadas em Basra. Antes que o especialista começasse a responder, ele desligou a tevê. Pegou o telefone. Discou, mais uma vez, o número que sublinhara no catálogo telefônico.

Aguardou, ouvindo soar do outro lado. Um toque. Um pequeno intervalo. Outro toque. Outro pequeno intervalo. No sexto toque desistiu e ia desligar quando alguém pegou o aparelho.

— Alô? — disse. — Alô! Arfava. Era uma voz de mulher.

— Alô! Pronto!

Uma mulher jovem.

— Sim, alô! — ele respondeu, tomado por uma emoção que não esperava. — Sim!

— Quem é?

— Perdoe ligar assim, de pronto. A senhora não me conhece.

Ele falava devagar, sem sotaque, mas como um estrangeiro que procura enunciar o mais claro possível as palavras exatas da língua que não lhe é mais familiar.

— Quem está falando?

— Eu procurei no catálogo pelo nome de...

— O que o senhor quer?

— Queira desculpar, eu não me apresentei...

— Com quem o senhor quer falar?

— Liguei todos esses dias, esses quatro dias que passei aqui em São Paulo...

— Quem fala?

— ...Mas tocava e ninguém atendia. Não havia secretária eletrônica para deixar recado.

— Quem é o senhor?

— Não moro aqui. Não venho aqui há muito tempo. Foi só num impulso que abri o catálogo telefônico e procurei pelo nome dele.

— Ele, quem? Quer falar com quem?

— Fiz a mesma coisa quando estive no Rio, há uns dez anos. Em Porto Alegre, também procurei. E no Recife. Em Brasília, Manaus, Belo Horizonte. Onde eu vou, busco o nome dele. Nunca achei antes. Tinha desistido...

— Quem é o senhor?

— ...Até que, quatro dias atrás, quando vi o catálogo aqui no quarto do hotel, abri e procurei. Encontrei. Penso que é ele. Espero que seja ele.

— O senhor quer o quê?

— O nome é igual. Achei que podia ser ele.

— Quem está falando?

— Perdoe-me, não me identifiquei. Estou um pouco... Emocionado. Queira perdoar. Já nem achava mais que iria encontrá-lo. Faz tanto tempo que nós... Não nos vemos. Nunca desisti de um dia reencontrá-lo. Mas, morando no exterior... Vindo aqui por tão breves espaços de tempo... Alguns dias, apenas... Reuniões, conferências... Mas, no fundo, sempre acreditei que um dia... Perdoe. Não sou um homem com dificuldade da palavra, mas quando a senhora atendeu ao telefone, tanta coisa me passou pela cabeça. Tantos anos...

— O senhor não quer me vender nada, quer?

— Não! Não! Eu lhe disse: quero apenas falar com ele. Nem sei o que vou dizer a ele, depois de tantos anos. Fomos amigos na infância. Na adolescência. Quase na adolescência. As circunstâncias nos separaram. Desde então...

— Eram amigos em Taubaté?

— Não. Fomos colegas de colégio no interior do Estado do Rio.

— Meu marido nunca morou no Rio. Viveu em muitos lugares do Brasil, mas nunca morou no Rio, tenho certeza. O senhor ligou para a pessoa errada.

— Ele não viveu no interior do Estado do Rio? Em uma cidade chamada...

— Nunca.

— Não?

— Nunca.

— Ah... Perdoe-me, então. É que vi o nome dele no catálogo telefônico, o mesmo nome do meu amigo, então acreditei... Achei que podia ser ele. Acreditei que era ele.

— Qual catálogo?

— Este. O guia telefônico da cidade de São Paulo.

— Pensei que o senhor tinha visto nas páginas amarelas. O nome do meu marido não está no guia telefônico.

— Não está? Mas este número de telefone...

— O senhor está ligando para falar com o Fábio?

— Fábio?

— Meu marido.

— Fábio? Não. Não liguei para falar com nenhum Fábio. Perdoe-me. Foi engano. Mas aqui no catálogo está, aqui, eu até sublinhei...

— Deve ser um catálogo antigo.

Olhou a capa.

— É de 1996.

— Ah, por isso. O número ainda estava em nome do meu sogro.

— Seu sogro? Este é o número do seu sogro? Posso falar com ele? Faz muito tempo que não nos vemos, mas ele deve se lembrar de mim.

A voz feminina não respondeu.

— Posso falar com o seu sogro?

— O que o senhor deseja?

— A senhora me perdoe a insistência, mas tenho pressa. Meu táxi deve chegar daqui a pouco. Tentei falar antes, liguei várias vezes, como lhe disse, mas ninguém atendia.

— Estávamos fora, com as crianças. Férias escolares.

— Sim, claro, compreendo. Seu sogro...

— Quem é o senhor?

— Um amigo. De muito tempo atrás. Cada um foi para um lado e...

— Espere um momento. Vou chamar meu marido.

Ouviu o ruído do telefone sendo colocado em uma superfície dura. Um tempo de silêncio. Vozes de crianças ao fundo. A voz dela. A voz de um homem. A voz dela, novamente. Novo silêncio. A voz dela. Barulho de passos. O telefone sendo pego. A voz de um homem, do outro lado da linha.

— Sim, pois não.

— Bom dia. O senhor não me conhece... — engoliu em seco, emocionado, sem conseguir continuar. Falava com o filho dele! Depois de todos esses anos!

— Boa tarde.

— Sim, claro, boa tarde. Boa tarde. O senhor não me conhece. Sou amigo do seu pai.

— Conheço todos os amigos do meu pai. Eram muito poucos. Qual deles é o senhor?

— De outros tempos. Do interior do Estado do Rio.

— Papai saiu de lá aos doze anos.

— Eu sei. Também saí de lá com doze anos. Tanto os pais dele quanto o meu pai foram obrigados a...

— O senhor estudou com ele na faculdade de Engenharia?

— Nunca mais nos vimos.

— Por que está procurando por ele agora?

— Gostaria de falar com ele. Venho tentando há muito tempo. Perdi o contato com ele. Nós nos perdemos. A vida nos perdeu.

— O que o senhor quer?

— Nada. Entendo sua cautela. Sou um desconhecido. Para o senhor. Mas não para o seu pai. Já disse: não quero nada. Não moro no Brasil. Um táxi virá me pegar. Embarco daqui a pouco. Tenho pouco tempo. Gostaria de falar com seu pai. Mesmo que só por alguns minutos. Agora que o encontrei, poderemos marcar um encontro no futuro. Ele está? Posso falar com ele?

— Há quanto tempo o senhor... Não sabe dele?

— Quarenta anos. Completa quarenta e um anos em abril.

— O senhor conheceu mesmo o meu pai?

— Sim, sim, conheci. Era meu melhor amigo. Eu era o melhor amigo dele.

— Qual era o nome dos pais dele?

— Não me lembro.

— Não se lembra como se chamava o meu avô? Nem minha avó?

— Assim, de repente, não me recordo.

— O senhor não disse que eram amigos?

— Éramos. Sim, éramos. Mas nunca pensei no nome dos pais dele. Nem sei se sabia o nome do pai e da mãe dele.

— Nunca soube? O nome do pai de seu melhor amigo? Nem da mãe dele?

— Tem quarenta... quarenta e um anos que não nos falamos, que não o vejo, que não tenho notícias dele. Tanto o pai dele quanto o meu foram afastados da cidade onde vivíamos. Houve um crime lá. Ele nunca falou disso?

— Nunca.

— Nunca falou do assassinato de uma mulher chamada Anita?

— Não.

— Aparecida?

— Não. Aparecida ou Anita?

— Lembrei!
— Lembrou?
— O nome do pai dele: Ronaldo.
— Meu avô não se chamava Ronaldo.
— Não?
— Não. O senhor tem certeza que não ligou para o número errado?
— Adolfo? Chamava-se Adolfo?
— Não. Com quem o senhor queria falar, afinal?
— Seu pai era órfão de mãe. Me lembro disso.
— Minha avó está viva até hoje.
— Ele não era órfão de mãe?
— Meu avô é que morreu cedo. Com quarenta e poucos anos. Teve um enfarte. O mesmo problema que matou meu pai.
Silêncio.
— Seu pai... — ele começou, sem conseguir terminar.
— Papai morreu tem seis anos. Enfarte, também.
— Seu pai... — tentou novamente, a voz falhando. Viu-se no espelho do guarda-roupa do hotel. Estava lívido. Respirou fundo. Tentou de novo:
— Seu pai se chamava...
— Eduardo.
— Eduardo... — ele disse, com um suspiro. — Eduardo José Massaranni.
— Exatamente. Eduardo José Massaranni. O senhor o conheceu?
Silêncio.
— Alô?
Nenhum som do outro lado do aparelho.
— Alô?
Não houve resposta.
— Alô? O senhor está aí?
Nada.
— Alô? Alô? Alô?
O ruído de respiração no bocal, finalmente. Mas nada dizia.
— O senhor está me ouvindo? Alô! Alô!
A respiração, ainda. Nem uma palavra.

— Alô? O senhor está aí? Alô?

— Estou — a voz disse, muito baixo. Em seguida, mais alto: — Estou aqui.

— O senhor me desculpe ter dado a notícia assim de supetão. Não me toquei que o senhor... Percebo que o senhor ficou chocado.

— Sim. Não imaginava. Nunca imaginei que... Levei tanto tempo procurando pelo Eduardo e quando achei que o tinha encontrado... Faz quanto tempo que Eduardo morreu?

— Tem seis anos. Em 1996.

— Com quarenta e sete anos.

— Sim.

— Temos a mesma idade. Tínhamos. Eu sou um pouco mais velho. Quarenta e oito dias mais velho. Sou de 11 de janeiro. Ele é de 28 de fevereiro. Era. Fazia aniversário hoje.

— Sim. Lamento ter dado a notícia dessa forma. Não me toquei que...

— Você disse que ele estudou Engenharia?

— Foi. Era engenheiro. Participou da construção de muitas hidrelétricas pelo Brasil. Inclusive a de Itaipu. A gente morou no Paraguai, nessa época. Para onde ia, meu pai levava a família.

— Sempre?

— Sempre. Moramos em lugares de que nunca ninguém ouviu falar: Itumbiara, em Goiás; Icem, em Minas; Três Lagoas, no Mato Grosso do Sul; Candeias do Jamari, em Rondônia; e até mesmo um lugar sem nome, uma vila no Pará, no meio da selva amazônica, a quatrocentos quilômetros de Belém, quando estavam construindo a hidrelétrica de Tucuruí. Já foi lá?

— A Belém? Sim.

— Teve uma, no Rio Grande do Sul, com o nome mais escalafobético de que me lembro: Passo do Inferno. Na serra gaúcha. Era frio pra caramba. Eu detesto frio. Moramos em um bocado de lugares. Meu irmão gostava, eu não.

— Você tem um irmão?

— E uma irmã. Somos três. Sou o mais novo. A Júlia é a do meio. Está em Brasília. É dentista. O Paulo...

— Paulo?

— Paulo Roberto.

— Paulo Roberto? Eduardo deu o nome de Paulo Roberto a um filho?

— Ao meu irmão mais velho. É médico. Está morando nos Estados Unidos. Em Cleveland. É cardiologista. Não estava aqui quando nosso pai teve o enfarte.

— Ele se parece com Eduardo?

— Eu pareço mais. O Paulo é mais parecido com a mãe dele. É mais moreno. Tem um jeito meio assim de índio. A mãe dele é gaúcha.

— Você e sua irmã...

— Somos filhos do segundo casamento. Paulo passava as férias conosco. Só foi morar na nossa casa quando tinha uns quatorze anos. Foi viver conosco em Uruguaiana, no Rio Grande do Sul. Nosso pai estava trabalhando em algum projeto hidrelétrico na fronteira. Não me lembro qual.

— Como ele era? O seu pai, como era? Como era o Eduardo adulto?

— Magro. Comprido. Sempre bem-vestido.

— A personalidade dele, como era? Você entende a minha curiosidade, não entende? Nós nos conhecemos ainda garotos e...

— Ele era quieto. Não era de rir muito, não. Acordava cedo. Saía para comprar pão, leite, jornal. Lia muito. Jornais, livros, revistas. Escrevia. Ouvia música à noite, quando achava que a gente estava dormindo. Gostava de ópera.

— A *Tosca*? Ouvia muito a *Tosca*?

— Não sei. Para uma criança toda ópera é igual, não é mesmo? Ele bem que tentou aplicar a gente em ópera e música clássica. Mas eu nunca me amarrei. Nem a Júlia. O Paulo, sim. Paulo também gosta de ler. Gibi, jornais, livros, sempre lia tudo o que lhe caía nas mãos. Igual ao nosso pai. Deve continuar assim, lá nos Estados Unidos.

— Vocês não se veem?

— Nunca fui lá. Tenho uma filha pequena, sabe como é complicado viajar com criança. Agora, então, depois do 11 de setembro, a coisa toda ficou mais difícil ainda, com essa paranoia americana de terrorismo, restrição aos vistos e tudo o mais. Além disso, parece que Cleveland é uma cidade muito fria. Não gosto de frio. Basta o inverno aqui de São Paulo. E não temos muita intimidade, não, o Paulo e eu. O senhor também é engenheiro?

— Sociólogo.

— Bacana. E faz o quê, como sociólogo?

— Meu trabalho mais recente vem sendo no Timor Leste. Estamos construindo escolas, lá. Trabalho para uma agência ligada às Nações Unidas. Algumas empreiteiras brasileiras entraram na concorrência para a construção. Por isso vim a São Paulo.

— Se o senhor trabalha para a ONU, então mora em Nova York.

— A sede da agência a que sou ligado fica em Lausanne. Tenho um apartamento lá, uma base. Mas não moro na Suíça. Não moro em lugar nenhum, realmente. Vivo onde trabalho. No momento é no Timor. Já vivi na Guatemala, em Moçambique, na Argélia, na Bósnia, no Sri Lanka... Um pouco aqui, um pouco ali...

— Tem filhos?

— Dois. Um mora com a mãe, na Suécia. Joseph. O mais novo. Está indeciso se estuda Arquitetura ou Biologia. Tem só dezessete anos. O outro está na Índia. É web designer. Nenhum dos dois se parece comigo. Melhor para eles. A mãe deles é muito bonita. Sueca.

— Qual é o nome dele?

— O nome?

— Do seu filho mais velho.

Pausa.

— Edward — disse, finalmente.

— Eduardo? Como o meu pai?

— Sim. Como o seu pai.

Silêncio, dos dois lados da linha. Nem um nem o outro desconhecido sabiam como continuar aquela conversação, ao mesmo tempo tão distante e tão íntima. Paulo, ainda sentado na cama, olhou o relógio. O táxi já devia estar esperando por ele lá embaixo. Além da janela de vidro duplo por onde não entrava nenhum barulho, do vigésimo oitavo andar do hotel da Alameda Santos, viu o leitoso céu do verão paulistano, além e acima do amontoado de prédios que formava o centro da cidade. Logo a paisagem urbana perdeu o foco. Percebeu que tinha os olhos marejados.

— Tanto tempo... — murmurou.
— Como? O que o senhor disse? — o filho de Eduardo perguntou.
— Quarenta e um anos... — disse, baixo, enxugando os olhos.
— Não entendi.
— Gostaria de ter encontrado o seu pai. Gostaria mesmo. Foi uma pena que só tenha descoberto o paradeiro dele quando não adiantava mais.
— Sinto muito.
— Diga ao seu irmão... E à sua irmã... Diga a Paulo e à...
— Júlia.
— Diga a Paulo e Júlia que um amigo do seu pai ligou e deixou um grande abraço.
— Direi.
— Foi o melhor amigo que eu tive. Aprendi muita coisa com ele. Solidariedade, principalmente. Até meus erros de português, o Eduardo corrigia. Quando eu queria saber o sentido de uma palavra, ele procurava para mim no dicionário e escrevia em uma tira de papel. Eduardo era o único menino das minhas relações que tinha um dicionário. Eu escondia as tiras no guarda-roupa, para que meu pai e meu irmão não achassem e destruíssem. Levei todas comigo, quando nos mudamos de lá.
— Entendo.
— Ele foi meu melhor amigo, numa época em que eu não tinha ninguém. Ele me emprestou meu primeiro livro de Tarzan. O primeiro Charles Dickens que eu li, também foi ele que me emprestou. Era *David Copperfield*.
— Me lembro do meu pai lendo e relendo esse livro várias vezes. Era uma edição antiga. Acho que tinha uma capa azul.

— Amarela. Amarela com letras pretas e o título em vermelho.

— É verdade. Era assim, sim.

— Você ainda tem esse exemplar?

— O Paulo levou. Foi das poucas coisas do nosso pai que ele carregou para os Estados Unidos. Isso e umas fotos, uns discos antigos e, se não me engano, a carteira de trabalho do meu avô. Ele foi da Estrada de Ferro Central do Brasil.

— Eu sei. Chamava-se Rodolfo.

— Exatamente. O senhor se lembrou.

— E sua avó chamava-se Rosangela.

— Se chama, ainda. Mora no Rio, com uma cunhada, também viúva. Vivem no bairro da Tijuca. Está bem velhinha. Ficou muito abalada com a morte do meu pai. Nós todos ficamos. O Paulo mais que nós todos. Talvez porque foi o que conviveu menos com ele, que teve menos tempo com ele. Os dois conversavam muito. Viravam noite, conversando. Paulo era a única pessoa com quem meu pai não se mostrava caladão.

Um novo silêncio se estendeu entre eles.

Bateram na porta do quarto, avisando que o radiotáxi tinha chegado e perguntando se havia bagagem para descer.

— Um momento! — gritou, para fora. Em seguida, para Fábio:

— Volto já.

Abriu a porta, apontou a valise maior, entregou uma gorjeta na mão do rapaz uniformizado, agradeceu. O jovem saiu, arrastando a mala preta pelo cabo.

Paulo voltou a sentar-se na cama. Hesitava. Não queria se despedir. Sabia que seria o fim do elo com as ligações mais calorosas de seu passado. Mas pegou o fone, levou-o ao rosto e disse, novamente com os olhos marejados:

— Tenho de ir. Um abraço para você, um abraço para seus irmãos. Se falar com a sua avó, diga que eu liguei, procurando pelo Eduardo. Talvez ela se lembre de mim.

— Quem eu digo que ligou?

— Perdão, esqueci de me apresentar. Meu nome é Paulo.
— Paulo de quê?
— Paulo Roberto. O mesmo nome do seu irmão.
— Paulo Roberto de quê?
— Antunes.
— Paulo Roberto Antunes?
— Sim. Obrigado. Adeus.
— Espere! — ouviu o filho de Eduardo pedir, antes que colocasse o fone no gancho.
— O seu nome é Paulo Roberto Antunes?
— Sim.
— Me aguarde um momento, por favor.
— Meu táxi está me esperando. Preciso ir.
— Um segundo, só! Não saia da linha, por favor!

O ruído do telefone colocado apressadamente sobre uma superfície dura. Sons longínquos, indistintos. Buzinas, mais distantes ainda. O gemido da sirene de uma ambulância. Um minuto. Um minuto e meio. Dois minutos. Dois minutos e dez. E quinze. Vinte. Dois minutos e meio. Não dava mais para esperar. Dois minutos e quarenta e cinco. Dois minutos e cinquenta. Dois minutos e...

— Desculpe! — a voz de Fábio voltou ao telefone. — Fui procurar este envelope. Quis ter certeza.
— Certeza de quê?
— O senhor se chama...
— Paulo Antunes.
— Paulo Roberto Antunes?
— Sim, Paulo Roberto Antunes.
— Então preciso do seu endereço.
— Por quê?
— Para lhe enviar este envelope.
— Qual envelope?
— Este que a gente encontrou entre as coisas do meu pai.

— E por que vai enviá-lo a mim?

— Porque no envelope está escrito: Para Paulo Roberto Antunes, na parte de cima, e De Eduardo José Massaranni, na de baixo. É um envelope pardo, tamanho ofício.

— O que tem dentro?

— São umas páginas datilografadas. O envelope estava fechado quando a minha mãe achou. O senhor nos desculpe termos aberto, mas nunca tínhamos ouvido falar no senhor e precisávamos fazer o inventário dos bens do papai. Ali poderia haver algum documento importante. Tem um bilhete, também. Preso por um clipe.

— Você leu?

— Vou mandar tudo para o senhor, pelo correio.

— Mande por correio expresso. Anote as direções, por favor.

— Tenho papel e lápis, aqui comigo. Pode dizer.

14.
Lausanne

O bilhete não tinha data. Fora escrito à mão, em tinta azul, sobre uma folha de papel pautado. A caligrafia era a mesma, precisa e estudada, que Paulo conhecia tão bem. O clipe que prendia o bilhete às páginas enferrujara e deixara impresso seu formato. Parecia o de um labirinto.

Estimado Paulo:

Meu filho fez doze anos ontem. O filho mais velho. Do primeiro casamento. Não se parece nada comigo. É moreno como a mãe. Quase tão moreno quanto você. Dei a ele o seu nome.
Doze anos era a nossa idade quando nos vimos pela última vez. Talvez por isso me lembrei de você. Mais do que sempre lembro. Porque me lembro muito. Nem sempre por uma boa razão. Muitas vezes é quando ela me assombra. Até hoje ela me assombra. Tem vinte e quatro anos que nós a encontramos no lago e até hoje ela me assombra. Tem vinte e quatro anos que não vejo você. Que não nos vemos.
Às vezes sonho com ela. Acordo exaurido. Acontece com você, também? Você se lembra dela? Ela assombra você, como assombra a mim? Você se recorda daqueles dias de abril?
Li em algum lugar que você foi preso durante a ditadura militar. Que fugiu depois para o Chile. Ou para o México. Ou foi para a Suécia. Perdi o recorte do jornal em uma das minhas muitas mudanças de cidade. Não gosto de me mudar. Mas a profissão me força a isso. Sou engenheiro. Trabalho para uma estatal. Onde será que você trabalha? Que profissão você terá escolhido? Não obtive mais nenhuma informação sobre você.

Gostaria que tivesse sido o padrinho do Paulo Roberto. Mas não consegui descobrir seu paradeiro. Os correios estavam censurados. As embaixadas tinham funcionários ligados aos serviços de segurança da ditadura.

Depois da anistia achei que você voltaria para o Brasil. Outros exilados voltaram. Mas parece que você ficou por lá. Tudo indica que você ficou por lá. Onde quer que seja esse lá.

Gostaria de conversar com você sobre ela. Sobre os pesadelos que tenho com ela. Achei que conseguiria me livrar deles escrevendo sobre ela. Sobre o que aconteceu com ela. Sobre o que aconteceu conosco, por causa dela. Comigo, com você, com Ubiratan.

Mas há muita coisa de que não me recordo com clareza. Outras que nunca soube direito. Há situações que imaginei desta forma ou daquela. Talvez tenha imaginado corretamente. Talvez não. Não tenho certeza de nada. Anotei o que acredito ter acontecido e o que me lembrava, conforme ia me lembrando. Tentei montar o total a partir dos pedaços. Mas há muitos buracos na minha memória. Talvez você se lembre melhor. Talvez você possa completar o que falta. Preencher as lacunas. Eu gostaria que fizesse isso.

Guardarei estas páginas até descobrir onde você está e enviá-las. Quem sabe nos encontramos e eu lhe entregarei em mãos? Escreveremos juntos.

Esteja à vontade para corrigir, eliminar ou acrescentar o que quiser. Meu endereço e meu número de telefone vão abaixo.

Um abraço fraternal do amigo
Eduardo

Manteve a carta nas mãos por um longo tempo. Releu-a. Fez os cálculos. Eduardo a escrevera em 1985. O ano em que Tancredo Neves foi eleito o primeiro presidente civil do Brasil, após vinte e um anos de ditadura militar. O ano da morte de Tancredo Neves, apenas três meses depois, esbarrando ilusões de transformações profundas no país. O mesmo ano em que Mikhail Gorbatchev se elegeu secretário-geral na

União Soviética. O ano do início da pulverização da União Soviética e das utopias que ela significava. Lições de história. Ubiratan iria gostar de ver que ele aprendera.

Colocou a carta na escrivaninha atulhada, sobre a tampa do scanner, ao lado do computador. O envelope enviado do Brasil, aberto apressadamente, estava jogado entre a impressora e a pilha de documentos que parecia não diminuir nunca.

Puxou dali as páginas.

Estavam numeradas de 1 a 176.

Eram cópias carbono em papel jornal, datilografadas em tipo pequeno.

Estavam esmaecidas, com vários trechos riscados por cima com caneta preta, grossa. Nas bordas, diversas anotações, escritas a lápis e com caneta esferográfica que borrara aqui e ali.

A última página, em papel branco, continha uma única frase, datilografada com tipo diferente. Abaixo dela, entre parênteses, uma anotação escrita à mão.

"Os mortos não ficam onde os enterramos."
(*descobrir onde li isso*)

Paulo foi até a poltrona ao lado da janela, sentou-se e começou a ler.

15.
20 de abril de 1961 e os meses seguintes

Paulo continuava enfezado e assim assistiu a todas as aulas. Assim ficara trancado até ser solto pelo leão de chácara, muito tempo após Ubiratan ir embora e depois de muito chutar a porta do quartinho. Saiu xingando. As mulheres riram. A cafetina riu. O segurança riu. Eduardo enrubesceu. Ele xingou mais. E xingando caminhou sob a chuva pesada até em casa, onde entrou sem se preocupar com a hora ou com a reação que o pai teria, ao vê-lo chegar tão tarde, e molhado, ainda por cima.

Não houve nenhuma. Conversava com Antonio, os dois sentados à mesa da sala, olharam-no, o pai voltou à conversa.

Dormiu e acordou irritado. A cama do irmão não fora desfeita, o pai não coara o café: teriam passado a noite no Hotel Wizoreck. Saberiam que estivera ali, com Eduardo e o velho. Que soubessem. Não se importava. Não diria nada se perguntassem sobre o que ele, Eduardo e o velho faziam no puteiro. Se perguntassem.

O velho: só pensava assim em Ubiratan naquele momento. O velho. Safado. Traidor.

Ao chegar ao colégio mal falou com Eduardo, igualmente sombrio e calado. Não queria conversa. Com ninguém. Sentia-se trapaceado e humilhado. E tinha raiva disso. Se algum professor se metesse a lhe fazer perguntas, mesmo que soubesse as respostas, não diria nada. Se o repreendesse, falaria um palavrão. Em plena sala de aula, na frente de todo mundo. Se fosse mandado ao diretor, diria que o expulsasse logo.

Ao fim das aulas deixou a escola a passos largos, embora não estivesse voltando para casa. Não sabia para onde iria. Só queria sair dali, de qualquer lugar, de todo lugar.

Eduardo correu para alcançá-lo.

— Para onde você está indo, com tanta pressa?

— À merda!

— Calma, Paulo!

— Vou à merda porque eu sou um merda! Todo mundo ri de mim! Todo mundo debocha de mim! Ninguém me respeita! Meu pai não me respeita, meu irmão não me respeita, nenhum professor me respeita, nenhum colega me respeita, ninguém na escola me respeita. Ninguém na minha casa me respeita. Ninguém. Em lugar nenhum. Nem o velho me respeita!

— Calma, Paulo, calma!

— O velho deixou a gente trancado naquele puteiro! Foi procurar sei lá o que e deixou a gente para trás! Trancados com as putas. Viu como elas riram da gente? Duvido que elas rissem assim do Antonio. Ou do meu pai. Eu sou um merda. E eu não gosto de ser um merda! Eu não quero ser um merda na vida.

— Você não é. E eu te respeito. Eu sou teu amigo.

— E o que que isso adianta?

— Muita coisa.

— Que coisas?

— Coisas de amigo.

— Que coisas? Hein? Hein? Que coisas, Eduardo?

— Coisas. Como agora.

— Agora o quê?

— Agora para te dizer que você não é um merda.

— Hein? O quê?

— Você não é um merda.

— E por que eu não sou?

— Porque você é meu amigo.

— E daí?

— Se eu tivesse um irmão, eu queria que fosse você.

Paulo calou-se. Abaixou a cabeça. Sentiu vergonha.

Quis se desculpar e apertar a mão de Eduardo, mas não fez nem uma coisa nem outra.

— Eu também queria... — disse, sem conseguir completar a frase.

O constrangimento era mútuo.

— Está com fome? — Eduardo perguntou, após um tempo sem saber o que dizer. — Tenho dois cruzeiros aqui, posso comprar duas empadas para nós.

— Não — mentiu Paulo. — Não estou.

— Então...

— Então?

— Então... — Eduardo buscou um assunto neutro em que pudessem circular sem embaraço. — A minha bicicleta.

— A sua bicicleta. O velho não devolveu.

— Não.

— Seu pai sabe? Sua mãe sabe que você está sem a bicicleta?

— Falei que emprestei para você.

— Quer ir no asilo buscar?

— Vamos. O velho tem que explicar pra gente por que ele fez aquilo.

• • •

Ubiratan não estava sentado à mesa sob a árvore que se derramava para além dos muros. Nem em qualquer outra parte do pátio. Não estava no refeitório, tampouco. Não estava no banheiro. Nem no dormitório. Nem no corredor. Nem na horta dos fundos. Nem na cozinha, ou na capela, ou na sala de visitas. Rodaram o asilo de ponta a ponta e não viram sinal dele. Da bicicleta também não. Os outros internos, os que ainda atinavam coisa com coisa, não sabiam de Ubiratan. Não o viam desde o dia anterior. Asseguravam que não dormira no asilo. Paulo não acreditou. Desconfiava que estivesse fugindo de um enfrentamento cara a cara, seguramente envergonhado da deslealdade de ontem. Antes de se retirarem ainda tentaram obter informações com algumas freiras, sem resultado.

Deixaram o asilo, Eduardo mais inquieto do que Paulo, preocupado com o destino da Phillips preta. Ubiratan poderia tê-la esquecido em algum lugar. E se não se lembrasse onde? Caso estivesse avariada, ainda seria possível consertá-la? Consertos custam dinheiro, e dinheiro Ubiratan não tinha. Eduardo tampouco. E se tivesse sido roubada? Como explicar aos pais que a bicicleta inglesa tão preciosa, de segunda mão, mas em tão bom estado que parecia quase nova, a bicicleta que lhe deram como prêmio pelas boas notas no concurso de admissão ao ginásio do Colégio Municipal Beatriz Maria Marques Torres, a bicicleta paga com tanta dificuldade, tinha simplesmente sumido? Assim, sem mais nem menos? Se contasse que tinha emprestado para um velho do asilo seria pior. Se contasse que o empréstimo tinha sido para o velho do asilo ir a um lugar que Eduardo nem desconfiava qual fosse, nem por qual razão e que, além de tudo, o velho, ele e Paulo estavam trabalhando na investigação de um crime que já tinha sido solucionado com a confissão do assassino, aí, então, estaria frito mesmo.

Paulo sugeriu dizer que ele precisara da bicicleta para fazer entregas do açougue e que prometera devolver até a noite. Era uma boa mentira. Mais cedo ou mais tarde Ubiratan teria que parar de se esconder, encará-los e devolver a bicicleta. A mentira daria para se safar por algumas horas. Mas não aliviava a ansiedade crescente de Eduardo. Não era bem uma preocupação, o que sentia. Não era pela bicicleta, não era pelo dinheiro que valia ou que eventualmente gastaria com o conserto, não era pela zanga ou decepção que causaria aos pais. Não era por nada disso. Era... Aquilo. De novo. De novo aquela mesma coisa, estranha e aflita, sem cara e sem nome, que tomava conta dele, às vezes. Era o quê, aquilo?

Combinaram voltar ao asilo depois do almoço. Despediram-se. Paulo saiu sem saber para onde ir. A fome aumentara, mas não queria voltar para casa. Seguiu caminhando a esmo. Não notou que assoviava uma das músicas ouvidas no Hotel Wizoreck.

Um automóvel americano, verde de capota branca, passou por ele. Quem guiava era o prefeito. No banco ao lado sentava-se uma mulher magra. Seu braço esquerdo estava envolvido em ataduras. Atrás ia uma jovem alourada, de olhos estreitos. O carro seguia em direção à estrada que levava à capital.

• • •

O peso não saía do peito dele. Apertava. Um peso que apertava furando. Uma dor esquisita. Como se alguém estivesse enterrando uma lança aguda em suas entranhas, que o atravessava e que espremia e torcia tudo lá dentro, ao mesmo tempo. Ele não entendia. Nem conseguia se livrar daquela... Coisa. Daquilo.

Apertou o passo a caminho de casa.

Era uma aflição? Por quê? Vinda de onde? Surgida do quê? O que era aquela... Aquela coisa que o fazia respirar com tanta dificuldade, trazia uma onda fria de medo que não era bem medo, punha seu coração pulando no peito e... Que nome tinha aquilo? Tinha que ter um nome, aquilo! Por que sentia aquilo? Por que o deixava tão aflito, aquilo? Por que não conseguia se livrar daquilo?

Correu o restante do caminho.

• • •

Ao abrir a porta de casa, suado e ofegante, foi envolvido por uma sensação reconfortante. A respiração, pouco a pouco, voltou ao normal. Sentiu-se... Sentiu-se... Sentiu-se abrigado. Amparado. Estavam ali, diante dele, os mesmos móveis recendendo a óleo de peroba, os mesmos poucos quadros com reproduções de telas célebres, os mesmos bibelôs de louça, os mesmos paninhos de crochê, as mesmas avencas, samambaias, violetas e begônias nos mesmos vasos e nos mesmos lugares onde estiveram na semana passada e na semana retrasada, onde estiveram anteontem, onde estavam ontem e onde estarão amanhã.

Entrou, fechando a porta sem fazer barulho. Encostou-se nela. O ruído intermitente da máquina de costura chegou a seus ouvidos, indicando que a mãe, como fazia seis dias da semana, de manhã e pela tarde, até a hora de seu pai voltar da oficina da estação de trens da Estrada de Ferro Central do Brasil, trabalhava. Sons familiares, tão costumeiros que ele nem mais os percebia, mas que agora o envolviam trazendo alívio e profunda sensação de gratidão.

Ia avisar que já estava em casa quando o ruído da máquina de costura cessou. Ela o ouvira entrar. E agora o chamava. Achou o tom de sua voz diferente, anasalado, como se tivesse chorado. Foi até o quarto. Encontrou-a sentada atrás da Singer. Tinha os olhos vermelhos e inchados. O pai, de pé ao lado dela, muito sério, ainda vestia o macacão de trabalho. Segurava um telegrama.

• • •

Paulo nunca descobriu quem comprou o açougue nem como seu pai fora nomeado para a chefia do almoxarifado de um ministério no Rio de Janeiro. Antonio também não sabia, mas não se importava com isso. Morar no Rio, ainda que fosse em um subúrbio distante da praia de Copacabana, era muito mais do que almejara. Estava indo para a cidade das mulheres mais peladas, mais gostosas e mais bronzeadas do Brasil, que diferença fazia saber como e graças a quem?

Tiveram o dia seguinte, um feriado, para preparar a mudança. Não deu trabalho: os móveis e utensílios couberam em um caminhão. No sábado embarcaram num ônibus que os levaria da cidade onde Paulo nascera e crescera, e onde jamais voltaria. Carregava na única mala as poucas roupas que tinha e dezenas de tiras de papel manuscritas com palavras que um dia desconhecera, e seus significados. Antes de partir devolveu o exemplar de *David Copperfield* que não terminara de ler. Eduardo insistiu que o levasse como presente de despedida, mas Paulo não aceitou.

No domingo Eduardo acompanhou o pai na viagem de trem até Barra do Piraí, onde fizeram baldeação para São Paulo. Ali tomaram outro trem, que os levou a Taubaté, destino da transferência imediata de Rodolfo Massaranni ordenada em telegrama. Rosangela Massaranni permaneceu na cidade apenas o tempo suficiente para tomar as providências práticas da mudança.

• • •

Nas primeiras semanas e meses Eduardo e Paulo trocaram muitas cartas. As de Eduardo eram longas e tristes, com minúcias sobre a frieza dos colegas da nova escola, o desinteresse dos professores, a mesquinhez das praças e das ruas de raras árvores, a feiura dos edifícios modernos da cidade para onde se mudara, a saudade dos passeios que faziam de bicicleta e do cacarejar das maritacas no bambuzal perto do lago. As de Paulo informavam em frases curtas a agitação que descobria nos bairros do Méier e de Cascadura, aonde ia passear nos fins de semana, e a diversão que lhe causavam os gritos dos vendedores ambulantes nos trens que tomava para ir de Bento Ribeiro, onde morava, a Marechal Hermes, onde ficava sua nova escola.

Eduardo também escrevia vez por outra ao asilo, sem obter qualquer resposta de Ubiratan. Em setembro, finalmente, recebera todas as cartas de volta, acompanhadas de uma mensagem avisando que ali não vivia ninguém com aquele nome.

Alguns meses depois, em uma carta cheia de pontos de exclamação, Paulo contou que tinha entrado dentro de uma mulher e que era muito bom. Eduardo respondeu que também tinha entrado dentro de uma mulher e que também tinha gostado muito. Logo se arrependeu da mentira, mas a carta já tinha sido enviada. Na seguinte quis contar a verdade. Acabou escrevendo frases vagas em resposta às perguntas de Paulo sobre aquela primeira mulher inexistente. Novamente se envergonhou de mentir ao amigo sobre uma experiência que só lhe aconteceria de verdade cinco anos mais tarde, em São Paulo, com uma colega do curso pré-vestibular, também virgem e tão desajeitada em encontrar prazer quanto ele.

Talvez tenha sido a partir daquela primeira quebra do pacto de confiança entre eles, talvez tenha acontecido mais tarde: nem um nem outro, no futuro, saberia dizer quando nem por que as cartas foram ficando cada vez mais curtas, cada vez mais espaçadas. Até que um dia, sem que percebessem, já não se escreviam.

16.
Brasil, 12 de abril de 1961

O menino magro e branquelo, deitado sobre o capim que ornava o lago azul como uma ondulante moldura verde, abriu os olhos e viu diante dele o amigo moreno, de orelhas de abano. Pingava.

— Você acreditou na história do russo?

— A de hoje de manhã? Do primeiro homem no espaço?

— É. Que ele deu a volta ao mundo em cento e oito minutos. Você acredita?

— Acho que acredito.

— Você tem vontade de ir?

— Tenho. Nós vamos. Daqui a no máximo dez anos as viagens espaciais vão ser a coisa mais comum.

— Então a gente podemos ser astronautas.

— A gente pode ser — o menino magro corrigiu.

— Mesmo sendo brasileiro.

— Todo mundo vai poder ser astronauta. Mas eu acho que eu prefiro ser engenheiro.

— E eu, cientista. Para inventar remédios que vão curar doenças incuráveis.

— Todas as doenças incuráveis! — o branquelo acrescentou.

— Todas! — o amigo concordou, com entusiasmo. — Todas!

Riram. O dia estava bonito e morno.

fim

(18 de junho de 2009)

(notas)

1. (p. 30) — *Tarzan e a cidade de ouro*, de Edgard Rice Burroughs, tradução de Azevedo Amaral; Coleção Terramarear, 1956, Companhia Editora Nacional. "Tão rápida e tão silenciosamente ele se moveu que ninguém percebeu o seu intento. Gemmon lançou um grito de espanto; Erot, de alívio; enquanto Nemone se mostrava aterrorizada e alarmada. Inclinando-se sobre o parapeito, a rainha viu que o leão lutava por despedaçar o corpo que o esmagava de encontro às pedras soltas ou de escapar-se debaixo dele."
2. (p. 33) — "Noche de Ronda", Maria Teresa Lara — Aguirre.
3. (p. 58) — "Amapola", Joseph M. Lacalle — L. Roldan.
4. (p. 215) — "Boneca cobiçada" — Biá (Sebastião Alves da Cunha) e Bolinha (Euclides Pereira Rangel).
5. (p. 223) — "Ninguém é de ninguém" — Altemar Dutra, U. Silva, T. Gomes, L. Mergulhões.
6. (p. 225) — "Fica comigo esta noite" — Adelino Moreira, Nelson Gonçalves.

Este livro foi composto na tipografia Minion
Pro, em corpo 11/16, e impresso em
papel off-white no Sistema Cameron da
Divisão Gráfica da Distribuidora Record.